COMO SE VINGAR DO SEU EX

EMMA LORD

COMO SE VINGAR DO SEU EX

TRADUÇÃO
Guilherme Miranda

TÍTULO ORIGINAL *The Break-Up Pact: A Novel*

Text copyright © 2024 by Emma Lord
Published by arrangement with St. Martin's Griffin, an imprint of St. Martin's Press.
All rights reserved. Publicado mediante acordo com St. Martin's Griffin,
um selo da St. Martin's Press. Todos os direitos reservados.
© 2024 VR Editora S.A.

GERENTE EDITORIAL Tamires von Atzingen
EDITORA Marina Constantino
ASSISTENTE EDITORIAL Michelle Oshiro
PREPARAÇÃO Juliana Bormio
REVISÃO Raquel Nakasone e Paula Queiroz
DESIGN E ILUSTRAÇÃO DE CAPA Sanny Chiu
ADAPTAÇÃO DE CAPA P.H. Carbone
ADAPTAÇÃO E DIAGRAMAÇÃO DE MIOLO Pamella Destefi e P.H. Carbone
PRODUÇÃO GRÁFICA Alexandre Magno

Dados Internacionais de Catalogação na Publicação (CIP)
(Câmara Brasileira do Livro, SP, Brasil)

Lord, Emma
Como se vingar do seu ex / Emma Lord; tradução Guilherme
Miranda — São Paulo: VR Editora, 2024.

Título original: The break-up pact: a novel.
ISBN 978-85-507-0560-6

1. Ficção norte-americana I. Título

24-222488   CDD-813

Índices para catálogo sistemático:

1. Ficção: Literatura norte-americana   813
Tábata Alves da Silva - Bibliotecária - CRB-8/9253

Todos os direitos desta edição reservados à
VR Editora S.A.
Av. Paulista, 1337 – Conj. 11 | Bela Vista
CEP 01311-200 | São Paulo | SP
vreditoras.com.br | editoras@vreditoras.com.br

Para minha mãe e meu pai, exceto por algumas páginas, que... bom, vocês vão saber quando lerem. Amo vocês!!!!

CAPÍTULO UM

Antes de assumir a Orla do Chá, imaginei que gerenciar uma casa de chá à beira-mar seria como algo saído de um filme de comédia romântica. Eu usaria roupas elegantes com golas Peter Pan. Os fregueses acenariam quando entrassem e me chamariam pelo nome. Meu namorado apaixonado interromperia a hora do rush matinal para me dar um beijo rápido na bochecha diante do caixa e ficaria maravilhado com a velocidade da venda dos meus doces.

Eu definitivamente não estaria vestindo a mesma legging e o mesmo avental sujo de farinha pelo terceiro dia seguido enquanto uma estranha de olhos arregalados vem até o balcão e pergunta:

— Você é a Menina Chorona?

Baixo os olhos para a vitrine, à procura do meu último resquício de dignidade. Nada. Só vejo fileiras de bolinhos ingleses encalhados.

Quando volto a erguer os olhos, a lente do celular da freguesa está a centímetros do meu rosto.

— Sou obcecada por *Business Savvy* — ela diz, efusiva. — Não acredito que você namorava Griffin Hapler! Ele é *tão* gato.

Essa menina está no ensino médio, talvez na faculdade. É inofensiva se comparada com o mar de repórteres e blogueiros da cidade que andam se esgueirando aqui dentro desde que meu ex-namorado me transformou num meme. Algumas semanas atrás, eu era June Hart, proprietária da Orla do Chá e especialista em playlists de término clichês. Agora sou tanto a Menina Chorona como a Ex de Griffin, dois apelidos que viraram *trending topics* no Twitter na noite depois de ele ter me dado um fora em rede nacional.

Está sendo um mês difícil.

— Faz a careta de choro? — a menina pede.

Essa é a parte em que aquele último fiapo de dignidade teria agido. Em sua ausência, disparo em resposta:

— Vai comprar um bolinho inglês?

— Hum…

Ela hesita, passando os olhos pela fornada de hoje com tanto desinteresse que é possível que eu faça a careta de choro de graça.

— Aah, qual é o especial? — ela pergunta.

Sigo seus olhos para a plaquinha rosa na vitrine que diz ESPECIAL DO DIA, que devo ter colocado por acidente em meu estado privado de sono.

— Esgotou — minto. — Bolinho inglês simples ou com gotas de chocolate?

Ela chega perto, erguendo o celular de novo.

— E você vai fazer a careta?

E não vou te empurrar para a calçada lá fora e jogar as gaivotas contra você, quero responder. Mas isso é apenas a humilhação mortal e a raiva ardente falando. Que não são nem de perto tão altas quanto o desespero de ganhar algum dinheirinho hoje.

Essa missão é abruptamente frustrada por Sana, que tira os olhos do notebook e diz:

— Se você tirar essa foto, vou jogar seu celular tão longe no oceano que você vai começar a receber mensagens de Poseidon.

A menina solta um grito agudo de surpresa. Sana estreita os olhos para ela da mesa do canto, jogando o icônico rabo de cavalo alto por sobre o ombro como um chicote e emanando uma energia tão pura e selvagem de "não mexa com minha melhor amiga" que até eu quase solto um gritinho.

A menina murmura alguma coisa que pode ser um pedido de desculpa ou uma oração antes de dar meia-volta, o sininho contente da porta de entrada da Orla do Chá ecoando atrás dela.

Afundo os cotovelos no balcão, apoiando as bochechas nos punhos.

— Você me deve três dólares pelo bolinho encalhado — afirmo.

Sana ergue as sobrancelhas.

— E você me deve um agradecimento gigante por protegê-la de mais uma sanguessuga à procura de fama no TikTok.

Infelizmente, esse agradecimento não vai ajudar a manter as portas da Orla do Chá abertas. Por mais que eu odeie a enxurrada de pessoas intrometidas que vêm aqui para me espiar como se eu fosse um animal no Zoológico de Memes da Internet, elas têm ajudado a impulsionar as vendas. E Poseidon sabe que preciso delas.

Totalmente distraída com seu rascunho de "Quatro mantras em que pessoas com síndrome do intestino irritável confiam", Sana se afunda na cadeira e me lança um olhar convencido.

— Eu poderia fazer todos os seus problemas desaparecerem, sabia?

Respondo com um *hum* de desaprovação, olhando para o resto da loja: alguns estudantes da universidade local, uma família de turistas com sandálias da Old Navy combinando, um ladrão de Wi-Fi sentado à mesa do lado de fora que definitivamente *não* comprou nada. Não é exatamente a multidão que eu esperava. O outro lado negativo de estranhos lotando o lugar nas últimas semanas é que isso parece ter afugentado meus fregueses habituais: pessoas que entram aqui para ler ou relaxar no ambiente aconchegante. Tomara que comecem a voltar agora que a barra está relativamente limpa.

— É só você me dizer. Consigo viralizar um artigo contando seu lado da história *assim, ó* — Sana diz, estalando os dedos para enfatizar —, e o mundo inteiro vai saber o babaca que Griffin é, você vai se vingar, e vou sair das trincheiras do jornalismo de saúde digestória e finalmente começar a trabalhar em tempo integral para o *Fizzle*.

— Griffin não é um babaca — digo baixinho, tomando cuidado com os Old Navys e seus orelhões.

Sana solta uma risada de desprezo.

— E eu não sou uma escritora freelancer perigosamente dura. Opa, espera.

Tiro um pano limpo debaixo do caixa para passar nas mesas da frente, fingindo estar ocupada. Caso contrário, Sana vai dar mais um de seus longos sermões sobre por que preciso parar de ser gentil com

Griffin e dar uma de Carrie Underwood riscando com chave a sua bela mountain bike Trek tunada. A conversa é sempre a mesma: digo que é complicado, ela pergunta o que tem de complicado em Griffin me trair e me transformar em motivo de chacota, respondo que ele não era apenas meu namorado, mas meu *melhor* amigo, e ela ameaça jogar chá em mim por desrespeitar a instituição melhor amizade, e por aí vai.

— A história toda da Menina Chorona praticamente já passou — digo. — Você vai ter que encontrar outra matéria.

Conhecendo Sana, isso não vai ser muito difícil. Nós duas nos conhecemos pela internet muito antes de nos conhecermos na vida real, porque vivíamos fazendo freelas para os mesmos veículos alguns anos atrás. Eu só estava querendo ganhar uma grana enquanto viajava, mas Sana sempre teve um olhar atento para histórias relevantes e uma sagacidade penetrante para contá-las; antes de o último trabalho dela falir, ela estava cobrindo de tudo, desde análises detalhadas sobre como a cultura de fã transformou as redes sociais, ensaios sobre o estigma da saúde mental em comunidades ásio-americanas a sátiras sobre as consequências da ameaça constante de o jeans de cintura baixa voltar à moda.

Mas agora que está de olho no *Fizzle*, um site de cultura pop de sucesso com uma equipe muito unida de escritores diversos absurdamente talentosos, ela não quer escrever uma matéria qualquer. Quer escrever *a* matéria. Que seja tão pertinente, bem pesquisada e com um potencial tão viral que não vai dar a ela apenas uma manchete, mas um cargo efetivo.

Em outras palavras, algo mais profundo do que a memeficação de sua melhor amiga.

— Eu encontraria uma ótima se você me desse o número de Levi Saw — diz Sana.

— Shaw. — Eu a corrijo sem pensar.

Merda. Os olhos dela estão brilhando quando arrisco um olhar de esguelha em sua direção. Ela anda mencionando esse nome para tentar tirar uma reação de mim desde a semana passada, quando o término dele viralizou tanto quanto o meu.

— Só admita que o conhece — diz Sana, com os olhos triunfantes.

Eu me viro antes que meu rosto possa revelar mais do que minha boca grande já fez.

— O suficiente para saber que ele é um esnobe e um recluso, e vai ter ainda menos interesse do que eu em falar com uma jornalista — digo com frieza.

O ladrão de Wi-Fi à mesa do lado de fora se eriça quando minha voz atravessa a janela aberta. Ótimo. Talvez ele se toque e leve seu notebook chique para passar a manhã em outro lugar. Sana Chen é a única freelancer que tem permissão de vagabundear aqui.

— E eu pensando que este era um bom lugar para saber das fofocas — Sana resmunga.

Cutuco a cadeira dela com o pé ao me aproximar.

— E eu aqui pensando que *você* pagaria pelo que consome.

Sana sorri, inocente, com a caneca de chá de amêndoa com avelã nos lábios.

— Mas sério. Levi Shaw é de Benson Beach, então vocês devem ter estudado na mesma escola. Quais são as chances de você e um colega de classe viralizarem por términos absurdamente públicos no mesmo mês?

A pontada em meu peito é um reflexo antigo, relutante, mas automático. Houve um tempo em que era impossível não sentir nuances dos sentimentos de Levi, como se também me pertencessem. Fazia tempo que eu não sentia essa pontada, mas ela ressurgiu assim que vi as manchetes sobre a noiva dele fugindo com um astro de filme de ação, voltando a vez que seu nome foi citado na imprensa desde então. Acho que nem uma década em que mal nos falamos desfaz algo tão profundo.

O que é um dos muitos motivos por que me esforcei tanto quanto ele para não manter contato. Estamos ocupados demais lidando com nossos próprios problemas para pensar muito nos do outro.

— Cuidado — digo para ela. — Talvez seja contagioso. Você pode ser a próxima.

— Tomara. Ser uma mulher solteira independente é legal e tal, mas, *nossa*, que tédio!

O sino da porta toca de novo, e Mateo entra com sua Roupa Professoral, o corpo magro todo vestido de cáqui justo e um elegante colete de tricô. Estou prestes a começar a preparar seu Earl Grey de sempre quando noto que seus olhos estão arregalados de pânico atrás dos óculos.

— O que os jovens fizeram com você? — pergunto um tanto preocupada. Essa é a primeira semana em que ele dá aulas como professor de história de verdade e não como professor assistente. Eu diria que é por isso que ele está vestido como se tivesse saído de uma adaptação moderna de Sherlock Holmes, mas conheço Mateo desde que tínhamos dez anos e posso dizer com segurança que ele se veste assim desde sempre.

Mas ele abana a cabeça, os cachos curtos sobre o *undercut* recém--aparado sacudindo junto.

— Nancy — ele me avisa quando chega ao caixa.

Meu estômago se embrulha. Sana se empertiga.

— Não é brincadeira, gente — ela diz, batendo palma para nos motivar. — Proprietária a caminho.

Corro para a vitrine de bolinhos ingleses, mas Sana é mais rápida, vestindo habilmente luvas descartáveis e jogando metade do estoque dentro de uma cesta com a eficiência de alguém que esconde os próprios rastros numa cena de crime. Ela desaparece nos fundos da loja antes de Nancy Richards virar a esquina, vestindo o mesmo uniforme de verão de sempre: um vestidinho floral espalhafatoso, um par de sandálias ortodoxas antigas, e os mesmos óculos escuros azuis brilhantes que usa desde que eu era pequena. A imagem dela pode até não ser intimidante, mas é enganosa, considerando que ela é a proprietária de metade do calçadão e tem o futuro da Orla do Chá em suas mãos decoradas por joias pesadas.

— Bom dia, Junezinha — ela diz, usando o apelido dos meus pais, que acabou pegando com todos os amigos deles. Ela me dá seu abraço típico, tão firme e apertado que quase me faz esquecer o pânico. — Vamos nos sentar.

Eu a sigo até uma das mesas verde-água redondas, me acomodando numa cadeira acolchoada rosa com flores pintadas nos pés. Ela se senta à minha frente, passando os olhos atentos pela loja. Sigo seu olhar pelos móveis pastel, pelo papel de parede floral, pelas xícaras de chá vintage descombinadas nas mãos de fregueses e penduradas nos ganchos nas paredes. Passei tanto tempo ajudando Annie a escolher essa decoração que parece que, em vez de estar olhando para a loja, Nancy está olhando para seu próprio passado.

— Pouco movimento — Nancy observa.

— Você acabou de perder o grande rush matinal. — Aponto para a vitrine como uma criança mal ensaiada numa peça da quarta série. — Quase esgotou.

Nancy se afunda mais em seu assento com um sorriso irônico.

— Incluindo quem está lá fora com o copo do Coado da Costa?

Aperto a mão embaixo da mesa. Por mais simpáticos que sejam os donos da cafeteria do calçadão, no dia em que abriram as portas, no ano passado, foi como se tivessem erguido um cartaz que dissesse VAI SE FODER, ORLA DO CHÁ. Posso não ser capaz de me vingar, mas, assim que Nancy sair, o cara lá fora tomando seu café com leite está ferrado.

— Que bom que você veio — digo, as palavras saindo numa torrente envergonhada. — Estava pensando em te visitar mais tarde. Ganhamos o suficiente agora para quitar os últimos meses.

O sorriso de Nancy é gentil, mas sei que estou com problemas quando ela baixa a voz retumbante e diz:

— Fico feliz por isso. De verdade. Mas sei que a maior parte disso veio de todo aquele incidente com Griffin, e esse tipo de faturamento não é sustentável. Ainda estou com um pé atrás sobre renovar o contrato da Orla do Chá.

Resisto ao impulso de cair em lágrimas. São negócios. Não deveria ser pessoal. Mas, numa cidade tão pequena e unida como Benson Beach, tudo é pessoal. É por isso que Nancy não me despejou seis meses atrás quando comecei a atrasar o aluguel: ela sabe o que a Orla do Chá significa para mim. Para a cidade inteira. Foi minha irmã mais velha, Annie, quem a abriu, e, nos dois anos depois de sua morte, a pequena fachada da Orla do Chá é a única coisa concreta que me faz sentir que ela não se foi completamente.

Encaro um pequeno entalhe na mesa. Amo este lugar; não pelo que ele é, mas pelo que poderia ser. Todos os dias, porém, acordo com pavor de estar falhando com ele e, por extensão, com ela.

— Pensei que poderíamos dar uma mudada nas coisas por aqui — Nancy considera. — É só que é um pouco sem graça aqui. Não parece uma loja de calçadão, sabe?

É claro que sei. Sou eu quem coloca a velha playlist do Vitamin C String Quartet de Annie para tocar todos os dias e mantém a atmosfera entre praia e *Bridgerton* que ela preparou tão cuidadosamente, uma lamparina elegante e uma gravura em aquarela por vez. É um pouco chocante, talvez, sair da praia arenosa para um romance de Jane Austen, mas essa era a visão de Annie, e faço o possível para ser fiel a ela.

Nancy se empertiga um pouco.

— Lembra como as pessoas adoravam aqueles bolinhos doidos que Annie inventava?

Meus olhos se voltam para a placa de ESPECIAL DO DIA, ainda pendurada onde a deixei. Não só me lembro daqueles "bolinhos doidos": o Salto no Penhasco, o Caçador de Tornado, o Nadador Pelado. Eu os *vivia*. Era minha forma favorita de manter contato com Annie durante todos os anos que passei mochilando com Griffin. Eu participava de alguma aventura temerária e mortal, transformava em uma criação de bolinho inglês, e Annie os trazia à vida e, sabe-se lá como, conseguia que esgotassem toda vez.

Agora que não saio em nenhuma aventura e Annie não está aqui para falar sobre elas, a ideia de continuar com isso sem ela é outra coisa que deu errado.

— Eu poderia tentar algo assim — saio pela tangente. — Ou acrescentar alguns sanduíches rotativos no cardápio de chá da tarde ou abrir mais vagas para festas de aniversário.

É só quando Nancy começa a abanar a cabeça que me toco que os bolinhos ingleses não foram uma sugestão para ajudar, mas um lembrete de que não segui a vontade dela.

— Só falta um mês nesse contrato, querida. Não acho que haja tempo suficiente para mudar as coisas.

Merda. Certo. Não estamos tendo a conversa de "me pague o aluguel em dia" de sempre. É, em toda a sua glória, o golpe mortal de "vou pegar esse espaço de volta porque você nunca deu um jeito na sua vida". De repente, sinto como se estivesse me debatendo, atravessando a mesma água de antes, mas prestes a me afundar.

— E se eu pagasse os três primeiros meses de aluguel adiantados? Como uma espécie de caução? — pergunto, sem nem tentar esconder o desespero na voz. — Consigo te dar isso daqui a um mês.

Como, não sei ao certo, mas é para isso que servem classificados on-line e rins sobrando.

Depois de um momento, Nancy acena com desconfiança.

— Vou pensar. Mas gostaria de ver mudanças reais por aqui. Gostaria de ver a Orla do Chá inserida para valer na comunidade. Talvez entrar em contato com outros donos de pequenos negócios na região, trocar algumas ideias. — Ela ergue o queixo para mim. — Se acabarmos renovando esse contrato, não quero ter essa conversa de novo depois.

— Certo. Claro. — Sei que não adianta discutir. Tenho fortes suspeitas de que ela já está me dando um desconto no aluguel. — Obrigada. Não vou te decepcionar.

Ela estende a mão e me dá um tapinha caloroso no braço.

— Vamos nos falar de novo em breve. Agora vá dizer para Sana que ela pode colocar aqueles bolinhos de volta. Quero um de gotas de chocolate para viagem.

CAPÍTULO DOIS

Assim que Nancy sai da loja, eu me levanto da mesa, respirando fundo e sacudindo os braços ao lado do corpo. Só fechamos daqui a oito horas, então vou ter que remarcar a crise existencial para depois das seis da tarde.

— Se vale de alguma coisa — diz Sana, solidária —, seus pés são muito bonitos. Se quiser que eu tire algumas fotos e divida os lucros setenta-trinta, eu topo.

Solto uma risada lacrimejante e agradecida.

— Vou começar com algumas soluções permitidas para menores de dezoito e respondo depois.

Mateo vem do caixa onde cobrou seu próprio chá, depois se abaixa para me dar um aperto no ombro.

— Preciso sair, mas vamos pensar em algumas ideias que não envolvam seu corpinho hoje à noite.

Não protesto, mas eu é que não vou permitir que isso aconteça. Hoje à noite vamos encontrar meu irmão caçula, Dylan, para um planejamento há muito aguardado de seu casamento com Mateo. Posso ter arruinado por acidente praticamente tudo em que coloquei a mão nos últimos tempos, mas esse casamento vai ser uma delícia desde os primeiros acordes de música com eles subindo até o altar até a gente comendo bolo bêbados no chão às duas da madrugada.

Sana olha para a cozinha dos fundos.

— Um Irish Breakfast forte com um creme irlandês ainda mais forte ajudaria?

Então ouvimos um toque terrivelmente alto do lado de fora, em um contraste magnífico com a versão orquestrada de "thank u, next" que toca nas caixas de som. Volto a cabeça para o barulho para encontrar o ladrão de Wi-Fi olhando para o celular e levando todo o tempo do mundo para decidir se atende ou não sua chamada barulhenta.

— Não — digo —, mas lidar com o malandro lá fora, sim.

Saio da loja com toda a indignação que uma mulher que acabou de cavar um buraco no fundo do poço consegue encontrar. Consigo praticamente sentir as faíscas na ponta da língua, prontas para botar um terror no babaca desse ladrãozinho de mesa tomando café de boné de beisebol.

Demoro para localizá-lo quando saio. Vestido com um short cáqui e uma camisa de botão azul e fresca sobre os ombros largos, com toda a atenção na tela do notebook, ele parece seguro demais de si para ser um universitário, mas não casual o bastante para ser um turista. Não importa, porque ele vai ouvir o mesmo discurso de um jeito ou de outro.

Aperto o avental para criar forças, respirando fundo.

— Ei — digo, batendo na cadeira vazia ao lado dele. — Se vai usar o Wi-Fi o dia todo, acho bom comprar um bolinho que seja.

O homem ergue a cabeça devagar e, assim que seus olhos azuis acinzentados encontram os meus, o reconhecimento pulsa como um trovão através do meu corpo, tremendo de cima a baixo.

Não é um ladrão qualquer. É Levi Shaw.

Dou um passo para trás, meu coração batendo num ritmo próprio. Apesar de estarmos há anos separados, não consigo deixar de notar que, sob o boné de beisebol, aqueles cachos ligeiramente desgrenhados castanho-areia se suavizaram e escureceram com o tempo. Não consigo deixar de notar a maneira como seus lábios fartos ainda têm a mesma curva para cima nos cantos apesar de seu ar sério, nem a maneira como aqueles olhos familiares me perpassam, demorando tanto que o trovão dá lugar a um calor, um raio virando chama.

Esses mesmos olhos se suavizam consideravelmente quando se detêm em mim.

— June — ele diz, com uma voz grossa que não reconheço, uma gravidade nova que mexe em algo tão lá no fundo que não consigo encontrar meios de impedir isso.

Limpo a garganta, tão chocada que nem sei o que fazer além de exigir saber:

— O que você está fazendo aqui?

Os lábios de Levi se curvam de maneira quase imperceptível. Quando ele volta a falar, é com seu tom irônico de sempre, a diferença tão gritante, como se ele nem tivesse falado meu nome.

— Sendo esnobe e recluso, pelo visto.

Ah, tá. Ele deve ter ouvido cada palavra da minha conversa com Sana. Meu rosto arde tanto que daria para assar um dos meus bolinhos condenados. Ele apenas me observa com um meio-sorriso que só vi nos últimos anos, uma versão enfraquecida do sorriso radiante e bobalhão que tinha quando éramos crianças. Por um momento, ficamos paralisados, tentando encontrar um ritmo antigo que não existe mais.

Eu me recupero primeiro.

— Esnobe, recluso e traidor — acuso, apontando para o copo incriminador do Coado da Costa.

Ele me deixa pegá-lo, passando os olhos por minhas bochechas como se estivesse contando cada sarda, cada ângulo e plano novo do meu rosto.

Resisto ao impulso de baixar a cabeça. Estou tão cansada que tenho certeza de que pareço uma figurante em um filme de zumbi de baixo orçamento.

— E aí? — pergunto antes que ele possa me encarar mais.

Ele abana a cabeça.

— Desculpa. Não podia ficar lá. — Ele se crispa, olhando para trás na direção do Coado da Costa. Consigo ouvir a playlist contagiante dos anos 1980 saindo daquele lugar maldito. — Estava lotado e as pessoas estavam começando a espiar.

— E aí você pensou em vir para cá, onde tudo está tranquilo e parado? — retruco.

Levi se vira na direção da janela aberta, que tem uma vista direta para a mesa de Sana e o caixa onde passei a manhã toda.

— Eu ia entrar.

— O que te impediu?

É uma pergunta capciosa, para dizer o mínimo. Penso que ele vai desviar o olhar, mas, quando me encara, vejo a compreensão em seus olhos. Ele está acompanhando meu show de horrores tanto quanto estou acompanhando o dele. Não sei se morro de vergonha ou de alívio, mas em uma sensação consigo me fixar: mágoa.

— Estou esperando uma ligação — diz Levi simplesmente, olhando para o celular.

Dou um passo em sua direção.

— Ah, é isso que você andou fazendo na última década? — pergunto, aquela mágoa subindo por meu peito e saindo pela garganta antes que eu pudesse impedir. — Porque essa parece a conversa mais longa que temos em dez anos.

Penso que essa provocação vai ser o suficiente para ele ficar na defensiva, a fim de justificar a próxima farpa que quero lançar, mas Levi não morde a isca. Em vez disso, tira o copo ofensivo do Coado da Costa da minha mão, roçando os dedos tão de leve que, se não fosse pelo calor deles, eu poderia ter imaginado.

— É bom ver você — ele diz. Há uma sinceridade nas palavras dele que eu não estava esperando e que me faz vacilar. As poucas vezes que nos falamos nos últimos anos foram tão distantes que era como trocar mensagens com um estranho. Não consigo conciliar isso com a maneira como ele está olhando para mim agora, e nem sei se quero. Conhecendo Levi, ele vai estar fora de Benson Beach antes do pôr do sol.

Fecho a cara antes que meu rosto possa ceder.

— Queria poder dizer o mesmo.

Aperto as bordas da mesa e me inclino para a frente. Ele cheira àquele café traiçoeiro, mas há algo por baixo. Uma doçura terrosa. Do tipo que me faz pensar no cheiro de seu suor, na satisfação de uma longa corrida na praia em nossos ossos. Seus olhos estão tão perto que se arregalam diante dos meus, revelando os pontinhos cinza no azul, como um reflexo da tempestade que está se formando no meu coração.

Ranjo os dentes e digo:

— Agora compra um chá ou cai fora do meu deck.

Seu celular começa a tocar de novo, tão alto que nos assustamos. O nome "Kelly" aparece na tela. Sua ex. Levi encara o aparelho e depois me encara e, por um momento absurdo, sinto como se ele estivesse esperando que eu dissesse o que ele deveria fazer.

Mas os problemas de Levi não são meus. A lista de coisas que *são* meus problemas é tão longa que daria para pular corda com ela, e preciso voltar antes que ela acabe me estrangulando.

Dou um passo para trás.

— Bom papo. Até daqui uns anos, então.

Dou meia-volta antes que ele possa dizer mais alguma coisa, mas o aparelho continua tocando, distante através da janela aberta. Engulo em seco aquela velha pontada, mas é diferente agora. Menos uma dor e mais uma ânsia.

Sana solta um assobio baixo de sua mesa quando volto a entrar, seus olhos astutos enquanto me avalia, deixando claro que ela ouviu cada palavra. Faço uma nota mental de fechar a maldita janela enquanto Sana diz com o mais absoluto deleite:

— *Aí* está uma história que quero ouvir.

A essa altura, não tenho mais como não explicar tudo, mas, por enquanto, digo:

— Vou te poupar da chatice e contar o final logo de uma vez: "E nunca mais se ouviu falar dele".

Dito e feito, quando volto o olhar para a janela, Levi e seu café e a dúvida em seus olhos desapareceram.

CAPÍTULO TRÊS

Fica a dica: nunca assine uma autorização de uso de imagem antes de ler as letrinhas miúdas.

É estranho pensar que faz apenas três meses que Griffin foi escolhido para o *Business Savvy*. Os detalhes do reality show são todos turvos para mim agora: ele vendeu uma ideia vaga de startup, participou de um teste presencial e foi praticamente arrebatado para Manhattan para começar a filmagem no dia seguinte.

Quando ele foi embora, eu não estava preocupada com nada além da saudade que sentiria dele. Griffin sempre foi Griffin: agradável, dinâmico, motivado. Ele podia não estar transbordando de ideias brilhantes, mas eu esperava que ele viesse para casa com algum tipo de boa notícia, mesmo que não ganhasse.

O que eu *não* esperava era que ele voltasse para casa com uma mulher absurdamente linda chamada Lisel, que estava sentada ao seu lado enquanto ele segurava a mão dela e me dizia que ela era o "amor da sua vida" enquanto três câmeras estavam apontadas para nós. Tampouco esperava que *Business Savvy* virasse um sucesso galopante, em parte graças ao fato de Griffin e Lisel terem "juntado suas ideias de startup e seus corações". E muito menos esperava que, quando o episódio do nosso término fosse ao ar duas semanas atrás, minha cara de choro fosse transformada num meme em todas as plataformas de redes sociais mundo afora, onde fui tanto tachada como uma idiota ingênua e reverenciada como a nova Santa Padroeira das Mulheres Traídas.

Em defesa do meme, minha cara estava bem ridícula mesmo. Bochechas inchadas, ranho escorrendo pelo rosto, os olhos tão marejados que eu poderia ter aberto meu próprio parque aquático. Bastaram alguns closes do meu choro de soluçar teatral e, bum, nasceu uma sensação da internet.

O surto vulcânico não foi nem pelo coração partido. Foi pelo choque. Pela completa e absoluta incredulidade não apenas de ser traída daquela forma, mas em minha própria casa, por alguém que eu tinha amado por tanto tempo que nem por um instante pensei em questionar o sentimento. Era a constatação profunda e imediatamente esmagadora que boa parte do que eu pensava saber durante minha vida toda estava errada.

Olho para trás e não consigo deixar de pensar que eu deveria ter estado mais preparada para isso. Não é a primeira vez que a vida me puxa o tapete. Perder Annie não foi apenas perder minha irmã: foi perder um pedaço de tudo em meu mundo. Quando você tem uma irmã, você não percebe o quanto do que pensa, da maneira como existe, se constrói com base não apenas nos seus próprios pensamentos, mas nos dela também. Só percebe o quanto dela colore a maneira como você olha o mundo quando ela deixa de estar nele, e você está olhando para todos os mesmos lugares e pessoas que conhece desde que se entende por gente e tenta reconhecer alguma versão nova deles, sem as antigas cores.

Mas perder Annie foi algo que aconteceu comigo. Ser jogada aos leões foi algo que Griffin *fez* comigo. Não foi um acontecimento injusto, fortuito e assustador no universo. Foi deliberado. Foi planejado.

E não sei por que, mas ainda não consigo sentir raiva dele por isso. Seria mais fácil se conseguisse. Mas aí eu teria que ir além do jogo dos "e se". Teria que esmiuçar todos os momentos nos últimos dez anos que escolhi passar com Griffin. Teria que reconhecer a maneira como ele nunca quis falar sobre o futuro além da próxima viagem, como vivia se referindo a mim como sua companheira de viagem com a mesma frequência que me chamava de namorada. Como me estimulava a fazer coisas que me davam medo, mas muitas vezes me forçava a ir além do que eu estava preparada. Como eu sabia que faltava algo em nossa relação, aquela *chama* essencial que as pessoas apaixonadas parecem ter, mas eu estava acostumada demais com a ideia de nós para me preocupar.

Teria que olhar para todos esses sinais de alerta e ficar igualmente brava comigo por ignorá-los.

Ao décimo quilômetro da minha corrida matinal, é só essa raiva e o chá gelado de goiaba que me sustentam. Estou tão perdida em meus pensamentos surtados que nem noto os dois corpos correndo na minha direção na praia até uma voz familiar gritar:

— June!

Dylan acena para mim com as duas mãos, efusivo como sempre. Fico surpresa em vê-lo ali: sete da manhã é tarde para ele. Podemos ser irmãos, mas só Deus sabe o que estava nos genes que ele absorveu no ventre. Ele é basicamente o que acontece quando o Coelhinho da Duracell tem um caso com o Hulk e o filho deles se casa com um galão de café prensado a frio e tem *outro* filho. Ele nunca não está em movimento, seja acordando ao raiar do dia para nadar na praia ou treinando as equipes de atletismo e cross-country da universidade ou se exercitando em toda e qualquer barra que encontra.

Ele seria completamente insuportável se também não tivesse a personalidade de um Labrador Retriever e um coração de ouro. Quer dizer: ouro e quantidades imensas de proteína em pó com sabor de bolo de palito.

— Olha quem é! — Dylan grita, e só então me dou conta de que a pessoa com quem ele está correndo é ninguém menos do que Levi.

Meu ritmo vacila quando ele chega mais perto do meu campo de visão. Seu cabelo está molhado e desgrenhado de suor, seu rosto brilhando sob o sol matinal. Mas é o short de academia e a regata que fazem o desfavor de atrair meus olhos a lugares que não estou acostumada a explorar: seus ombros tonificados, os novos ângulos definidos em seus braços esguios, a flexão constante de suas pernas se movendo sobre a areia.

Tecnicamente, essas partes de Levi não são estranhas para mim. Todos tivemos que usar uniformes minúsculos quando eu, Levi e Dylan estávamos na equipe de cross-country no ensino médio. Limpo a garganta, tentando tratar isso com a mesma naturalidade com que tratava na época, mas Levi chega tão perto que consigo ver as gotas de suor se acumulando em sua pele. Uma delas escorre por sua clavícula e preciso de todo meu autocontrole para não a encarar escorrendo sob a camisa, não imaginar o caminho pelo qual desliza.

Pisco e quase rio sozinha. Não tenho esse tipo de pensamentos sobre o corpo de alguém desde… bom, nunca. Deve ser um efeito colateral de estar longe de Levi por todos esses anos. Talvez agora meu cérebro esteja compensando o tempo perdido tentando absorver o máximo possível de cada centímetro dele.

Isso. É só isso e nada mais. E, se por acaso os olhos de Levi pairam em minhas pernas nuas, não deve passar disso para ele também.

Só consegui me recompor quando paramos.

— Acho que não recebi meu convite — comento, rindo.

Levi abre a boca, mas Dylan é mais rápido, dando um tapão nas costas de Levi com força suficiente para deixar marca.

— Cruzei com ele no caminho para a academia e o arrastei para cá. Não sabia que ele estava de volta à cidade!

Até onde sei, Levi não manteve mais contato com Dylan do que comigo, mas isso não quer dizer nada. Contudo, esse é o lance sobre Dylan: não é nem que ele não consegue guardar rancor. Ele é fisicamente incapaz de chegar a sentir isso.

Ergo as sobrancelhas, virando-me para Levi sem realmente olhar para ele.

— Somos dois.

Dylan ainda está sorrindo, sem ter ideia da tensão enquanto Levi tenta sem sucesso me olhar nos olhos.

— A gente deveria transformar isso numa rotina matinal, então — diz Dylan. — Como nos velhos tempos.

Chuto a areia com o tênis.

— Se Levi realmente for ficar.

Sinto o peso do olhar de Levi em mim quando ele diz:

— Vou passar algumas semanas aqui. Estou alugando o primeiro andar do prédio azul no calçadão.

Fica a apenas duas lojas da Orla do Chá. Não consigo deixar de pensar se foi proposital ou se era só o que havia disponível.

— Excelente — diz Dylan enquanto um alarme dispara em seu relógio. Ele se distrai tão facilmente que Mateo programou seu relógio para lembrá-lo de quando seus turnos começam. — Preciso correr para o treino. Bom ter você de volta, Levi. Até mais!

Sem cerimônia, Dylan sai feito um foguete, deixando-me com Levi de queixo caído na praia vazia.

Parece abrupto demais voltar a correr, então começo a andar rapidamente na mesma direção de onde eu tinha vindo. Levi acompanha o ritmo ao meu lado tão facilmente que, por um momento, sinto que o mundo está voltando a ser como antes. Como se, se eu fechasse os olhos agora, ouvisse o lamber das ondas e sentisse a maresia do vento em minhas bochechas, eu poderia abri-los e encontrar todas as outras inúmeras vezes que caminhei nessa praia com Levi. Quando éramos crianças procurando lugares para construir castelos de areia. Pré-adolescentes nos debatendo em nossas pranchas de bodyboard. Adolescentes disputando corrida durante treinos longos.

Formávamos um par improvável quando éramos pequenos. Levi era terrivelmente tímido, e eu vivia me metendo na vida de todo mundo, por ser a irmã de Annie. Mas, quando estávamos a sós, era outra coisa. Ele ganhava vida, aquele menino de olhos brilhantes, sorriso largo, sincero até demais, transbordando de tantas ideias que mal conseguíamos fechar a boca para respirar.

Agora, todas aquelas palavras antigas parecem tão perdidas que a única coisa que consigo pensar em dizer é:

— Algumas semanas?

Levi faz que sim.

— Tenho muito tempo de férias acumuladas.

Não sei ao certo como classificar a emoção estranha em mim: se é esperança ou pavor ou algo mais.

Não me permito pensar demais nisso. É apenas uma questão de tempo até ele ser puxado de volta para a órbita dos outros zumbis do mercado de investimentos que ele chama de colegas de trabalho, que quebram o contínuo espaço-tempo-sanidade trabalhando expedientes de trinta horas e transformando o próprio sangue em Red Bull. Posso contar nos dedos o número de vezes que ele veio para casa por mais do que alguns dias desde que se formou em Columbia, e esse número é zero.

— Ah — digo. — Então isso não tem nada a ver com fugir correndo da sua vida.

— Correndo não. Dylan acabou de arrancar meu couro. Não vou conseguir correr por uma semana.

A risada que me escapa é brusca e inesperada, cortando o silêncio matinal da praia. Alivia a tensão o bastante e, quando volto o olhar, encontro aquele meio-sorriso novo em seu rosto. Desta vez, porém, vejo mais da versão antiga em seus olhos: a ruga sutil, o brilho discreto.

Um brilho que passa quando ele baixa a cabeça para encontrar meu olhar, diminuindo a distância entre nós enquanto andamos.

— Queria conversar com você — Levi diz, com a voz baixa. — Soube o que aconteceu com Griffin.

Mantenho o olhar no trecho principal do calçadão ao longe, apertando o passo.

— E eu soube o que aconteceu com Kelly — digo com a voz firme. — É por isso que você está aqui? Para formar um grupo de apoio de términos viralizados de Benson Beach? Porque não tenho muito tempo para atividades extracurriculares de nicho agora.

As pernas compridas de Levi acompanham meus passos com tanta facilidade que não consigo evitar olhar para elas. Para a flexão suave de suas panturrilhas. Para a maneira como seus tênis deixam marcas firmes na areia muito mais largas do que as minhas.

— Você está bem? — Levi pergunta com aquele mesmo tom baixo.

A pergunta me faz hesitar, porque é óbvio que não. Joguei o "bem" pela janela muito antes dessa confusão toda com Griffin, o que para ser sincera é só a cobertura do bolo de "a vida de June está desmoronando".

— *Você* está? — disparo em resposta.

Porque o lance é este: viralizei nas redes sociais. Levi viralizou em termos de *Page Six*, *E! News* e perguntas em tapetes vermelhos. Pelo que li e pelo que Sana investigou, o emprego de Kelly no ramo de imóveis de luxo vivia a colocando em contato com uma clientela de celebridades em busca de lofts com piscina no SoHo ou coberturas com vista para o Central Park. Só que, até algumas semanas atrás, ela nunca trairia Levi com nenhum deles.

Até chegar Roman Steele.

Que fique claro que prefiro comer areia a defender Kelly. Mas Roman Steele está definitivamente no topo da lista de "liberados para uns pegas" de todo casal. Ele começou a carreira encantando plateias em comédias românticas excêntricas quando estava na casa dos vinte, depois passou a década seguinte como o alicerce de uma enorme franquia de super-herói em que ele e seu abdômen com seis (oito? dez?) gominhos e sorrisos de viés o alçaram à fama internacional. Agora, aos quarenta e poucos, ele assumiu aquele ar de *ex-bad boy* bonitão incorrigível que virou um ator sério, é o rosto de uma instituição de caridade internacional pelo bem-estar de crianças e acabou de participar de dois filmes de época diferentes que já estão sendo cogitados para o Oscar.

Não surpreende que grande parte do mundo queira ou ser ele ou ficar com ele. Acho que Kelly aproveitou sua chance.

Quando uma série de fotos borradas deles se beijando à janela da cobertura que ele tinha comprado começou a rodar, demorou apenas um dia mais ou menos para os investigadores identificarem Kelly. No começo, a cobertura era praticamente a história de Cinderela: menina local trabalhadora de Nova York tirada da obscuridade por astro do cinema bonitão eternamente solteiro; parece que ele só estava buscando a mulher pé no chão certa esse tempo todo! E continuou assim por uma semana até a imprensa ficar sabendo que Kelly estava noiva de outra pessoa.

Foi aí que a história passou de grande a cataclísmica, e Levi foi pego no fogo cruzado. Fãs fanáticos de Roman Steele estavam determinados a encontrar todos os podres possíveis de Kelly, e a existência de Levi era uma mina de ouro. Tabloides começaram a escrever artigos expondo-a, e, quando Levi se recusou a comentar, ele foi retratado como tudo, desde vítima ingênua e empática a vilão calculista das finanças cuja apatia levou Kelly a trair. Pela aparência das fotos, ele estava até sendo perseguido por alguns dias à porta de seu apartamento no Upper West Side.

Eu e Levi éramos como dois lados de uma moeda doentia. Eu estava viralizando no submundo da internet; já ele, na mídia dominante para todas as mães de meia-idade nas telas de televisão dos Estados Unidos. Ele tem todo o direito de estar mal quanto eu.

Mas Levi não responde à minha pergunta. Ele estende a mão e toca meu punho, sem me deter, mas diminuindo meu ritmo o bastante para eu ter que me virar e olhar para ele. Ter que encarar aquela mesma tempestade de ontem crescendo em seus olhos, para então perceber que não era apenas minha, mas em parte dele também.

Ele está bravo. Consigo ver agora que estou procurando os sinais. No nó em sua garganta. Na linha tensa de seu maxilar. Já vi toda a gama de emoções de Levi — ele sempre foi o mais sensível de nós na infância, o que mais ria de uma piada e também o que mais chorava por uma mágoa —, mas eu nunca o vira assim.

Quando me dou conta que é por causa de Griffin, isso me faz parar de repente.

Levi respira fundo, e parte da tensão vai embora.

— Nunca vi você chorar daquele jeito.

Escuto a dor em sua voz antes de vê-la em seu rosto. Aquela pontada que senti por ele na Orla do Chá, aquele reflexo de sentir sua dor como se fosse minha: ele a sentiu por mim também. Ainda a sente. E tem algo em vê-la tomar forma nele que a torna mais real do que antes, que me faz sentir ódio dele por um momento.

Solto meu punho de sua mão e volto a andar, mais rápido agora.

— Bom, tem uns cem mil GIFs se quiser ver de novo.

Mas Levi se recusa a me deixar fugir, acompanhando meu ritmo com facilidade.

— Estou falando sério. Fiquei assustado. Queria ligar para você, e me toquei que não podia mais simplesmente fazer isso.

Ah, entendi. Sua vida implodiu, então ele está tentando juntar todos os pedaços dela para poder remontá-la de volta. É claro que ele pensaria em mim. Estou tão para baixo quanto ele agora. Sou fácil de recolher comparado com o que quer que esteja esperando por ele em Nova York.

Um aperto em meu peito me lembra que isso não é verdade. Que, em meus piores momentos, aqueles em que pensei *Para quem posso ligar?* Ou *Quem não pensaria mal de mim por isso?*, era Levi a primeira pessoa a surgir em minha mente.

Mas nunca quis que Levi voltasse para minha vida por pensar que estou destroçada. Queria que ele voltasse porque *queria* voltar.

— Bom, se você voltou a Benson para ver se ainda estou inteira, está tudo certo — digo. — Estou vibrante. Nunca estive melhor. — Viro o corpo para ele e estendo os braços para o oceano, abrindo um sorriso teatral. — Tira uma foto para a posteridade.

A expressão de Levi é um misto de preocupação e exasperação, um semblante que conheço bem. Antigamente, era a cara que ele me fazia por roubar vinho morno para a viagem de volta no ônibus depois de provas fora da cidade. Vê-la agora é um tipo estranho de alívio. Pelo menos algumas coisas não mudaram.

Diminuo o ritmo.

— Levi, eu agradeço. O que quer que seja isso — digo, apontando para ele todo. — Mas sei que você tem sua própria confusão para resolver. Provavelmente maior ainda. Poxa, eu e Griffin nem estávamos noivos nem nada quando ele terminou comigo.

— Kelly não terminou comigo.

Ergo os olhos com uma velocidade tão cômica que é como se meu cérebro tocasse um disco riscado.

— Ahm? — pergunto, minha voz um oitavo mais aguda.

Agora é Levi quem se recusa a me olhar nos olhos, suas bochechas corando um pouco.

— É... complicado. Estamos dando um tempo.

Porra. Bem ou mal, essa é outra coisa em Levi que não mudou. Ele é leal até o fim — e leal até demais. Acho que é por isso que ele foi atraído para nossa família, por que Annie se tornou melhor amiga dele aos seis anos de idade e nunca se afastou. Ela era terrivelmente protetora dessa parte de Levi quando ele era ingênuo demais para ser, assim como era comigo e Dylan também.

Mas isso foi quando éramos crianças. Levi é um homem adulto, e Kelly... eu nem conheço.

Volto a reprimir essa pontada e a substituo pelo meu novo mantra: *Não é problema meu*. Não *é problema meu*. Talvez alguém em algum lugar esteja preparado para ajudar Levi a resolver sua relação com uma mulher que o traiu com o Homem do Ano da *GQ*, mas eu é que não sou.

— Qual é o plano, então? — pergunto, contornando o elefante em formato de adultério na sala. — Você volta para cá, faz toda sua turnê de desculpas, pega sua limusine de volta para a cidade quando acabar e tem seu final feliz com Kelly?

As palavras têm a intenção de afugentá-lo. Acredito que ele tem boas intenções, mas não o suficiente para confiar de onde elas vêm ou quanto tempo vão durar.

Mas Levi não se deixa intimidar.

— O que mais quero é compensar o tempo perdido.

Eu me alongo para cima na direção do céu, relaxando os músculos pós-corrida. Não deixo de notar os olhos de Levi perpassando meu corpo de novo, mas também não faço nada para impedir.

— Bom, se esse for o único motivo por que você está na cidade, tomara que tenha outras coisas planejadas para suas "férias". Porque não acho que isso vai acontecer tão cedo.

— Está mais para uma licença — ele diz.

— Ah, é por isso que você está carregando seu notebook para tudo quanto é canto? — pergunto, incisiva. — Para tirar uma licença?

Para minha surpresa, as pontas das orelhas de Levi ficam vermelhas. É uma ocorrência tão específica que sei exatamente o que a provocou. Levi sempre foi de se envergonhar facilmente, ainda mais quando o assunto é sua escrita.

— Espera. Você voltou mesmo a escrever alguma coisa? — pergunto, em parte por curiosidade e em parte por incredulidade.

Não estou achando que ele vai admitir. Annie costumava arrancar os rascunhos da mão dele como se fossem seu coração.

Mas, lembrando agora, acho que nunca precisei fazer isso. Annie também era escritora, mas só pedia para Levi as histórias que ele tinha chegado a escrever. Ela não fazia ideia de que a maioria ele já tinha me contado em voz alta.

— Um manuscrito antigo — Levi admite. — Estou tentando reescrever antes que um editor interessado tire um ano sabático a partir do mês que vem.

— *Caçadores do céu*? — pergunto antes de conseguir me conter.

Levi solta uma risada, mas seus olhos se suavizam.

— Não acredito que você se lembra disso.

Não muito longe desta praia fica uma faixa de mata por onde nós quatro andávamos: eu, Annie, Dylan e Levi. Annie liderava o caminho e seguia na trilha à nossa frente. Dylan ficava para trás, examinando insetos e raízes de árvores em formatos estranhos. E eu e Levi andávamos lado a lado enquanto ele inventava histórias, todo um mundo fantástico que ele criava uma tarde ensolarada por vez.

Ainda está dentro de mim assim como meus ossos, assim como minhas sardas mais antigas e meus reflexos mais rápidos. Uma história que ele começou a tecer tão precocemente que me parecia tão minha quanto dele.

— Não acredito que você não acredita que lembro — retruco, o sarcasmo disfarçando a mágoa inesperada.

As orelhas de Levi ainda estão rosadas quando ele limpa a garganta e diz:

— Bom, é diferente. Mais ficção literária.

— Ah. Aquela de crise existencial em Nova York? — Que, em minha defesa, é uma maneira ligeiramente mais educada de dizer "fanfic pedante da coitadolândia". Levi inclina a cabeça, mas, antes que possa perguntar, acrescento: — Annie me contou dessa quando estávamos na faculdade.

Um silêncio paira sobre o nome de Annie que até a brisa parece respeitar, e passa pela minha cabeça que não vejo Levi desde o funeral. Aquele dia foi tão turvo de lágrimas, providências e estranhos que a memória de vê-lo naquele ambiente parece um sonho. Não consigo lembrar o que foi dito, só me lembro do momento em que os discursos fúnebres acabaram e a bolha de pessoas ao meu redor se dispersou, e lá estava Levi, abraçando-me em silêncio, uma longa calmaria numa tempestade terrível.

Me arrepio com a lembrança. Naquela época, era como se o luto fosse nos engolir por inteiro. É diferente agora, mais como as ondas a nossos pés, baixando e subindo constantemente, maiores em um momento, menores no outro. Uma maré em que consigo mergulhar os pés e me permitir sentir, ou uma onda que vai me acertar por trás quando eu menos esperar.

Levi respira devagar ao meu lado como se fosse dizer alguma coisa, mas não quero falar sobre Annie agora. Não quero mergulhar tão fundo se não posso confiar que ele vai estar aqui amanhã.

Portanto, em vez disso, estreito os olhos de maneira dramática para o calçadão.

— Que tal o seguinte? — pergunto. — Se eu chegar ao píer antes de você, você dá *Os caçadores do céu* para seu editor também.

Levi solta uma risada abafada.

— Ah. Então agora vamos disputar corrida para decidir todo meu futuro literário?

— Pensei que você queria retomar a amizade — comento com inocência. — Era assim que resolvíamos as coisas quando éramos amigos, não?

— Você acabou de ver seu irmão tentar me matar — ele resmunga. — Mal consigo sentir as pernas.

Meus pensamentos divagam para o momento em que vi aquelas pernas se flexionando sobre a areia, e preciso sacudir a cabeça antes que meus olhos comecem a olhar para elas novamente. O que quer que houvesse naquele chá gelado hoje cedo, está criando uns pensamentos estranhamente, hum, *vívidos* no meu cérebro.

— E eu fiquei acordada até depois da meia-noite fazendo inventário. Estamos no mesmo nível — digo, traçando uma linha de partida com o pé na areia. — Preparar...

Levi olha para a linha e depois para mim, ainda plantado a mais de um metro dela antes de dizer, impassível:

— Já não passei vexame demais nesta vida?

— Apontar...

— June Hart — ele diz, meio exasperado, meio suplicante.

Eu me viro para ele com um sorrisinho, erguendo o queixo.

— Levi Shaw — respondo, demorando-me em cada sílaba. Quero dizer seu nome como um desafio, mas no instante em que nossos olhos se encontram e falta o ar, soa como algo completamente diferente. Mais um convite do que um desafio.

Sinto arder cada centímetro do meu rosto. Antes que ele consiga olhar direito, recupero o juízo o suficiente para gritar "JÁ!" e o deixo comendo poeira.

Depois de um momento, perplexo, Levi faz um barulho indignado e desata a correr atrás de mim, e solto uma risada que é engolida imediatamente pelo vento. Sinto como se meus pés estivessem voando, como se o vento em minhas costas estivesse me empurrando para a frente, cada movimento das pernas mais leve e natural do que em anos. Como se houvesse uma eletricidade antiga zumbindo sob minha pele, atravessando cada músculo.

Quando estamos no meio do caminho para o píer, consigo ouvir o pulso constante dos passos de Levi, as respirações rápidas e regulares perto da minha orelha. Sinto o crepitar de sua energia contra a minha, um sorriso se abrindo em meu rosto enquanto tomo fôlego. Essas corridas sempre começavam por motivos diferentes, mas inevitavelmente tinham o mesmo fim: sempre empatávamos. Eu sabia que não era porque Levi me deixava vencer. Só vivíamos em uma sintonia ridícula e absurda.

Estamos tão perto do píer agora que me pergunto se hoje, depois de todos esses anos, estamos prestes a quebrar essa sequência. Se realmente consigo ganhar dele. Não sei como acomodar essa ideia dentro de mim, então só faço o que sempre fiz e corro com todas as partes do meu ser.

Até que um braço firme envolve minha cintura, fazendo todas essas partes entrarem em pane. Sinto o calor do corpo de Levi encostado ao meu enquanto ele me puxa do chão, minhas pernas ainda avançando, rindo tanto pelo choque que todo o ar escapa dos meus pulmões. Ele me vira com tanta facilidade que meu batimento acelerado dá lugar a uma palpitação estranha, e me sinto flutuando ao mesmo tempo que Levi usa nosso embalo para nos jogar numa duna de areia, nós dois rolando com os braços dele ainda em volta de mim, envolvendo meu corpo.

Finalmente paramos, nós dois esbaforidos demais para nos mover, respirando ar quente e carregado no rosto um do outro.

— Você *roubou* — acuso, soltando uma gargalhada.

Seus braços ainda estão em volta da minha cintura, e consigo sentir a adrenalina pulsando entre nós onde os músculos duros do seu braço encontram a pele macia do meu quadril. Seus olhos brilham com uma malícia que eu não estava esperando, algo que parece uma minúscula fratura no escudo que ergui contra ele há tanto tempo.

— Nunca criamos regra nenhuma — diz, com a voz baixa e irônica.

Seu rosto está tão perto do meu que preciso alternar entre seus olhos para o encarar, consigo sentir o cheiro daquela mesma doçura terrosa de ontem. Não é o mais próximo que já estivemos, mas o mais perto que já me senti. Como se de repente houvesse um tipo novo de gravidade entre nós, puxando-nos com sua força própria.

Ouvimos o clamor dos surfistas de manhãzinha enchendo os degraus de madeira perto do píer, e o choque nos separa. Sou a primeira a me levantar de um salto, espanando a areia das coxas e do topo dos braços, tentando não observar Levi pelo canto do olho enquanto ele faz o mesmo. Existe uma tensão entre nós, uma tensão frágil que pode ser tudo ou nada para nós.

Talvez eu seja uma idiota por isso. Talvez eu me arrependa. Mas algo reacendeu em mim, algo novo e nostálgico ao mesmo tempo e, de repente, a ideia de perder essa chance de ser amiga de Levi me assusta mais do que a ameaça de perdê-lo de novo.

Limpo a garganta.

— Ainda voto por *Caçadores do céu* — digo. — Mas, se for mesmo ficar, pode escrever na Orla do Chá, se quiser.

Levi acena com todo o cuidado, respeitando o peso da oferta. A confiança silenciosa entre nós. Depois diz com gravidade:

— Vou levar minha inscrição para o grupo de apoio de términos viralizados.

Solto uma risada abrupta e inesperada enquanto saio correndo para longe dele, uma que perdura no fundo da minha garganta até chegar ao calçadão. Levi estar aqui pode ser algo passageiro, e sei que vou me repreender por ter me deixado levar. Mas, mesmo se for, ninguém pode tirar de mim essa corrida pela areia com ele, essa energia nova em meus ossos que me faz sentir como se tivesse voltado a ser eu mesma depois de tanto tempo.

CAPÍTULO QUATRO

Depois de anos entrando em voos de última hora, dormindo em hostels e vivendo num fuso horário particular que só consigo descrever como Horário Caótico da June, chega a ser estranho o prazer que sinto com todas as minhas pequenas rotinas agora. Com os ritmos reconfortantes de todas elas: as fornadas de bolinhos matinais, o movimento rotineiro de clientes, os happy hours de quinta à noite com Mateo, Sana e Dylan. Nenhum dia é igual ao outro, mas nunca é doido a ponto de arrancar as novas raízes que plantei aqui.

Mas minha rotina favorita é quando Mateo acorda cedo o bastante para me distrair pouco depois da fornada de bolinhos ingleses e me arrastar para a frente da Orla do Chá, onde dividimos uma chaleira imensa de Assam e observamos as ondas do calçadão enquanto botamos o papo em dia.

Hoje estamos dividindo um bolinho inglês com gotas de chocolate da Orla do Chá e um pão doce do Sirena, o restaurante mexicano de sucesso que os tios de Mateo administram na rua principal da cidade. Nosso café da manhã está apoiado entre a montanha de trabalhos dos alunos de Mateo e meu notebook, em que estou repassando a lista de ingredientes de atacado para o pedido da semana de nossos fornecedores locais. Ele já está com sua calça cáqui do dia e seu colete de lã azul-marinho com ondas do mar azul-claras tricotadas sutilmente, e eu ainda estou vestindo o que chamo de Pijama de Cozinha: minha calça de moletom cinza desleixada favorita com uma regata branca canelada, os chinelos jogados, o mais confortável que fico o dia todo.

Mateo passa a mão no cabelo, basicamente fazendo as ondas em cima se arrepiarem pela umidade.

— Meu Deus — ele murmura. — Esses alunos são incorrigíveis.

— Tá, me ajuda. Sou craque em... — Estreito os olhos para o trabalho que Mateo está corrigindo. — Negociações comerciais entre Grécia e Egito antigos.

Mateo murmura com divertimento, tomando um gole do chá.

— Fica à vontade — ele diz, passando o trabalho para mim.

Só então vejo o motivo da sua angústia.

— Isso é um perfil de Instagram? — pergunto, referindo-me à anotação escrita à mão com um emoji de piscadinha no alto da página digitada.

— Eles não se cansam — diz Mateo, com a cara fechada, dando uma mordida gigantesca no bolinho inglês.

Mateo ainda acha muito desconcertante aceitar que ele é gato. Em defesa dele, nós dois demoramos para amadurecer. A diferença é que passei todos os meus anos desengonçados fingindo não ser, enquanto Mateo passou esses anos tentando se camuflar na seção de história da biblioteca da cidade. Ele estava completamente despreparado para o fim da puberdade e para ser notado pelas pessoas. Ainda mais porque, desde os quinze anos, ele só tinha olhos para Dylan e rejeitava educadamente qualquer outra pessoa com um gentil "não, obrigado".

— Vou pesquisar o perfil — informo.

Infelizmente, meu aplicativo do Instagram abre no perfil de ninguém menos do que Lisel Greene. Seu post mais recente a exibe com Griffin de olhos franzidos de tanto rir, enquanto fazem rafting por uma correnteza tão intensa que espirra água em seus rostos. Ela está em primeiro plano, segurando o remo com aqueles seus braços musculosos e bronzeados e se recosta em Griffin com uma intimidade que me fascina e me repugna ao mesmo tempo.

Mateo tira o celular da minha mão.

— Não vale seu tempo — ele me lembra, fechando o aplicativo com uma força que pelo visto eu não possuo mais.

A imagem desaparece, mas a mágoa continua depositada em meu peito. As fotos mais recentes de Lisel são todas na mesma linha. Rafting em corredeiras, trilhas em picos íngremes, escaladas na chuva. Todas as coisas que eu e Griffin fazíamos juntos, quando ele era imprudente e eu estava determinada a igualar sua energia, para provar que conseguia dar conta mesmo quando me cagava de medo.

— Além disso — diz Mateo com um sorrisinho irônico —, parece que você já superou.

— Obrigada — digo, colocando a mão no peito. — Só ouço minha playlist de término da Taylor Swift uma vez por semana agora.

— Ah, não, estou falando sobre aquela foto com Levi.

Fico encarando.

— Foto?

— Aquela que Dylan viu no seu grupo antigo de cross-country no Facebook ontem à noite. — Pela minha cara, Mateo pega o celular e entra na conversa com Dylan, o que é um encanto antropológico. Longas fileiras de mensagens profundas de Mateo são interrompidas por letras maiúsculas, pontos de exclamação e emojis do meu irmão. — Esta.

A primeira coisa que noto é o contraste do meu top esportivo rosa-neon com a areia. A segunda é como a mão de Levi está perto do tal top nessa foto, que alguém deve ter clicado do calçadão depois que corremos. Foi tirada segundos depois de cairmos na duna juntos e, com a testa de Levi tão perto da minha e nossos braços e pernas enroscados, parece tão erótica que poderia ser uma opção descartada para a capa de um romance picante.

Um fato que claramente não passou despercebido para nossos antigos colegas de equipe, porque a legenda da foto diz até que enfim, casal com um emoji de beijo. Pelo menos umas dez outras pessoas postaram comentários irônicos embaixo, no mesmo tom.

Tiro os olhos dela.

— Quando postaram isso? — pergunto, com a cara tão vermelha que nem um mergulho completo no Atlântico poderia me refrescar.

— Em algum momento de ontem. — Mateo dá um gole acusador em sua caneca. — Tem alguma coisa que gostaria de compartilhar com a turma?

— Não é o que parece — digo, angustiada, puxando os joelhos junto ao peito. — A gente estava disputando corrida.

—Ah, é assim que os jovens chamam hoje em dia? — Mateo pergunta.

Enfio o rosto entre as mãos. Faz alguns dias desde aquela corrida na praia. Para minha surpresa, Levi aceitou a oferta de escrever na Orla do Chá, acomodando-se numa das mesas no canto do salão no dia seguinte. No começo, não me permiti dar muita importância a isso, certa de que algo o afugentaria. Se não a falta de café, Sana pulando imediatamente da cadeira para propor uma entrevista a ele.

Mas Levi voltou todas as manhãs por pelo menos algumas horas, sentando-se em silêncio com seu Genmaicha e resistindo à pressão intermitente de Sana. Ando bem ocupada tentando pensar em ideias para pagar o aluguel que prometi a Nancy, mas, antes de ele sair, normalmente temos algum tipo de interação no caixa. É rápido e leve, uma brincadeira superficial, mas é agradável o bastante para essas fotos me encherem de pavor.

— Levi vai morrer de vergonha — digo baixinho, já me preparando para uma cadeira vazia na Orla do Chá hoje.

— Levi não tem Facebook desde que o Obama era presidente — Mateo me lembra. — E por que ele morreria de vergonha? Todo mundo achava que vocês namoravam na época da escola.

— Como assim? — balbucio. — Com base em literalmente o quê?

Mateo ergue uma sobrancelha de uma maneira tão professoral que sinto que ele vai dar nota para minhas escolhas de vida.

— Vocês dois eram inseparáveis. Sempre que eu ia a uma prova de cross-country, você estava dormindo em cima dele ou vice-versa.

— Correr é cansativo!

— Fingir não ter sentimentos por alguém também é.

Estreito os olhos.

— Uma acusação irônica vindo do homem que teve uma queda pelo meu irmão por *anos* antes de fazer alguma coisa a respeito.

Mateo solta sua risadinha habitual. Entre a natureza cautelosa de Mateo e a desatenção completa e absoluta de Dylan, está aí um casal que demorou para ficar junto.

— Por falar nisso, Dylan queria saber se tudo bem por você ele convidar Levi para ser padrinho dele — diz Mateo. — Ele não ia chamar, mas, depois de ver esse post ontem, ele pensou que… enfim. Como vocês dois estão de boa de novo, ele estava torcendo para você topar trabalhar em conjunto e ajudar a planejar as coisas.

Considero as palavras de Mateo com cuidado. Esse casamento na verdade era para ter acontecido um tempo atrás, quando Annie era a madrinha e tinha tudo planejado nos mínimos detalhes. Assumi essas funções desta vez, e me sinto ao mesmo tempo comovida e apavorada. Acho especial que eles confiem a mim um dos dias mais importantes de suas vidas, mas Annie deixou um vazio que parece impossível de preencher.

Além disso, tem um tipo diferente de espaço para preencher desta vez. Eles escolheram setembro, pensando que seria relativamente calmo para viajar, mas agora a vida deles não têm nada de calma: não apenas Mateo e Dylan assumiram o comando do Rainbow Eagles, o grupo estudantil LGBTQ+ mais antigo da universidade, depois que o professor que o administrava na última década se aposentou, mas os dois foram promovidos recentemente. Enquanto Mateo se acostuma a ser um professor/modelo de colete de tricô em tempo integral e Dylan tenta domar seu time como o novo técnico dos times de atletismo e cross-country da Eagles, eles não têm muito tempo para gastar rediscutindo detalhes que já decidiram anos atrás.

Pelo menos, Mateo e Dylan já escolheram todos seus fornecedores, atendo-se em sua maioria a empresas cujos donos são ou LGBTQ+ ou antigos colegas de escola, então as decisões importantes já foram tomadas. E, embora retraçar tudo que eles planejaram com Annie me intimide um pouco, talvez não seja tão difícil se eu e Levi fizermos isso juntos.

— Sim. — Eu me endireito, inspirando para me acalmar. — Se Levi está de boa, eu também estou.

Mateo estende a mão e pega a minha, apertando-a daquele jeito antigo que fazemos desde pequenos. Ele não diz nada, mas sinto nesse gesto o reconhecimento silencioso do que perdemos e das pessoas que estamos tentando ser depois de tudo.

Aperto a mão dele em resposta e dou um gole pensativo no meu chá.

— Mas talvez eu deva avisar Levi sobre a foto. E pedir para ele me explicar as planilhas do Excel antes que inevitavelmente coloque seu casamento inteiro numa delas.

Seria um crime aparecer tão cedo na casa de alguém, mas conheço Levi. Ele nunca programou um despertador na vida porque acorda todo dia às seis e meia em ponto, uma característica que o coitado do meu alarme de soneca gostaria que eu também tivesse. Nem me dou ao trabalho de voltar a calçar os chinelos antes de dar os poucos passos até o predinho azul.

É só depois que bato na porta de Levi e escuto seus passos se aproximando que passa pela minha cabeça que isso pode ser um abuso. Algo que teria sido natural se nós dois tivéssemos ficado aqui em Benson todos esses anos e mantido nossa amizade, mas agora nem tanto.

Levi abre a porta com a caneca na mão, o cabelo ainda amassado pelo sono, mas o azul acinzentado de seus olhos completamente acordado. Seus lábios apenas se curvam naquele meio-sorriso, como se tivéssemos planejado isso. Como se ele estivesse esperando por mim.

— Bom dia — ele diz, a voz ainda rouca de sono.

Algo em minhas entranhas se revira pela ternura, pela intimidade natural disso. Algo *mais* se revira com a visão dele de calça jeans e uma regata canelada ligeiramente amassada tão justa em seu tronco que não preciso usar muito a imaginação para saber a forma de tudo por baixo.

Passo o peso de um pé a outro, me equilibrando.

— Bom dia — consigo dizer em resposta.

Levi se apoia no batente.

— Eu te ofereceria um pouco de café, mas tenho quase certeza de que você me botaria para fora da minha própria casa.

— Na verdade, estou aqui por causa do casamento — digo, soando insegura até para mim.

Porque a questão é: eu quero acreditar em Levi. Quero acreditar que ele vai estar aqui para ajudar, ser o amigo próximo que Dylan sempre o considerou mesmo depois de todos esses anos. E, embora eu esteja disposta a arriscar meu próprio coração com a presença de Levi, não estou disposta a arriscar o de Dylan.

Levi acena. Há uma compreensão discreta em seu aceno e, depois, um riso um pouco menos discreto.

— Você está preocupada com minhas opções de sabores de bolo — ele diz.

Solto uma risada de alívio.

— Preocupada? Estou desconsiderando todas completamente — retruco.

Levi ergue a caneca para mim fingindo rendição antes de a apoiar na mesa de entrada.

— Justo. Porque eu ia sugerir um empadão de carne de três camadas no lugar.

Ainda estou sorrindo apesar da blasfêmia do bolo. Como eu conseguia ser tão próxima de alguém que odiava doces a ponto de ter chamado rúcula de "doce demais" na minha presença, nunca vou entender.

— Isso seria um pesadelo — digo. — Se quiser discutir algum ponto, normalmente faço um rápido intervalo de almoço por volta das duas.

— Parece bom.

Aceno. Depois respiro fundo para contar sobre a nossa foto no Facebook. Para fazer pouco-caso, na verdade. Sei que ele vai ficar sabendo dela em algum momento e, quando souber, não quero que tenha medo que eu a interprete mal.

A questão é que sei que Levi não tem interesse em mim. Não no sentido que Mateo brincou, nem no sentido que nossos antigos colegas de classe estão insinuando. Sei disso desde que eu tinha dezesseis anos e ele mesmo me disse. Uma ruptura devastadora do meu mundinho adolescente, que parece tão boba agora que fico brava comigo por ainda lembrar.

Mas a respiração é interrompida pelo obturador de uma lente de câmera e pelo flash luminoso que vem logo em seguida. O sorriso de Levi perde a força ao mesmo tempo que o meu. Nós dois conhecemos até demais essa sequência de *clique-clique-FLASH*.

Eu me viro.

— Merda — diz o cara malvestido atrás de mim, estreitando os olhos para a câmera. — Porra de modo noturno.

Levi já enfiou os pés num par de sandálias para sair do apartamento, ficando entre mim e o estranho, seu olhar afiado o suficiente para cortar vidro.

— Que porcaria é essa?

O homem apenas fecha a cara para Levi, o olhar curioso e penetrante. Então, ele se vira para mim apenas por tempo suficiente para Levi dar mais um passo agressivo para a frente, que não parece detê-lo nem um pouco.

— Vocês *são* os Ex Vingativos, certo? — o fotógrafo pergunta. — Daquele *tweet*?

Levi tenta alcançar a porta do apartamento, mas ela está fechada e claramente trancada. O estranho ergue a câmera de novo, mas, antes que ele possa tirar outra foto, Levi avança, me pegando pela mão e me puxando na direção da praia.

CAPÍTULO CINCO

EX VINGATIVOS: Os rejeitados por Kelly Carter e Griffin Hapler encontram o amor UM COM O OUTRO!!

O ex-noivo de Kelly Carter, a nova paixão de Roman Steele, e a ex-namorada de Griffin Hapler, de *Business Savvy*, parecem não ter perdido tempo para seguir em frente! Depois que os dois sofreram términos independentes (e publicamente humilhantes!!) no mês passado, Levi Shaw e June Hart (você deve conhecê-la como a "Menina Chorona" do TikTok) parecem estar muito apaixonados. Depois que um fã atento de *Business Savvy* desenterrou essa foto e a postou no Twitter na terça à noite, os usuários correram para a plataforma para os batizar de "Ex Vingativos", com centenas de *tweets* em apoio.

Encolhidos embaixo do calçadão, eu e Levi olhamos em choque para minha tela enquanto passo pelos *tweets* incluídos no artigo. PEGA! ESSE! BOY, MENINA CHORONA!!!, um deles diz. Mas ele é mais gato do que o Roman???? Tipo só dIZENDOOOO, diz outro, seguido por um amo tanto isso que vou vomitar glitter.

Depois que saio da tela, ficamos tão quietos que parece um concurso para ver quem consegue prender a respiração por mais tempo. Fecho bem os olhos.

— Talvez seja um sonho — digo com esperança. — Ou só uma pegadinha complexa absurdamente articulada.

A voz de Levi é inexpressiva.

— Se for, a pegadinha acabou de aparecer no *BuzzFeed*.

Meus olhos se abrem de novo. Merda. Cinco minutos atrás, eu

estava com medo de como ele reagiria ao time de cross-country vendo a foto. Agora estamos lidando com milhares e milhares de desconhecidos.

— Sinto muito — digo sem pensar, virando-me para olhar para ele.

O rosto franzido de Levi passa da tela do celular para mim, os olhos procurando os meus.

— Sente pelo quê? Não foi culpa sua.

Não sei por que, mas sua calma só me deixa mais sem graça.

— Só quero dizer: sinto muito pela situação. Você havia dito que você e Kelly não terminaram, então imagino que, hum... não seja ideal se ela vir isso.

Levi não diz nada por alguns momentos, e isso é o bastante para o pavor em minhas entranhas se enrijecer.

— O combinado é que estamos dando espaço um para o outro agora — ele diz com cautela. — Ela está saindo com Roman. Então, mesmo se acreditar nessa bobagem de Ex Vingativos, ela não pode ficar brava.

A adrenalina crescente se apaga com essas palavras, substituída por outra coisa. Aquela pontada por Levi que agora é uma dor completa.

— Levi — digo baixinho. — Kelly traiu você.

Ele baixa os olhos antes de conseguir olhar nos meus.

— Enfim, eu é que deveria estar pedindo desculpa. Fui eu quem derrubou a gente e montou essa imagem.

Ele está claramente fugindo do assunto, e dói ouvir isso. Levi pode até querer que sejamos amigos de novo, mas está na cara que não o bastante para me dizer o que quer que esteja passando pela sua cabeça agora. O que quer que justifique esse "espaço" que mais parece dar o melhor de dois mundos para Kelly.

Mantenho o tom leve, disfarçando a mágoa.

— Castigo cármico por sabotar minha vitória — digo. — Parece que você deveria mandar *Caçadores do céu*, afinal.

Levi sorri.

— Boa tentativa — ele diz, claramente aliviado pela mudança de assunto. — Mas mal vou conseguir terminar o outro livro a tempo, na verdade.

Eu me crispo. Não mencionei, mas parece que Levi mais encara a tela do que digita. Ele veio aqui para escrever um Grande Romance Estadunidense e tudo que conseguiu é um Grande Documento de Word em Branco Estadunidense. Agora, com Ex Vingativos bombando, ele vai ficar mais distraído do que nunca.

Odeio fazer essa pergunta com todas as partes do meu corpo, mas prefiro arrancar o Band-Aid agora do que passar por um apartamento vazio amanhã.

— Você vai voltar para Nova York?

A sobrancelha de Levi finalmente se ergue, seus olhos encontrando os meus com uma determinação somada a uma leve mágoa.

— Não.

— Eu entenderia — digo rápido.

A voz de Levi só fica mais firme:

— Eu disse que ficaria por um tempo e estava falando sério.

— De verdade, Levi. — Insisto, dando um passo para trás. — Você ainda pode ajudar com o casamento da cidade. E eu e você… vamos continuar em contato. Está tudo bem.

Não sei nem se acredito no que estou dizendo. Só sei que é mais fácil dar essa possibilidade para ele. Se eu puder me culpar pela partida de Levi desta vez, não preciso mais sentir raiva dele. Sentir raiva de Levi por todos esses anos é a coisa mais exaustiva que já fiz na vida.

Quase tremo de alívio pela maneira como ele se aproxima, fixando seu olhar no meu.

— Eu queria voltar antes de tudo isso — ele diz. — Os motivos pelos quais não voltei… não me orgulho deles. Mas eu ia voltar antes de tudo isso acontecer, e eu é que não vou embora por causa disso.

Sinto um nó tão grande na garganta que, por um momento, acho que não consigo falar nada. Eu não sabia o quanto queria que ele dissesse isso até que as palavras começam a fazer sentido, aliviando uma dor antiga.

— Tá — digo por fim.

Levi acena. Inspiro fundo o ar salgado, ouvindo as batidas do meu coração começarem a encontrar seu ritmo habitual.

— Bom — digo, enfiando os pés na areia —, o lado positivo é que Griffin deve ficar puto da vida.

Levi inclina a cabeça.

— Você acha?

— Ah, sim. — Quando volto a olhar para Levi, não consigo conter meu sorriso maldoso. — Ele não gosta muito de você.

Isso não é novidade. Griffin sempre invejou Levi por ser o melhor corredor e ficou ainda mais virulento depois que Levi entrou em Columbia. Não teve uma vez que mencionei Levi sem Griffin revirar os olhos ou fazer um comentário sarcástico.

— É recíproco — Levi murmura, o cinza de seus olhos ferrenho de novo.

Sinto um calafrio, dominada por uma onda de incredulidade com essa situação toda, que não passa despercebida por Levi.

— E você está de boa com… isso tudo? — ele pergunta, erguendo o celular.

— Eu? Mais que de boa — digo. — Nossa, prefiro Ex Vingativos a Menina Chorona.

Parte da tensão no maxilar de Levi se alivia.

— É. Soa bem melhor do que Rejeitado por Kelly Carter.

Dou um passo para perto dele, examinando seu rosto.

— Como lidamos com isso, então? — pergunto. — Usamos seus dois amigos, "sem" e "comentários"?

Levi faz que sim.

— Parece um bom plano para mim. Até amanhã isso deve passar, de todo modo.

Bem nesse momento, nossos celulares se iluminam em nossas mãos. O de Levi com uma ligação de Kelly e o meu com uma ligação de Mateo. Levi congela, mas não hesita. Mateo é de mandar mensagem, então uma ligação significa que tem alguma coisa errada.

— Você está muito longe da Orla do Chá? Porque temos uma questão — Mateo diz de um só fôlego. — E por questão, quero dizer uma fila no calçadão.

Tiro o celular da orelha para ver a hora.

— A gente só abre daqui a meia hora.

— Espero que seja o suficiente para fazer mais um milhão de bolinhos ingleses.

Meu cérebro nem sabe como processar o pânico e o alívio ao mesmo tempo. Mais clientes significa mais dinheiro, o que significa a possibilidade de salvar a Orla do Chá. Mas mais clientes *também* significa mais demanda, o que significa que estou prestes a ficar sobrecarregada.

— Merda. Certo. Já chego aí. — Desligo o celular e olho para Levi. — Preciso vazar. Aquele fotógrafo já deve ter sumido a essa altura, certo?

Começo a voltar na direção da escada do calçadão, mas Levi estende o braço para colocar a mão ao redor do meu punho. Paro e sigo seu olhar para um caco de vidro na areia que devo ter evitado por pouco antes.

O tom de Levi é um misto de afeto e exasperação.

— Onde estão seus sapatos?

Faço uma careta.

— Tenho lá cara de turista para você?

Levi pode ter abandonado nosso concurso de todo verão para ver quais pés eram os mais resistentes, mas eu e Dylan nunca deixamos isso de lado. Fica claro, porém, que Levi não esqueceu quando vira as costas para mim e diz:

— Certo, então. Plano B.

— Não — digo, meio indignada e meio encantada que ele se sujeitaria a isso depois de todo esse tempo.

— Não importa. Não estou a fim de explicar para Dylan por que deixei seus pés serem sacrificados pelo moscato de algum adolescente de quinze anos.

Olho para os ombros de Levi, considerando a mecânica de montar em suas costas. Suas costas musculosas e largas de regata. Preciso tirar os olhos antes de começar a considerar outras coisas menos mecânicas.

— Não tenho mais sete anos — eu o lembro. — Vou acabar com você.

— Não tenho mais *oito* — diz Levi, afrontado. — E você é mini. Respeita um pouco os meus músculos.

Dou um passo hesitante à frente, só porque não sei ao certo se ele está brincando. Mas Levi consegue encaixar as mãos embaixo dos meus joelhos e me puxar para cima das suas costas num movimento tão rápido que preciso me agarrar a seus ombros como se fosse um colete salva-vidas. Estou apoiada nele um instante depois, tão tranquilamente que meu corpo parece que foi moldado para se encaixar no dele.

— Você está bem? — ele pergunta.

Até demais, talvez.

— Sim — digo.

Contemplo o oceano como se ele pudesse me aliviar um pouco do calor súbito e inesperado que está se revirando nas minhas entranhas, espalhando-se de maneira descontrolada por quase toda parte. Mas não há nada para impedir seu avanço. Nada para me distrair do atrito do meu peito nas costas de Levi ou do seu perfume doce-terroso ou da forma como os músculos de seus ombros ondulam sob meus braços.

Fecho bem os olhos. Não. Boa tentativa, cérebro. Meu eu adolescente pode ter sofrido um breve caso de paixonite por Levi, mas meu eu adulto sabe melhor das coisas.

Apesar disso, um instinto básico toma conta de mim. Fecho os olhos e, por um momento besta, eu me permito fingir. Eu me imagino aos dezesseis anos conseguindo o que queria, quando não sabia que era melhor não querer; imagino que o contato entre meu corpo e o de Levi não é um frisson qualquer, mas algo habitual; imagino metade de uma vida dessa tranquilidade entre nós, dessa confiança inerente.

Perco o bom senso por tempo o bastante para apoiar a testa inconscientemente atrás da cabeça de Levi, encostando em suas ondas suaves, fitando a curva bronzeada de seu pescoço. Consigo sentir o momento preciso em que ele praticamente para de respirar. Volto a mim e ergo a cabeça tão rápido que ele tropeça no degrau de cima, pegando o corrimão para nos manter em pé bem a tempo.

— *June.*

Já estou morrendo de vergonha, mas a preocupação em sua voz joga uma onda de culpa por cima de mim.

— Desculpa — balbucio. — Eu só estava...

Ferrando com a gente, pelo visto. Porque, nesse alvoroço todo, nenhum de nós notou o fotógrafo malvestido espreitando ao lado da lixeira até sua câmera estar de novo na nossa cara.

As mãos de Levi me apertam com tanta firmeza que consigo praticamente sentir a pressão de cada um de seus dedos em minhas coxas. Por um momento absurdo, penso que ele vai tentar fugir. Começar a correr na direção do apartamento comigo em suas costas como se estivéssemos num filme de ação mal dirigido.

Mas literalmente não tem para onde correr. Há uma multidão na Orla do Chá à nossa direita e um grupo de pessoas com câmeras de celular à esquerda, e alguém ainda faz o favor de gritar as palavras "Acho que são eles!" à nossa frente.

Os flashes começam a disparar e, de repente, os Ex Vingativos conquistam o mundo.

CAPÍTULO SEIS

—Obrigada, Sana. Você é uma gênia, Sana. Toma seu prêmio Pulitzer por jornalismo excelente e amizade inigualável, Sana.

Ergo as sobrancelhas para Sana, que está debruçada sobre o balcão e se enchendo de elogios com seu MacBook velhíssimo aninhado como um bebê nos braços.

Dou um tapa na testa dela com a mão aberta.

— A gente só vai esperar isso passar.

— Ou. *Ou* — Sana responde pela quinquagésima vez hoje — vocês entram nessa confusão. Você e Levi fingem namorar. Você me deixa cobrir a coisa toda. A Orla do Chá continua lotada e ganho dinheiro suficiente para sair de um apartamento que não passa de um sótão e todos vivemos felizes para sempre.

Eu me viro para a vitrine que estou limpando para Sana não ver minha careta de compaixão. Sana costumava viajar tanto quanto eu, sustentada por um trabalho freelance num site de estilo de vida fútil. Até que entrou uma gestão nova com toda uma nova visão. Ela já estava cogitando se demitir — os superiores pareciam um pouco interessados demais em explorar a identidade ásio-americana dela para possíveis conteúdos, e ela percebeu que isso estava acontecendo com outros autores também —, mas, antes que o novo tom do site fosse discutido de maneira formal, eles demitiram abruptamente todos os colaboradores, deixando-os na mão.

Profissionalmente, ela ficou quase aliviada. Ela queria escrever comentários culturais e reportagens de interesse humano que ela mesma sugerisse, e tomou isso como um alerta para se dedicar ao *Fizzle*. Mas, financeiramente, em suas próprias palavras, ela estava "megafodida".

Comentei com ela sobre um dos apartamentos que Nancy estava alugando baratinho e, para minha surpresa, ela apareceu em Benson Beach com um Uber cheio de malas no dia seguinte.

Agora, moro no apartamento minúsculo em cima da Orla do Chá, Sana vive no apartamentinho ainda mais minúsculo em cima do restaurante ao lado e, desde então, passamos por isso juntas dia após dia: eu aprendendo a administrar uma pequena empresa, e Sana tentando se sustentar com uma variedade de trabalhos freelances enquanto espera pela matéria de sucesso que fará com que o *Fizzle* a contrate. Esse é o motivo por que estamos vivendo basicamente à base de bolinhos de ontem e sonhos meia-boca.

Nós duas nos encolhemos com o som de uma batida à porta.

— Está fechado, seus animais! — Sana grita. — Comi o último bolinho inglês uma hora atrás!

Mas, mesmo no escuro, reconheço o contorno inconfundível de Levi. Saio correndo do caixa, destrancando a porta para deixá-lo entrar.

— E aí? — ele diz assim que a abro. — Só queria ver se estava tudo bem. Passei mais cedo e parecia... intenso.

A loja estava, de fato, tão lotada que faria o Coachella parecer sem graça. Esgotamos todas as cinco fornadas de bolinhos emergenciais e vendemos tanto chá que o estoque do carro-chefe da Orla do Chá, um blend de Darjeeling, rosa e caramelo, está perigando acabar. Tenho quase certeza de que vou esfregar os lindos pisos cor-de-rosa de Annie por uma semana para voltarem a ficar limpos.

Mas dessa vez, pelo menos, não me importei tanto: ser bombardeada de perguntas sobre os peitorais de Levi é muito menos humilhante do que ser questionada se eu poderia chorar em público para uma selfie.

— Intenso é uma palavra boa — digo, parte da exaustação transparecendo na voz.

— Ah, é você — grita Sana com alegria. — Excelente. Você vai fazer June ouvir a voz da razão.

Os olhos preocupados de Levi desviam de mim para Sana.

— Sobre o quê?

Sana limpa a garganta e começa mais uma versão da sua proposta.

— Certo, o lance é o seguinte, Ex Vingativo Número Dois. Posso te chamar de Ex Vingativo Número Dois? Ótimo, porque soa bem. — Sana abre os braços como se estivesse pintando uma imagem para Levi no ar entre nós. — Imagina o seguinte: vocês dois saem num monte de encontros de mentirinha tão fofos que chega a dar nojo. June continua com esse embalo absurdo de bolinhos ingleses, e oba! Salva a Orla do Chá. Vocês mostram para os seus ex o que eles estão perdendo, porque vocês são dois grandes gostosos. E *eu* ganho uma bolada como sua fotógrafa exclusiva para poder usar meu tempo valioso trabalhando nas minhas matérias. Todo mundo se dá bem, todo mundo continua gato e todo mundo ganha bolinhos ingleses de graça.

— Não dá atenção — digo, antes que o cérebro de Levi possa entrar em combustão. — Ela tomou umas dez xícaras de oolong.

Mas Levi absorve isso tudo com naturalidade.

— Está bem — ele diz. — Eu topo.

Fico de boca aberta.

— Espera. Levi, agradeço. Mas minha situação não é tão grave assim. Vou dar um jeito de conseguir o dinheiro para a Orla do Chá sem precisar explorar isso — digo de um fôlego só.

Levi desvia o olhar.

— Eu sei. E quero ajudar a Orla do Chá. — Ele dirige as palavras seguintes mais para o chão recém-esfregado do que para qualquer uma de nós. — Mas acho que isso também ajudaria a situação com Kelly.

Fico em silêncio por um momento, pois estou com dificuldade para encontrar um sentido de "situação" que não equivalha a "Kelly parece estar tirando vantagem de todas as melhores partes de você e isso me dá nojo".

E, mesmo se isso não fizesse parte da jogada, não quero que Levi participe desse plano por mim. Me orgulho de ser capaz de manter sozinha as portas da Orla do Chá abertas. Claro, não é bem o que eu queria… ele não é o cantinho aconchegante que eu idealizava. Um que se tornasse tão adorado que talvez um dia eu pudesse até abrir unidades em outras cidades costeiras, adaptadas a suas próprias comunidades.

Mas ainda posso chegar lá. Depois que tivermos superado esse movimento imenso de pessoas e eu tiver uma chance de respirar, este lugar pode ser menos um circo e mais o local seguro e acolhedor que eu imaginava. E não quero que Levi pense que preciso da ajuda dele para fazer isso.

No fim, encontro um meio-termo perguntando:

— Tem certeza de que essa é uma situação que você quer… resolvida?

Levi continua sem olhar para nós.

— Acho que pode ajudá-la a se lembrar do que temos juntos, se achar que pode vir a perder.

A mágoa em mim é tão aguda, tão imediata, que nem sei como classificá-la. Ou talvez seja só porque é mais parecida com ciúme do que estou disposta a admitir.

Meus olhos buscam os de Levi, na esperança de chegar ao fundo da sensação, me tranquilizar que é apenas uma reação instintiva, um sintoma de nos conhecermos por muito tempo. Mas seu olhar continua fixo no chão. Em vez disso, meus olhos pousam nos de Sana. Os dela se arregalam tanto que sei que ela não deixou de notar o momento de fraqueza nos meus.

Ela inspira fundo, e sei que vai usar esse fôlego para deixar essa coisa toda para lá. Ela está desesperada para sair da rotina de freelancer, mas não às minhas custas.

Mas ela está certa. Essa ideia que está propondo é, objetivamente falando, a melhor opção para todos nós. Vou conseguir o valor de três meses de aluguel antes do fim deste. Sana vai conseguir o dinheiro para se sustentar enquanto refina seus artigos. Levi vai voltar com a mulher que ama.

E vou enfiar essa mágoa indesejada tão fundo na caixa de "devolução para o remetente" que nem vou lembrar de abri-la.

Coloco as mãos no encosto de uma das cadeiras como se tentasse me estabilizar.

— Vamos fazer isso, então.

Minha voz é tão firme que Levi ergue os olhos, surpreso.

— É?

Agora é Levi quem vasculha meu rosto. Faço que sim em silêncio. A preocupação em seus olhos se mistura a uma gratidão e um alívio tão intensos que isso acalma minha dúvida remanescente. Tanto que, quando encontro o olhar de Sana e trocamos pequenos sorrisos, sinto uma adrenalina rápida, mas inegável: até que pode ser divertido.

— Sim — digo, corajosa. — O universo já sacaneou demais a gente nas últimas semanas. A gente merece sacanear de volta.

— Então, fechou. Excelente. — Sana fecha a cara para o celular, depois se levanta de um salto do balcão onde está sentada para começar a pegar suas coisas. — Tenho um prazo. Mas vocês dois podem discutir a logística.

A testa de Levi se enruga.

— A gente acabou de fazer isso.

Aceno rápido.

— Tudo combinado.

Sana franze a testa em resposta, olhando para Levi e depois para mim.

— Nunca assistiram a uma comédia romântica na vida? Se vão fazer o clichê de namoro de mentira, vocês precisam de um plano. Precisam de regras.

Pela nossa expressão confusa, Sana solta um suspiro resignado e coloca a mochila no balcão.

— Vocês precisam decidir que tipo de passeios instagramáveis vão fazer juntos. O que vão dizer quando as pessoas inevitavelmente fizerem perguntas sobre o outro. Além disso, tem o protocolo sobre as partes românticas de verdade. — Sana começa a listar gestos íntimos com a naturalidade de alguém que já orquestrou uma dezena de outras farsas de relacionamento. — Ficar de mãos dadas, abraçar, beijar, ficar de amorzinho. Se tiver alguma coisa fora de cogitação, vocês vão ter que tirar da lista.

Minhas bochechas ficam vermelhas. Em algum momento no sermãozinho de Sana, parei de prestar atenção e comecei a imaginar. O calor da mão larga de Levi na minha. Como deve ser a sensação de me aconchegar nele, respirando em seu cangote. Como seria o gosto dele, por onde suas mãos poderiam vagar se nos beijássemos de verdade.

— Entendido? — Sana pergunta, a atenção claramente voltada de maneira incisiva para mim.

— Certo — consigo dizer, enquanto Levi acrescenta um rápido:

— Claro.

— Vocês também vão ter que me informar assiduamente sobre seus planos para eu poder documentar tudo. — Ela bate as unhas vermelhas no computador. — Sou eu que estou acompanhando sua legião de fãs ligeiramente descontrolada. Vou pensar para quais veículos e quando enviar os materiais. Tudo que vocês precisam fazer é comer bolinhos ingleses e continuar bonitos.

Está tudo acontecendo tão rápido que penso que vou ter um traumatismo de protagonista. Ontem, eu e Levi éramos personagens secundários no romance de outras pessoas. Agora, estamos roubando a cena.

Antes que eu repense isso e faça mais uma dezena de perguntas, Sana coloca a mochila nas costas e nos manda um beijo desajeitado com os braços abertos a caminho da porta.

— Me mandem os detalhes do primeiro encontro de mentirinha. Não tenho plano nenhum. Estou literalmente por perto todos os momentos de todos os dias. É estranho como isso soou menos patético na minha cabeça! Boa noite!

O sino na porta toca e deixa um silêncio tenso atrás de si. Estou quase achando que Levi vai cair na real e desistir disso tudo. Ele não nasceu para isso. Tem tanto medo de atenção que, mesmo quando éramos adolescentes e ele e Annie falavam sobre escrever romances um dia, Levi jurava que escreveria sob um pseudônimo.

Mas ele realmente quer Kelly de volta porque, quando limpa a garganta, parece tão determinado quanto alguns minutos atrás.

— Bom. Também não tenho planos, e você não pode sair daqui — diz Levi. — Então me avisa quando estiver livre que penso em algum lugar para a gente ir.

Dou um passo para trás para me apoiar na beira do balcão, de frente para ele.

— Que fofo. E quero confiar que você vai cumprir essa tarefa.

Mas saiba que, se me levar para outra leitura de poesia esgoelada, vou terminar de mentira com você tão alto que vão pensar que faço parte da programação.

Levi solta uma risada abrupta e gratificante.

— Juro que pensei que era um *flyer* de poesia *slam*.

Meus lábios se curvam enquanto me lembro da cara de espanto profundo de Levi quando a primeira poeta subiu ao palco e começou a gritar a plenos pulmões sobre o perdido que levou da babá do seu gato. Essa foi por muito tempo a última sexta à noite em que Levi teve a chance de escolher para onde iríamos.

— Desculpa, quê? — Chego perto. — Não consigo escutar. Meus ouvidos ainda estão zumbindo.

Levi chega perto também, e penso que vai tirar sarro de alguma coisa. Mas seu tom é totalmente sincero quando diz:

— Namoro de mentira à parte, vai ser bom voltar a sair como antigamente.

O sorriso dele fica mais tranquilo, e algo em meu peito também. Vamos ficar bem. Essa amizade que temos agora pode parecer frágil, mas isso não quer dizer que o alicerce dela é menos profundo. O mundo vai pensar que estamos namorando, mas, na realidade, vamos apenas voltar ao que éramos antigamente: Levi e June, duas pessoas que compartilham amigos e histórias inventadas e longas corridas na praia. De certa forma, isso já faz valer a pena.

Levi passa o peso para o outro pé.

— Mas Sana tem razão. A gente precisa definir regras.

Meus olhos se voltam para o chão.

— Acho que a gente não precisa criar nenhuma.

A questão é que, se estabelecermos regras, elas vão deixar isso mais complicado do que já é. Como se estivéssemos analisando com um microscópio cada gesto entre nós, cada toque. E não posso deixar que isso aconteça. O objetivo aqui é salvar a Orla do Chá. É Levi resolver seu relacionamento. Quanto mais nos focarmos nas coisas intangíveis, menos pessoais os toques extremamente tangíveis vão parecer.

— Só fico preocupado em não fazer nada que possa deixar você desconfortável — Levi diz, cuidadoso.

Ah. Ele está com medo de que a June de dezesseis anos saia para brincar e acabe com o coração partido de novo. Seria uma mentira deslavada fingir que não me sinto atraída por Levi — os pensamentos que tenho sobre ele toda vez que ele chega perto são *absurdamente* altos demais para ignorar —, mas sou uma mulher de vinte e sete anos empoderada. Consigo pôr de lado alguns ribombos biológicos em nome do bom senso. E o bom senso diz que, mesmo se Levi não estivesse tentando reconquistar Kelly, aqui não é o lugar dele. Nem Benson Beach nem as histórias antigas que inventávamos juntos, muito menos comigo.

— Que tal o seguinte? — proponho. — Em vez de regras, a gente só promete ser sincero um com o outro. Se um de nós ficar desconfortável, é só dizer. E, se um de nós quiser colocar um fim nessa palhaçada toda, paramos... sem mágoas.

É só depois que digo as palavras que entendo a raiz mais profunda do meu mal-estar. Não é a pressão de entrar nesse estratagema com Levi; é o que vem depois. Mal começamos a reconstruir nossa amizade. Se der errado, nossa relação pode regredir tudo de novo.

Mas, se desistirmos, nós dois temos muito mais em jogo do que estamos preparados para perder.

Levi me observa com um longo olhar penetrante, como se estivesse avaliando exatamente esse risco. Coro sob o peso dos seus olhos em mim, mas retribuo o olhar. Ele estende o braço e coloca uma mão firme em meu braço, o calor dela formigando em minha pele tão imediatamente que uma parte distante do meu cérebro pensa: *Fodeu.*

— Te mando mensagem amanhã com o endereço da poesia esgoelada.

O sorriso que surge em meu rosto parece se abrir com o de Levi, cujos olhos se enrugam de divertimento.

— Perfeito — digo. — Vou estar com abafadores de ruído gigantes segurando seu mandado de prisão.

Levi acena.

— Combinado.

A palavra continua repercutindo em meus ouvidos enquanto ele sai, todo o impacto dela se assentando. Combinado. É um pacto. É uma nova chance.

Mas, mais do que isso, é algo para *sentir*. Algo além do pânico crescente ou da culpa corrosiva ou do luto. Algo elétrico, algo que dá energia em vez de sugá-la; algo cujos contornos quero conhecer para poder guardar mesmo depois que for embora.

Pela primeira vez em muito tempo, volto para a cozinha, me sento com meus ingredientes e faço planos.

CAPÍTULO SETE

Fica claro que caí como um patinho nessa história de namoro de mentira, porque o esforço de me arrumar para a parte do encontro é muito real. Assim como a parte em que confronto a constatação de que nunca tive um encontro de verdade em toda a minha vida adulta. Faz tanto tempo que não tenho um motivo para passar o secador no cabelo ou me maquiar que quase parece que estou me vestindo para o Halloween com a fantasia que deve ser a mais estranha da história: June Hart, namorada de mentira de Levi Shaw.

Por fim, escolho um vestidinho floral azul-claro que é chique o bastante para nossa ida ao museu, mas casual o suficiente para emanar uma energia de "nossa, não fazia ideia de que alguém estaria tirando fotos espontâneas de mim e meu mais novo mozão!", depois sigo para o estacionamento minúsculo da Orla do Chá para encontrar Levi.

Ele já está esperando de costas para a porta, de calça jeans e outra camisa fresca de botão, as mangas dobradas até os antebraços. Sinto o frescor de cheiro de xampu, seu cabelo escuro está despenteado, como se tivesse saído do banho. Seus olhos estão concentrados no celular, mas ele começa a se virar quando ouve meus passos.

Uma mecha úmida está espetada atrás da cabeça dele. Estendo a mão e a aliso com o polegar, e Levi fica imóvel sob a leve pressão, seus olhos se arregalando um pouco e encontrando os meus. Encontrando e se demorando — na curva do meu cabelo, no decote do meu vestido, na cintura marcada acima da saia esvoaçante.

Tiro a mão. Graças ao fluxo imenso de fregueses nos últimos dias, faz tanto tempo que não durmo que minha conexão entre o cérebro e tocar o cabelo de Levi deve ter quebrado. É isso ou a quantidade de tempo que temos passado perto um do outro recentemente. Agora que a fachada da Orla do Chá voltou a ser um circo, Levi passou a escrever nos fundos da loja. E talvez suspirar profundamente para o notebook e observar os fornos com o olhar distante de um zumbi faça parte do processo artístico, mas definitivamente parece que andamos falando palavras em voz alta com mais frequência do que ele tem digitado alguma.

Limpo a garganta e solto um bem-humorado:

— Bom dia, *cupcake*.

Levi me encara, depois parece se lembrar do e-mail encantadoramente caótico que Sana nos enviou em relação ao plano de hoje, incluindo uma observação: pensaram em apelidos??? poderia ser fooooofo.

— Ah, de jeito nenhum — ele diz.

— Pão de mel? — sugiro.

Levi está abanando a cabeça com o começo de um sorriso exasperado.

— Retiro o que falamos sobre regras. Apelidos baseados em doce são demais para mim.

Ergo um dedo.

— Bombonzinho.

— Vamos trabalhar nisso. Antes, por favor, me diga exatamente o que você pensa que isso significa — diz ele, seu rosto demonstrando um leve pânico enquanto destranco meu Fusca conversível verde reluzente.

Dou um tapinha no para-brisa antes de abrir a porta e entrar no banco de motorista.

— Este é Bugaboo.

Hesitante, Levi abre a porta de passageiro e se dobra todo para entrar, os joelhos pressionados contra o porta-luvas.

— É um carro de palhaço.

— O que o carro não tem de espaço, compensa com comida grátis.

Então retiro da bolsa o resultado de toda uma noite de planos de bolinho inglês e alguns fins de tarde de fornadas de teste até ter certeza de que acertei. Não é a primeira vez que tenho a ideia de um bolinho temático elaborado, mas é a primeira que sou responsável por de fato dar vida a ele. A cozinha dos fundos da Orla do Chá parece um teste de Rorschach de caramelo agora.

Levi tem um pequeno calafrio.

— Ah, desculpa. É só que pensei ter escutado centenas de cientistas chorando ao longe — ele diz, passando os olhos pelo bolinho inglês. — O que você colocou aí?

Meus lábios se curvam enquanto volto a guardá-lo na bolsa.

— Gotas de chocolate amargo, caramelo defumado e muito sal marinho.

— Desde quando você gosta de chocolate amargo?

Sinto minhas bochechas arderem enquanto dou ré para sair do estacionamento. Nota pessoal: parece que estou tão solteira agora que a ideia de um homem se lembrar das minhas preferências por chocolate ao leite depois de uma década me faz corar.

— Estou levando a história a sério — explico. — Eu queria fazer alguma coisa que tivesse um gosto delicioso de vingança. Vou chamar de Ex Vingativo.

Se não me engano, Levi parece impressionado de verdade.

— Olha só você, explorando nossa situação em troca de ganhos capitalistas.

— Sim, muito nova-iorquino da minha parte. Você que se cuide, vou atrás do seu trabalho depois.

— Você vai postar? — ele pergunta. — Tenho a impressão de que faz um tempo que não vejo nenhum bolinho novo no Instagram da Orla do Chá.

Estamos prestes a entrar na avenida principal, então o momento de silêncio que se segue não me entrega. Ainda não decidi exatamente o que fazer com esse bolinho inglês. É o primeiro "especial" que invento desde que eu os inventava para Annie, sem falar que é o primeiro que eu mesma fiz.

É mais um obstáculo inesperado para superar. Só mais uma coisa que nunca me imaginei fazendo sem ela. Mais uma coisa que começou como *nossa* e parece estranha recomeçar sozinha, como se, de um jeito ou de outro, eu fosse perder. Ou sentir falta dela durante cada momento ou me odiar um pouco por desfrutar disso sem ela.

Acabei de virar o carro quando processo a última parte da pergunta de Levi.

— Espera. Você está no Instagram?

— Não — ele responde. — Só vejo como as pessoas estão às vezes. No seu caso, mais para ter certeza de que não se perdeu num vulcão nem foi devorada por um peixe monstruoso.

E agora o rubor de antes está de volta. Jogo o mesmo jogo que todo mundo quando posto no Instagram, pensando quem vai passar reto e o que vão pensar de mim quando virem as fotos, mas Levi nunca esteve na minha audiência imaginária. A ideia é ao mesmo tempo emocionante e constrangedora.

— Mordiscada de leve por alguns, talvez — digo, tentando não parecer insegura.

— Nunca um momento sem graça — diz Levi. E, depois de um segundo: — Ainda tenho pesadelos sobre o que quer que tenha sido aquela coisa de mergulho em caverna que você fez.

Para ser sincera, eu também. Mas não teria sido a primeira vez que fiz algo que me matava de pavor em nossas viagens, e estava longe de ser a última. Griffin tinha o dom de me enfiar em praticamente tudo, enquanto eu aparentemente sofria um caso crônico de "ser a namorada maneira" que o deixava fazer o que quisesse.

— Estava na lista de desejos de Griffin — digo.

A voz de Levi é bem mais tensa quando pergunta:

— Tem falado com ele?

— Não. — Na verdade, estou surpresa. Eu recebia umas duas ou três mensagens de você está bem? até uma semana antes de Levi e eu viralizarmos. Não posso dizer que sinto falta delas. — Tem falado com Kelly?

— A gente conversou pelo telefone por um tempo — ele diz, olhando pela janela.

— Maravilha — digo. E, quando a palavra sai animada demais, acrescento: — Fico feliz.

Levi apenas acena e não revela mais nada, então não insisto. Mas imagino que a conversa deva ter seguido na direção que ele queria, senão não estaríamos tendo esse encontro de mentira.

O Museu de Artes de Benson Beach é um dos prédios mais novos da nossa cidadezinha, branco com linhas modernas e harmoniosas e um interior com pés-direitos altos e pisos reluzentes. São quatro partes que o compõem: uma seção que narra a história da cidade, outra cheia de obras de artistas locais e do resto do país, uma seção interativa extravagante onde é possível brincar com a arte, e uma pequena área nos fundos com uma luz maravilhosa que entra pelas janelas.

Na verdade, estamos aqui em duas missões hoje: tanto para voltar a quebrar a internet em benefício próprio e para explorar uma alternativa de espaço em caso de chuva, visto que o casamento vai ser na praia. Annie tinha anotado o museu em sua lista e, somando o aspecto histórico e a gigantesca piscina de bolinha na seção interativa, ele é a cara de Mateo e Dylan. Quando fica claro que chegamos antes de Sana, decidimos dar uma volta pelo espaço primeiro.

É Levi quem o descarta:

— É ótimo, mas pequeno demais.

Concordo com a cabeça. Considerando todos os nossos amigos em Benson, os colegas de trabalho deles na universidade e o restante da família Días que vem do Texas, seria melhor começarmos com um estádio e ir diminuindo.

— Vamos ficar cultos enquanto esperamos por Sana — sugiro, voltando para a galeria.

Paramos diante do que parece um waffle, um suco de laranja, um ovo frito e um bacon de desenho que criaram pernas e estão de mãos dadas enquanto correm em círculo. Levi segura o riso.

— Posso saber o que tem de tão engraçado nessa encantadora seita de café da manhã?

Levi coça a nuca, olhando timidamente para a pintura.

— Tem um cara no meu trabalho. Sempre que nossa chefe nos arrasta para galerias de arte, ele joga um jogo em que você imagina se, quando voltasse para a casa de alguém depois de um encontro… — O lábio de Levi se curva no esboço de um sorriso. — Se você dormiria com a pessoa se ela tivesse isso em cima da cama. Ele chamava de Jogo da Galeria.

Não hesito.

— Ah, com certeza nesse caso. Esse é alguém que faz panquecas de manhã. Deve colocar carinhas de chantili e M&M's por cima.

— Mas as panquecas valem a pena se o demônio que eles estiverem invocando no quadro fizer companhia para vocês? — Levi pergunta.

Solto uma risada brusca.

— Boa pergunta. Certo, quem vem depois?

Passamos para o próximo quadro da mesma série, este de um monte de cenouras sorrindo para nós, seus olhinhos de caroteno arregalados e os dentes à mostra.

— De jeito nenhum — diz Levi de imediato.

Aceno com minha melhor imitação de crítico de arte criterioso.

— Explique seu raciocínio.

— Por que elas estão sorrindo desse jeito? Que motivo as cenouras têm para sorrir? Elas estão armando alguma coisa.

— Fica atrás de mim — digo. — Não vou deixar que te machuquem.

Levi ri, achando graça quando entro na frente dele, erguendo as mãos ao lado do corpo como se eu estivesse prestes a sair na porrada.

— Certo, Rocky, guarda essa energia para as batatas raivosas da próxima pintura — diz Levi, chegando perto e apertando as mãos quentes nos meus ombros nus, me puxando para trás na direção dele. Minhas costas roçam em seu peito, sinto a maciez do tecido de sua camisa em meus braços.

Olho de esguelha para ele e vejo a alegria em seus olhos. A travessura. Isso me faz esquecer que estou usando esse vestido formal demais, que estamos numa missão de riscos estranhamente altos ou que Sana não está se apressando nem um pouco para chegar. Seguimos pela fileira de pinturas, passando dos perecíveis antropomórficos que sem dúvida vão assombrar nossos sonhos para uma fileira de pinturas mais melancólicas e sombrias, cheias de azuis-marinhos e marrons abstratos pontuados por um ou outro amarelo pálido. Como se alguém pegasse um horizonte urbano numa noite triste e tirasse as cores.

— Humm — diz Levi, dando um passo para trás e refletindo.

— Humm — digo em resposta, observando-o observar a pintura.

— O quê? — ele pergunta, e não deixo de notar que sua mão volta inconscientemente à mecha que alisei mais cedo.

Tento sem sucesso conter um sorriso.

— Estou esperando sua opinião.

A testa de Levi se enruga.

— Isso é um teste?

Dou um passo para perto dele e digo em um sussurro debochado:

— Um dos grandes.

— Você é secretamente... — Levi se inclina para a frente para ler a plaqueta. — Reginald Jameson, nascido em 1947?

— Não. Mas tenho *plena* certeza de que a pintura toda triste e melancólica dele combinaria perfeitamente em cima da cama do seu narrador da coitadolândia.

Levi solta uma risada engasgada de surpresa. Ele dá um passo para trás para olhar a pintura com outros olhos, depois olha para mim com perplexidade e diz:

— Espera. Então você está tentando descobrir se eu dormiria com meu personagem principal?

Assobio entre dentes.

— Pensando bem, a única aula de psicologia em que dormi na faculdade não me qualifica para o que quer que esteja me esperando depois dessa pergunta.

— Nem o fato de que você não chegou a *ler* meu romance da "coitadolândia".

Toca o disco riscado. Fico tensa ao seu lado e vejo sua boca se abrir com surpresa antes de seus olhos encontrarem os meus.

— Annie me mandou por e-mail anos atrás — admito. — Mas só o desenterrei e li as primeiras páginas na outra noite.

Parte de mim estava curiosa para saber o porquê de tanta comoção.

A maior parte estava só se perguntando o que é que estava pisando nos freios do cérebro de Levi em todas as horas que ele passa "escrevendo" nos fundos da Orla do Chá. Não posso dizer que descobri.

A expressão de Levi é tão vulnerável que não sei dizer como vai ficar: se vai voltar ao Levi que conheci nos últimos anos com os meios-sorrisos e as versões atenuadas de si mesmo. Se estraguei essa última semana de amizade tímida porque não conseguia dormir na outra noite e desenterrei um anexo de e-mail antigo que não tinha nada que desenterrar.

Em vez disso, suas orelhas ficam rosa, e seu rosto assume um semblante inseguro, quase envergonhado.

— Bom. Não precisa mais ler. É a versão antiga. — Ele baixa a voz. — Mas... o que você achou?

Essa não é uma pergunta que eu esperava responder hoje, mas acho que eu estava pedindo.

— Acho que você é um escritor absurdamente talentoso — digo, porque é a verdade. Claro, a narração tem um tom tão sépia e apaixonado que quis chacoalhar o personagem principal pelos ombros mais de uma vez, mas Levi tem um estilo muito característico de escrita que conseguiria transparecer em qualquer coisa. O tipo que me faz valorizar as pequenas coisas que ele deve notar discretamente sobre as pessoas, sobre o mundo. O tipo que faz você demorar demais numa página porque ele simplesmente colocou um sentimento vago em palavras tão concretas que traz memórias antigas da sua própria vida para o texto.

Antes que eu possa dizer mais alguma coisa, o rosto de Levi se abre num sorriso incrédulo. Estou tão desacostumada a ver seu sorriso pleno hoje em dia que sinto como se ele tivesse tirado o ar dos meus pulmões.

— Você odiou.

Estou tentando não retribuir o sorriso, mas, pelo visto, um sorriso completo de Levi é tão contagiante agora como quando éramos crianças.

— É só que... esse tipo de história não é muito meu lance — respondo, evasiva.

Mas Levi está rindo na minha cara, quase como se estivesse aliviado. Eu me pergunto se quebrei seu cérebro.

— Como um dos principais gêneros literários pode não ser seu *lance*? Aponto um dedo acusador para ele.

— Falou o cara que odeia sobremesa. O principal gênero de comida. Levi passa a mão no cabelo, a risada diminuindo.

— Talvez você goste mais da versão nova.

Sinceramente, duvido, mas aceno para agradá-lo, passando para a próxima pintura. Essa é um pouco mais clara do que as outras, os contornos um pouco menos nítidos. Menos uma paisagem urbana e mais uma floresta. Me faz lembrar da nossa floresta. As trilhas pelas quais corremos e as histórias que Levi criou dentro delas.

Ele fica quieto, e me pergunto se também está pensando nisso. Se pensou nisso todo esse tempo em que inventamos historinhas sobre todas as pinturas, um pequeno eco das histórias que criávamos naquela época.

— Certo, sem querer importunar, mas *por que* você largou *Caçadores do céu*? — pergunto. — Eu achava que você e Annie tinham todo um plano quando foram para a faculdade, determinados a virarem gigantes literários. Daí você troca seu romance de fantasia por esse supersério, e depois troca a escrita por um bacharelado em finanças?

Levi alterna o peso entre os pés, e aquela expressão insegura volta ao seu rosto, mas há algo mais sob ela. Uma leve mágoa nos olhos que ele não consegue disfarçar.

— Não pretendia largar *Caçadores do céu*. Quer dizer... pelo menos não no começo. — Ele olha ao redor pelo museu, que está praticamente vazio agora que uma excursão saiu. — Eu o levei para o primeiro semestre do curso de escrita. Ninguém sabia direito o que fazer com ele. Todos chegaram com essas obras muito... sabe. Contemporâneas, adultas. E basicamente me botaram para correr de tanto rirem da minha cara na primeira semana.

Sinto meu coração se apertar com o pensamento. Levi não é necessariamente tímido, mas sempre foi profundamente reservado em relação a compartilhar sua escrita, exceto com Annie e comigo. A ideia de ele finalmente criar coragem para compartilhar todas as palavras que guardava com tanto afinco e ser ridicularizado por isso me faz querer encontrar todos esses jovens dez anos depois e bater as cabeças pretenciosas deles umas nas outras.

— Quer dizer, até Annie disse...

Levi se interrompe, abanando a cabeça de maneira quase imperceptível. Conheço bem a sensação. O estranho peso das coisas que Annie disse ou fez agora que elas só existem na nossa memória, e ela não está mais aqui para se explicar ou se defender.

— O que Annie disse? — pergunto.

Ele curva os lábios para o lado antes de voltar a suavizar o rosto.

— Bom, ela achava que a coisa toda era juvenil. Que, se fôssemos virar grandes autores juntos, deveríamos nos levar a sério.

Ficamos em silêncio por um momento.

— Sinto muito — digo. — Pela aula e... bom. Pelo que Annie disse.

Levi não acena nem balança a cabeça, mas seus ombros relaxam, e ele pisca até parte da nebulosidade em seus olhos azuis passar.

— Bom, isso é coisa do passado agora. — Ele dá de ombros. — Além disso, dizem para escrever sobre aquilo que você sabe.

E isso só faz meu peito se apertar de novo. Porque sei que ele está falando sobre Nova York, sobre o protagonista chegando à vida adulta, sobre os laços que ainda tem com a família e a insegurança que sente sobre fincar raízes em outro lugar. Mas tudo em que consigo pensar nesse momento é: *Seu personagem parece terrivelmente solitário.*

Os olhos de Levi encontram os meus tão rapidamente que percebo que cruzamos a distância entre nós, chegando tão perto que parece natural encostar o ombro no dele, suavizar as palavras cochichando para ele. Sinto o cheiro do seu xampu de novo, e aquele mesmo cheiro característico de Levi que me faz arder, que me desperta o desejo de fazer mais do que apenas chegar perto e colocar os braços ao redor dele como se eu pudesse aliviar essa mágoa antiga.

Levi apoia parte de seu peso em mim também.

— Sinceramente, nem me lembro tanto do que escrevi para

Caçadores do céu na época. — Ele olha para a pintura à nossa frente. — Ou, melhor dizendo... lembro de todas as partes, mas não como elas se encaixam.

Quase não digo, porque sinto como se fosse admitir algo mais: não apenas que me lembro da história, mas que me apeguei a ela durante todos esses anos em que mal nos falamos. Que havia partes dele de que eu não conseguia desapegar mesmo quando queria.

— Aposto que eu consigo — digo mesmo assim. Digo a mim mesma que é pela história, mas quando sinto um novo calor entre nós, não tenho tanta certeza.

— Tá, estou amando a proximidade, mas vocês poderiam me ajudar um pouco e dar as mãos, talvez? Me dar algumas opções para trabalhar?

Eu e Levi nos afastamos de susto para então dar de cara com Sana atrás de nós com sua Câmera Chique de Jornalista, como ela a apelidou, apontada na nossa direção. Ela está vestindo uma calça jeans justa e uma regata tie-dye espalhafatosa, o rabo de cavalo baixo, o rosto o retrato da concentração.

— Quando você chegou? — questiono.

— Dez minutos antes de vocês — ela diz, se aproximando de nós.

— E não disse nada? — pergunto. — Ficou só espreitando?

Sana me dá um tapinha na bochecha e me lança seu olhar patenteado de "ai, coitadinha".

— Esse é seu primeiro relacionamento viralizado de mentira. Acharam mesmo que eu deixaria vocês posarem de forma *espontanejada*?

— Espontânea planejada — murmuro para Levi, que acabou de inclinar a cabeça intrigado.

— Venham. Fiquem como estavam na frente dessa — ela diz, agarrando nós dois pelo ombro para nos girar de novo. — Só que de mãos dadas.

Estamos chocados demais pela presença de Sana para questionar. A mão de Levi encontra a minha, e estou esperando um simples aperto, mas ele entrelaça os dedos nos meus. Sinto uma leve vibração que começa onde nossa pele se toca, sobe pelo meu braço e meu corpo, e o caráter repentino disso combinado com a lente de Sana apontada para nós faz eu me sentir ainda mais constrangida do que tinha me sentido o dia todo.

Só percebo que fiquei totalmente tensa quando Levi chega perto e cochicha:

— Então estou achando que *você* não passaria a noite com meu personagem principal de jeito nenhum.

Solto uma gargalhada, voltando a me recostar nele. Ele aperta meus dedos.

— Eee por hoje é só — diz Sana atrás de nós. — Vou mandar mensagem para alguns contatos meus hoje. Vocês topariam se um artigo resumindo a coisa toda acabasse sendo publicado com eles? Só com alguém que um de nós conhece. Se não, sem problema, mas pode acelerar as coisas se alguém aceitar.

Olho para Levi, que já está olhando para mim.

— Confio em quem quer que Sana confie, se você topar — digo.

— Então sim — diz Levi. — Todo mundo já postou no Twitter a maior parte do que tem para saber mesmo.

Sana sorri.

— Excelente. Então vou lá tentar vender essas e ver a internet pegar fogo.

Levi olha para a câmera enquanto nos separamos.

— Temos tempo para tirar mais uma foto?

Sana ergue as sobrancelhas.

— Depende: você vai ficar sem camisa?

Levi toma isso como um sim, mas, em vez de fazer algum tipo de pose, ele gesticula para eu abrir minha bolsa. O Ex Vingativo ainda está em cima do meu bolinho inglês de apoio emocional. Ele o tira e depois segue a trilha curta até a área vazia, colocando-o em cima do altar, onde o sol está entrando de maneira dramática pelas vidraças, uma luz suave e angelical no caos de chocolate amargo e caramelo.

Odeio admitir, mas ficou bem legal. Como um amor desprezado.

— Aah, que ousado! — diz Sana, tirando algumas fotos. — Não

tinha me envolvido com jornalismo de bolinho ainda, mas para tudo tem uma primeira vez.

Depois ela sai tão abruptamente como apareceu, dizendo que vai entrar em contato sobre o Encontro Dois antes de desaparecer com sua câmera como um fantasma de mídia digital.

— Foi um golpe de gênio surpreendente — digo quando saímos do museu.

Os lábios de Levi se alargam num sorriso.

— Podemos aproveitar para explorar isso pela Orla do Chá. Sem falar que tenho um pressentimento de que isso vai passar antes de Sana conseguir fazer muita coisa com aquelas fotos.

Não tenho tanta certeza, considerando a destreza virtual da minha amiga, mas também não quero criar esperanças.

— É, você deve estar certo.

Contenho a bolha de pânico que passou os últimos dias fervilhando sob minha pele. Se isso não der certo a longo prazo, vai ser bom ter uma trégua desse caos, mas ainda tem a questão dos três meses de aluguel que vou precisar adiantar para Nancy. Além das mudanças que vou ter que fazer na Orla do Chá depois disso tudo, para que o lugar possa se manter.

Mas talvez esse bolinho inglês seja um passo na direção certa, por mais que tenhamos tomado um caminho muito estranho para chegar a ele. Um progresso para revitalizar a Orla do Chá. Dar uma mudada nas coisas, como Nancy disse.

Retiro o bolinho da bolsa e o divido ao meio. Levi pega seu pedaço com um olhar suspeito, mas o encosta no meu com um pequeno gesto de brinde mesmo assim.

— Um brinde ao fogo de palha que são os Ex Vingativos — digo.

Levi acena.

— E um brinde a nunca mais botar os olhos naquelas cenouras aterrorizantes.

Damos uma mordida quando minha ficha cai: esse nosso pacto deve acabar tão rápido como começou. Esta manhã foi um caso isolado, como roubar tempo de volta do nosso passado. O bolinho inglês atinge minha língua, tão delicioso e bem equilibrado quanto me lembro na última fornada de teste: feito para ter um sabor um pouco amargo. Só que agora está mais difícil sentir a doçura.

CAPÍTULO OITO

— Sobre aquele Instagram — Mateo diz na manhã seguinte, debruçando-se no caixa para roubar um pouco de chá antes de abrirmos a loja.

Ergo a cabeça do caixa da Orla do Chá e digo rápido demais:

— Que Instagram?

A testa de Mateo se franze.

— O que você postou sobre o bolinho Ex Vingativo ontem à noite?

Ah. Então *não* é a conta de Instagram onde os alunos de Mateo colecionam fotos dos seus coletes de tricô, em que posso ou não ter dado um jeito de entrar ontem. (Mateo sabe dela. Só não sabe que *eu* estou nela.)

— Certo. Sim. — Encaro os bolinhos Ex Vingativo na vitrine da frente, todos prontos para sair hoje. — Bom, acho que temos que aproveitar a oportunidade.

Mateo baixa a voz, seus olhos suaves nos meus.

— Fiquei feliz. Você sempre se divertia tanto, tendo essas ideias.

Concordo, ainda olhando para os bolinhos ingleses. Para a placa de ESPECIAL DO DIA que estou usando pela primeira vez em dois anos. Ontem à noite, finalmente reservei um momento para mim mesma na cozinha dos fundos e decidi levar isso a sério: postar no Instagram, servir na loja. Não me deu tanto a sensação de deixar uma parte da minha vida com Annie para trás como pensei que daria. Na verdade, enquanto eu observava os comentários surgirem, tudo em que consegui imaginar era ela rindo até se acabar dessa coisa toda.

— Pois é — digo, endireitando os ombros. — Estava na hora de pensar em alguma coisa nova.

Mateo me abre um daqueles seus sorrisos discretos, depois bate os nós dos dedos no balcão.

— Por falar em doces, você não se importa em fazer aquela degustação de bolo? — ele pergunta.

Mateo e Dylan já resolveram os detalhes da decoração com a Confeitaria da Cassie durante sua última rodada de planejamento do casamento: um bolo de três camadas com cobertura de creme de manteiga e um degradê de azul-claro a amarelo, as cores dos Eagles, decorado com rosas vermelhas, as favoritas tanto da nossa mãe como da de Mateo. Mas os sabores de Cassie mudam um pouco a cada ano, e ela está prestes a fechar por um mês para preparar a abertura de uma terceira loja. Considerando que tudo que Cassie faz é delicioso, e Dylan e Mateo estão tão ocupados se preparando para uma competição fora de casa e uma conferência em outra cidade, eles decidiram deixar a degustação dos sabores trocados nas mãos e nas papilas gustativas razoavelmente capazes do melhor casal de mentirinha de Benson Beach.

O que significa dizer que essa degustação de bolos com Cassie é mais uma visita social para botar o papo em dia com uma velha amiga de escola, mas vai ser bom falar sobre os planos originais de Mateo e Dylan antes do grande dia.

— Ser obrigada a comer bolo? Experimentar uma variedade de combinações deliciosas de sabores? — pergunto. — Vai ser um milagre se eu me recuperar, mas, por você, Mateo, vou assumir esse fardo.

Ele revira os olhos de bom humor.

— Estava mais preocupado com o aspecto Levi da questão.

— Ah, agora ele passa o dia cercado por doces — digo, apontando o queixo na direção da sala dos fundos. — Ele está sendo dessensibilizado pela equipe. E vai sobreviver a um pouco de bolo grátis.

— Imagino que uma degustação de bolos não faça mal, em termos de segundo encontro — diz Mateo com ar inocente.

Ergo os olhos para ele, perplexa. Sana não nos avisou se as nossas fotos já chegaram à internet, então ele não tem como saber que fomos em "encontro" nenhum.

— Alguns dos meus alunos viram você e uma pessoa no formato de Levi de dengo no museu — ele diz, com um brilho nos olhos escuros.

Sinto uma pontada de culpa. Não contei nada para Mateo sobre meu plano com Levi e não sei se vou contar. Se eu contar para Mateo, ele vai ter que contar para Dylan, e Dylan é tão *absurdamente* apegado à ideia de eu e Levi nos dando bem que sei que ele só vai ficar preocupado se souber que estamos andando por uma linha estranha agora.

Além disso, Dylan tem uma boca do tamanho do Atlântico. Morro de amores por ele, mas levaria três minutos, quatro no máximo, para ele deixar escapar alguma coisa que nos entregasse.

— Dengo é uma palavra forte — digo, evasiva.

Mateo apenas sorri com a boca no copo descartável.

— Talvez vocês se divirtam com outras ainda mais fortes depois de tanto bolo.

Meu queixo cai, e solto uma risada engasgada enquanto Mateo dá tchauzinho e sai pelos fundos. Pego meu celular para tirar uma foto sorrateira de seu colete em ziguezague para a conta do Instagram em retaliação, mas, antes que eu consiga fazer isso, sou interrompida; somando as mensagens, as DMs e as ligações, tem tantas notificações na minha tela que penso se por algum acaso troquei de celular com a Beyoncé. Desço até o começo e, embaixo de todas, há uma mensagem de Sana que devo ter perdido hoje cedo enquanto cuidava da preparação dos bolinhos ingleses: Fotos no ar às oito!!! Um artigo vai junto. Conheço a autora, ela é do bem.

Abro uma das outras notificações a esmo e, dito e feito, as fotos de Sana estão ao vivo e em cores para toda a internet admirar, junto com o que parece ser um artigo extenso.

A Orla do Chá só abre daqui a uma hora, então saio pelos fundos, passando pelo pequeno grupo de pessoas já esperando à porta e corro até a casa de Levi. Ele está no pátio do lado de fora, o notebook aberto na frente dele, franzindo a testa para o teclado como se tivesse acabado de puxar uma briga com o botão de deletar. Faço bastante barulho enquanto chego, mas ainda assim ele pisca, surpreso, ao me ver antes de fechar o notebook com um pouco de ansiedade demais. A julgar pelo fato que vi não um, mas quatro documentos de Word diferentes cheios de anotações cobrindo a tela, ele deve precisar do descanso.

— Vim fazer uma leitura dramática do artigo que acabou de ser publicado sobre nós — declaro.

Levi se vira para mim, os olhos estranhamente sonolentos e o cabelo bagunçado de uma forma que faz meus dedos se contraírem, como se quisessem sentir os fios entre eles. Consegui um pouco de prática na última semana em tentar ignorar esses impulsos relacionados a Levi, mas de vez em quando eles ainda me pegam tão desprevenida que meu corpo age antes do meu cérebro.

— Artigo? — ele repete, piscando como se tentasse acordar. — Pensei que fosse só uma notinha rápida.

Eu me sento na cadeira ao lado dele, cruzando as pernas e pegando o celular para lhe mandar o link. O meu finalmente carrega ao mesmo tempo que o dele, revelando a manchete de um famoso site de cultura pop: Quem são os "Ex Vingativos"? June Hart e Levi Shaw se conhecem há muito mais tempo do que seus términos viralizados.

— Pontos por gabaritar esse SEO — murmuro comigo mesma.

As fotos carregam primeiro, apenas duas. A primeira é a que Sana pediu, nós dois de mãos dadas na frente da pintura. Mas está na cara que ela a tirou logo depois que Levi murmurou aquela piadinha sobre nossa brincadeira, porque minha cabeça está inclinada na direção dele e dá para ver claramente a abertura do meu sorriso e que o corpo de Levi está virado para mim tão de perto que fica evidente que ele acabou de dizer algo na minha orelha.

A outra foto foi tirada de lado, logo depois que "defendi" Levi das cenouras. O momento em que ele tocou nos meus ombros e me recostei nele, de costas para seu peito, e ergui um sorriso para ele. A visão dela me faz prender o ar na garganta. Parecemos tão à vontade, tão naturais. Parecemos um casal de verdade.

Desço a tela, mas isso não alivia a nova tensão nas minhas entranhas. Esse tipo estranho de desejo por algo que não existe de verdade, que parou de existir há muito tempo. Fico feliz por ter Levi de volta na minha vida, mas essa desenvoltura inerente que tínhamos quando éramos novinhos? Essa familiaridade profunda de conhecer um ao outro por dentro e por fora? Acho que é algo que nunca vamos voltar a ter, e só entendo o quanto sinto falta dela quando estou olhando para um eco dela na minha tela.

Inclino a cabeça e vejo que seus olhos estão fixos na mesma foto que eu estava olhando. Depois de um momento, ele nota que o estou observando e ergue os olhos, parecendo quase envergonhado por isso antes de voltar a olhar para trás de mim, na direção do grupo de pessoas fazendo fila na Orla do Chá.

— Você tem alguns minutos, certo? — Levi pergunta, apontando a cabeça para a água. — Eu estava prestes a sair para dar uma volta.

Boa ideia. Somos alvos fáceis aqui, caso alguém nos reconheça. Vamos para a praia quase vazia, ambos lendo o artigo em silêncio enquanto descemos até a beira da água. Quem quer que o tenha escrito fez isso com o mesmo cuidado e respeito que Sana confiou que teria, mas investigou a cidade de cabo a rabo. Não é uma materiazinha qualquer. A pessoa mergulhou e encontrou amigos de escola, antigos professores, a mulher que administra a loja da esquina em que comprávamos lanches depois do treino de cross-country. Estou um pouco em choque por tudo que ela conseguiu descobrir no curto tempo que somos um "casal", mas também estou comovida pelo tanto que as pessoas lembram.

Especialmente pelas coisas *ridículas* que as pessoas lembram.

— Tinha esquecido seus apelidos absurdos — digo. Antigamente, se eu deixasse Levi nervoso, em vez de me chamar pelo nome, ele me chamava de qualquer que fosse o nome do mês em que estávamos em inglês.

Levi está abanando a cabeça e soltando um grunhido.

— Tinha esquecido que você colocava balas explosivas nos meus sanduíches.

— Nossa, todos nós cansamos de pregar peças naquele verão. Lembra que Annie colava adesivos nas nossas costas enquanto dormíamos e todos ficamos com marcas de bronzeado ridículas por semanas?

— Tenho quase certeza de que ainda tem um Bob Esponja no meu ombro se prestar atenção.

Nós dois estamos rindo baixo, pelo menos até chegarmos quase ao fim. O artigo realmente não poupou detalhes.

Shaw e Hart não estão ligados apenas por uma amizade de infância, mas por uma tragédia mútua. Dois anos atrás, Annie Hart, irmã mais velha de June e amiga próxima de Levi, faleceu de forma inesperada, deixando a cidade de luto.

Há mais depois disso também. Um breve aprofundamento sobre Annie e a marca que ela deixou em Benson Beach. Que ela foi a oradora da nossa formatura e uma escritora engenhosa formada em Stanford; o tipo de amiga que mataria você com um olhar e mataria por você sem hesitar; o tipo de pessoa que logo voltaria para sua cidade natal para inaugurar toda uma casa de chá num calçadão competitivo com pouca ou nenhuma experiência em administração de pequenos negócios e que nunca deixava que ninguém lhe dissesse não.

Desço a tela rapidamente antes que aquilo me afete demais. Não estava esperando que Annie fosse arrastada para essa história. Muito menos que uma estranha na internet fizesse uma reflexão tão cuidadosa dela enquanto escrevesse.

— Você está bem? — Levi pergunta baixinho.

Assumo o controle do meu rosto quando tiro os olhos do celular.

— Sim — digo. — Parece que estamos indo na direção certa.

Aponto para os artigos sugeridos no pé da página.

— "A doce história de Cinderela de Roman Steele está azedando?" — leio em voz alta.

Seus olhos ainda estão pousados em mim, atentos e constantes.

— Tenho certeza de que isso é só alimento para tabloide — ele diz.

— Absoluta? — pergunto.

É só então que ele desvia o olhar, passando os olhos pela beira da água.

— A gente está trocando mensagens.

Eu me pergunto se é por isso que ele parece tão sonolento hoje, por que parece estar na iminência constante de um bocejo. Há algo de estranhamente adorável nisso, por mais que eu fique brava pela ideia de Kelly roubar um minuto que seja do sono dele depois do que ela fez. Depois do que continua a fazer.

— Tipo, mensagens boas ou ruins? — pergunto. Como se alguma mensagem de Kelly não se classificasse como "ruim" a meu ver agora.

O meio-sorriso de Levi reaparece.

— Ela não parece feliz com a ideia de nós.

Isso não deveria me provocar tanta satisfação perversa, mas de repente tenho um meio-sorriso meu para conter também.

— Parece um progresso, então — digo.

Fico em silêncio por alguns momentos, querendo saber se ele vai entrar em mais detalhes. Quero confirmar que ele também vai tirar alguma coisa de toda essa história de relacionamento falso. Se ele decidir terminar com Kelly para valer, não vejo problema nenhum em jogar o resto dos planos de namoro falso no mar. Posso estar usando essa farsa para ajudar a Orla do Chá, mas a última coisa que quero é fazer isso às custas de Levi.

Mas, quando Levi inspira fundo, pergunta:

— E a Orla do Chá? Acha que isso está deixando você numa situação melhor?

— Ah, com certeza — digo, lançando um olhar para trás. — Acho que nenhuma casa de chá nos Estados Unidos teve que produzir tantos bolinhos ingleses desde o último casamento real.

— E a Orla do Chá... é realmente o que você quer fazer? — ele diz, a voz carregada com o mesmo cuidado que vi em seus olhos quando perguntou sobre Annie.

Não consigo evitar a reação defensiva imediata que se acende como uma chama sob minhas costelas. Sei que não me tornei exatamente a Dona de Pequena Empresa do Ano aqui, mas estou dando meu melhor. O calçadão da cidade é uma área difícil de manter, e a curva de aprendizado foi brutal.

Mas, quando noto a expressão de Levi, fica claro que ele está perguntando pelo mesmo motivo que pergunto sobre Kelly: para confirmar se realmente quero o que vamos ganhar com isso. Que estamos preparando o terreno para o sucesso um do outro.

Baixo as garras.

— Sim. É sim — digo. — Sempre foi.

Pelo olhar curioso de Levi, acrescento:

— Nunca planejei cuidar do lugar. Mas concebemos a ideia juntas quando éramos pequenas. Ela me deixou ser parte de tudo desde o começo. — Sinto uma pontada de nostalgia pelas noites em claro que passei encolhida em hostels ou embaixo de barracas, pegando meu teclado sem fio mal carregado e meu iPad surrado para responder aos longos e-mails que eu e Annie trocamos durante todos os anos em que passei fora. — E eu era sempre atraída para ele. Para como poderia ser uma surpresa agradável para turistas e um reduto habitual para as pessoas que moram aqui.

É bom dizer isso em voz alta. Não apenas para explicar para Levi, mas para firmar a determinação em mim. Às vezes, fico tão estressada pelo dia a dia que esqueço como amo a entidade como um todo que é a Orla do Chá. O quanto quero honrar essa visão que eu tinha para esse lugar desde pequena.

— É engraçado, passamos todos esses anos trocando fotos, eu em alguma aventura e Annie na loja, e sempre desejei… — Solto um riso aspirado. — Parece tão… eu não deveria… eu queria voltar. Muito antes de ter voltado. E aí Annie morreu, e não voltei porque eu queria, mas porque *precisava*.

Eu me pergunto se um dia essa culpa destrutiva vai passar. Por tanto tempo, busquei uma desculpa para deixar de viajar com Griffin, mas nunca tive coragem suficiente para isso. Tinha medo de perdê-lo.

No fim, perdi algo muito importante. Perdi anos com Annie que nunca vou recuperar. Anos que eu poderia ter passado na Orla do Chá, neste lugar que sempre esteve me puxando para casa.

— Eu nem sabia o quanto sentia falta deste lugar até estar de volta.

Odeio que Annie sempre vai ser a "desculpa" para isso. Eu deveria ter voltado por vontade própria.

Nós sabemos disso, mas Levi diz mesmo assim, em um tom baixo e reconfortante:

— Você não tinha como saber.

Isso é verdade para todos nós. Perdemos Annie para um aneurisma cerebral. Nunca vou parar de sentir o choque disso, talvez, mas, pelo menos, sempre houve um consolo em saber que ela se foi rápido.

Concordo com a cabeça, tentando me trazer de volta, até que Levi diz algo que torna isso impossível:

— Ela estaria orgulhosa de você.

Solto uma risada tensa, um nó na garganta. É estranho. Quero tanto acreditar nessas palavras, e aqui está a única pessoa que conhecia Annie o bastante para ter o direito de dizê-las e, mesmo assim, não consigo acreditar.

— Não sei — digo. — Ainda tenho muito a aprender.

Mal estamos andando agora, nossos pés se arrastando na areia, tão próximos que nossos dedos estão se roçando. Que eu poderia estender a mão e segurá-los como fiz no outro dia no museu e sentir o calor deles me inundar de novo.

— Também não foi fácil para Annie — Levi me lembra. — Ela fez muitas besteiras.

É fácil esquecer às vezes que Levi continuou em contato com Annie mesmo quando mal existia para mim. Isso me faz engolir em seco uma mágoa antiga e me deixa desconfiada da profundidade repentina dessa conversa quando não tivemos conversas como esta há muito tempo.

— Mas ela sempre tinha uma carta na manga — digo, evasiva.

Levi não deixa eu me safar.

— Ela também tinha você na manga. Trocando ideias com ela. Inventando todos aqueles bolinhos ingleses.

Abano a cabeça.

— Mas ela odiava metade das minhas ideias.

— Como quais? — Levi pergunta.

— Como… coisinhas. — Penso naquela época, com vontade de rir de algumas. — Se deveríamos oferecer Wi-Fi de graça ou quais deveriam ser os especiais de fim de ano. Mas maiores também. Como deixar o clima menos formal. Não precisar usar sapato. Tornar mais fácil entrar e sair, tornar mais fácil colaborar com outras lojas do calçadão, se a gente quisesse.

Hesito. Parece quase constrangedor dizer isso agora, considerando o estado das coisas, mas, pela maneira como Levi está olhando para mim — firme, com o tipo de compreensão que não sinto há muito tempo —, não consigo me conter.

— E sempre tive essa ideia de que, depois que a Orla do Chá estivesse estabelecida, poderíamos ter mais unidades.

Dou uma risada autodepreciativa, mas o foco de Levi em mim só fica mais intenso.

— Talvez esse impulso deixe você preparada para considerar isso?

— Não, isso só vai me ajudar a cobrir os custos. A gente está rodeando o ralo aqui — digo, apontando o polegar na direção da Orla do Chá num gesto que espero ser casual o suficiente para disfarçar a angústia muito real. — Prometi para Nancy que adiantaria três meses de aluguel do contrato do próximo ano só para provar que não vamos atrasar de novo.

Não entro no verdadeiro motivo pelo qual eu nunca poderia ampliar a loja, que tem menos a ver com dinheiro e quase tudo a ver com Annie. Ela imaginava o lugar como algo insular, algo hiperlocal. Queria concentrar tudo nessa loja. Passar todo o tempo que não estivesse trabalhando atrás do balcão numa das mesinhas, escrevendo seus romances e fazendo sala enquanto as pessoas entravam e saíam. Queria que este fosse um lugar compartilhado, mas pequeno e ordenado. Queria que fosse seu lar.

Também sempre adorei o aspecto de comunidade. Mas, enquanto essa lógica de Annie a enraizava aqui e apenas aqui, sempre fui mais inquieta em relação a isso. Mais disposta a compartilhar. Eu imaginava a loja mais bagunçada, mais aberta. Imaginava um bando de Orlas do

Chá em outras cidades costeiras, todas com as mesmas bases, mas com suas próprias comunidades, seus pequenos toques e particularidades que as tornariam únicas.

Era essa parte de mim que adorava viajar com Griffin, no começo. Eu adorava explorar novos lugares, encontrando todas as suas frestas escondidas para espiar o mundo dos outros. Depois de um tempo, nossas viagens se tornaram mais sobre as tendências aventureiras de Griffin do que sobre isso, mas essa vontade ainda existe. Eu dizia a mim mesma que talvez um dia conseguisse satisfazê-la através da Orla do Chá. Nada abre mais as pessoas umas para o mundo das outras do que um espaço para conversar, relaxar e compartilhar artes e ideias.

Eu tinha discutido um pouco sobre isso com Annie, quando ainda estava fora: a ideia de revezar exposições de arte da cidade ou fazer noites de escritos em vez de apenas os eventos pagos como festas e chás de panela. Ela não era totalmente a favor, mas eu tinha a impressão de que conseguiria convencê-la. Mas, mesmo se eu quisesse correr atrás disso agora, ando tão sobrecarregada apenas tentando administrar as atividades do dia a dia que isso ficou para escanteio. Talvez Levi esteja certo sobre Annie se orgulhar de mim por ter tentado tanto quanto tentei, por querer ser fiel à visão dela, mas, agora, não estou tão orgulhosa de mim mesma.

— Você sabe que eu poderia ajudar com o adiantamento do aluguel — Levi oferece com um tom cuidadoso, embora nós dois saibamos o que vou dizer.

Porque sei; sempre soube. Eu e Levi podemos ter passado os últimos anos fora da órbita um do outro, mas, mesmo se esse assunto tivesse surgido quando o encontrei rondando com seu café à porta da Orla do Chá e disse poucas e boas para ele, ele teria me ajudado de cara, caso eu tivesse pedido.

— Agradeço. Mas a questão não é tanto o dinheiro, e sim se conseguimos nos sustentar, sabe? — Abro um sorriso agradecido que não se reflete em meus olhos. — Preciso fazer isso para provar que podemos manter a Orla do Chá andando com as próprias pernas.

Levi acena, e o silêncio que se segue dá a sensação de que algo se abriu entre nós. Ovos sobre os quais temos pisado desde que ele voltou. Paro de andar, fincando os calcanhares na areia. Levi para a meu lado, seus olhos suaves nos meus, penetrantes.

— Você disse que pretendia voltar antes disso — digo. — Então por que não voltou?

Tento não transparecer a mágoa na voz, mas consigo ver pela maneira como a vergonha cruza o rosto de Levi que não consegui direito. No entanto, não sei bem como ele vai reagir à minha pergunta. Foram tantos anos com pouco mais do que uma ou outra mensagem rápida entre nós que ainda fico com receio de dar de cara com o Levi fechado de novo, a versão dele que saiu da minha vida e pareceu continuar fora dela da maneira mais completa possível.

Em vez disso, porém, ele inspira de forma tão profunda que quase prendo a respiração, esperando o que vem depois.

— Algumas semanas antes de Annie morrer — ele diz baixo —, tivemos uma briga.

Conheço Levi e conheço Annie, então também sei que o que Levi quer dizer é que Annie puxou uma briga. Levi, por bem ou por mal, sempre foi de evitar conflito.

Mesmo assim, ouvi-lo dizer essas palavras me abala demais para o meu gosto. Passei os últimos dois anos torturada de culpa pela distância que estava de Annie quando ela faleceu. Agora, a culpa de Levi é tão evidente em sua expressão que sinto uma sombra da minha.

— Não deve ter sido tão ruim assim — digo, uma reação automática para aliviar essa sensação pelos dois.

Levi abana a cabeça.

— Provavelmente não foi. Ou não deveria ter sido. Mas a gente ficou algumas semanas sem se falar e, de repente, recebi a ligação da minha mãe…

Ele pisca para conter as súbitas lágrimas, e sou mergulhada bruscamente em memórias antigas. Quando éramos mais novos, Levi sempre era mais expressivo do que outras crianças que conhecíamos. Como se houvesse um poço sempre à beira de transbordar dentro dele. Ele ria tão facilmente e seus olhos se enchiam de lágrimas tão rapidamente por coisas bobas que parecia que seu coração estava sempre à flor da pele.

Em algum ponto do caminho, ele superou isso, substituído pelos meios-sorrisos, por esse controle firme que Levi parecer querer ter em seu mundo desde o momento em que saiu daqui de Benson. É só agora que estou vendo um eco dessa versão mais jovem dele que entendo que nem sempre foi assim.

— A gente, hum… estava brigando sobre um plano besta meu. Um plano que eu tinha com Kelly — ele elabora, a voz embargada, mas as palavras firmes. — O combinado era a gente se matar de trabalhar até os trinta, guardar o máximo de dinheiro possível e depois tirar alguns anos sabáticos para correr atrás de outras coisas. Eu escreveria meu romance. Ela pintaria.

— E isso chateou Annie? — pergunto.

Levi solta um riso tenso.

— Ah, já fazia um tempo que ela estava brava com isso — ele diz. — Ela sabia. E você sabe que o grande plano dela era que a gente escrevesse juntos. Ela vivia tentando vender o manuscrito em que estava trabalhando, e até chegou perto algumas vezes. Ela queria que eu estivesse nas trincheiras com ela. Acho que ela tinha medo de me deixar para trás. Então, quando eu e Kelly resistimos, ela ficou magoada.

Ignoro a dor persistente de todas essas partes dele que ele compartilhou com Annie, mas não comigo. Essas partes que eu poderia ter conhecido se não teimasse tanto em mudar de assunto com Annie toda vez que Levi surgia na conversa, em manter Levi à distância.

— Por que você faria isso? — pergunto. — Quero dizer, esse seu plano com Kelly?

Levi fica em silêncio por um tempo. Quase hesitante. Passa pela minha cabeça que, na última vez que falou sobre esse plano para uma mulher Hart, ela não devia ter demonstrado muito interesse em ouvir seu lado.

— Kelly veio de uma família como a minha. Os pais dela trabalhavam duro, mas as coisas sempre foram apertadas. Estávamos determinados a ter tudo preparado para o nosso futuro — ele diz. — Para poder cuidar das nossas famílias também.

Há algo nessa última parte que carrega um peso maior e que não consigo identificar bem. Não é aquele atrito ocasional que tínhamos na infância; desde pequenos, sentíamos um desequilíbrio, sabíamos que a família de Levi não era tão confortável quanto a nossa. É algo mais profundo do que isso.

— E vocês não queriam simplesmente arranjar empregos estáveis e tentar escrever e trabalhar em paralelo? — pergunto.

Levi engole em seco.

— Foi o que Annie disse.

Consigo ver pela maneira como a expressão em seu rosto não relaxa que o que quer que venha agora foi a briga de verdade. Eu me seguro como se houvesse uma onda prestes a nos pegar de surpresa, mas, mesmo assim, não estou totalmente preparada.

— A questão é que... — Levi ergue os olhos para o calçadão, quase como se estivesse olhando para além dele. — Minha mãe... no segundo ano da faculdade, ela foi diagnosticada com câncer de mama.

Por um momento, meu cérebro fica simplesmente estático, incapaz de processar as palavras que saem da boca dele. Vejo a mãe de Levi pelo menos uma vez por semana. Ela trabalha no salão a alguns quarteirões e às vezes passa na Orla do Chá. Ela é uma presença constante para mim, algo inquebrantável, uma figura materna na infância e ainda mais agora que minha própria mãe está do outro lado do país.

Minha cabeça não consegue nem processar a ideia de ela estar doente, mas a expressão ferida no rosto de Levi logo envolve meu coração.

— Puta merda, Levi. Ela está...

— Está em remissão agora. Ela está bem — ele diz rápido.

Levo a mão ao peito. Sinto meu coração bater freneticamente, doendo por Levi a cada batida.

— Eu nunca soube.

— Não era para você saber. Ela foi extremamente reservada em relação a isso. Também não era para Annie saber, mas ela soube por

Nancy de alguma forma, juntou dois mais dois. — Ele balança a cabeça, mordendo o lábio inferior como se estivesse de volta à briga de dois anos atrás. — Ela ficou furiosa por eu não ter contado para ela. E a verdade é: eu queria muito. Queria contar tudo para ela. Mas minha mãe não queria deixar ninguém preocupado ou achando que a gente precisava de ajuda.

Mas é muito claro agora nos olhos de Levi de que ele precisava. Há um medo antigo neles, uma insegurança que ele nunca superou. E, mais do que isso, um pedido. Como se estivesse buscando perdão.

— Levi. — Estendo o braço e seguro a mão dele, que esteve roçando a minha minutos antes, e a aperto suavemente. Sinto o calor de seus dedos apertando os meus em resposta, com uma gratidão silenciosa. — Sinto muito. Sei que você não podia dizer nada, mas... eu queria que tivéssemos sabido.

Ele parecia sonolento antes, mas agora só parece cansado. Como se tivesse esperado por isso por muito, muito tempo.

— Minha mãe não me deixou nem voltar da faculdade. Ficou furiosa quanto tentei. Então fiz a única coisa em que consegui pensar — ele diz. — Troquei de curso. Queria tentar ajudar com a dívida médica.

Eu tinha toda essa narrativa criada na minha cabeça sobre Levi todos esses anos. Levi me deixou de lado. Levi foi embora para Nova York. Levi trocou a paixão por um salário. Levi endureceu todas as partes moles de seu coração, virou uma pessoa que não reconheço.

Mas ele está bem aqui. O Levi de que me lembro de antes disso tudo. E ele passou todo esse tempo sofrendo por algo que eu nunca soube.

Isso não muda o resto da nossa história. Não perdoa os anos em que ele furou comigo e fez eu me sentir pequena. Mas me faz refletir sobre ela de uma forma como nunca me permiti: se existem outras coisas que não sei, coisas que nunca tive a chance de perguntar.

Não tenho espaço para esses pensamentos agora. Essa dor emprestada que sempre senti por Levi está com força total. Eu me apoio nele, encostando a bochecha em seu ombro, colocando os braços ao redor das suas costas. Sinto sua respiração se prender contra a minha antes de ele se entregar, antes de sentir o calor de seus braços me puxarem pelos ombros, de me apertar ainda mais perto dele.

— Eu queria voltar depois que Annie morreu. Mas fiquei com tanta… mas tanta vergonha de como deixei as coisas com ela — ele admite. — Ela estava certa. Eu estava enrolando. E de repente passei a ter todo esse tempo que ela não tinha mais e simplesmente… fiquei paralisado. Com escrever. Com voltar para casa. Com tudo.

Aceno em seu ombro porque sei exatamente o que ele quer dizer. Desde que Annie morreu, senti como se eu não tivesse simplesmente perdido algo, mas tirado algo também. Como se eu tivesse roubado tempo dela. Em algum momento do ano passado, percebi que era mais velha do que ela jamais seria, e essa ideia me incomoda desde então.

— Você sabe que ela não gostaria que você se sentisse assim — digo baixo. — Você sabe como ela era.

Annie era muitas coisas. Cabeça-dura. Intensa. Profundamente amorosa. E às vezes não havia espaço para ela ser todas essas coisas ao mesmo tempo sem as misturar. Ela queria o melhor para nós, botaria fogo no mundo por nós se precisasse, mas também nos queimaria sem querer no processo.

Mas a poeira sempre baixava no fim. Ela se acendia e se apagava. Quase nunca pedia desculpa, mas sempre superava.

Levi ergue a cabeça de modo que sua boca está mais próxima do meu ouvido quando diz as palavras seguintes:

— Também tinha vergonha de como deixei as coisas com você.

As palavras se infiltram sob minha pele, mas não se assentam. Não sou como Annie. Não consigo simplesmente superar.

Pelo menos não quando se trata de Levi. Não importa quantos anos se passaram. Ainda sinto a dor de ele me deixar para trás tão fresca quanto todas as outras, como se ele tivesse arrancado uma raiz minha do chão quando foi embora e parte de mim estivesse cambaleante desde então.

Não pergunto por que ele fez isso, pois nós dois estávamos lá. Eu era apaixonada por ele no ensino médio. Ele não. Mas a questão não era essa.

A questão foi que, depois que tudo chegou a um ápice explosivo, em vez de conversar, Levi fez o que sempre fazia: evitava os problemas.

Só que nunca imaginei na época que um desses problemas seria eu.

— Estou contente que você voltou — digo em vez disso. — E estou contente que está escrevendo de novo. Sei que brinco sobre o livro e tal, mas estou muito contente que você esteja escrevendo.

Ele acena, apoiando o queixo do outro lado da minha cabeça por um momento, pressionando os dedos de maneira tão deliberada nas minhas costas que consigo sentir a pressão de cada um deles, dorzinhas doces em minha pele. Meus olhos se fecham, a lateral do meu rosto aninhando tão fundo em seu ombro que sou envolvida por aquela doçura terrosa, pelo subtom caloroso. Pela estranha colisão do anseio que eu tinha por ele anos atrás e pela *demanda* muito mais forte que meu corpo tem por ele agora.

Esses dois sentimentos só podem me dar problemas. Levi não me queria na época, e sei que não me quer agora. Temos toda essa farsa de Ex Vingativo para provar.

Dou um passo para trás, respirando para me estabilizar. Seu rosto está calmo de novo, mas ainda há um cansaço naqueles olhos que estava por brotar alguns minutos atrás, como se ele estivesse em algum lugar entre o Levi que se permite sentir abertamente e o que se fecha antes que possa realmente se expressar.

— Fico contente de estar de volta na sua vida — ele diz.

A sinceridade nas palavras me deixa toda fraquinha, mas não posso transparecer. Não se quiser sair disso ilesa. Abro um sorriso rápido, usando-o como uma armadura, e digo:

— Fala isso de novo depois que eu te arrastar para aquela degustação de bolo amanhã, e eu acredito.

Levi pisca, parecendo quase desapontado pela mudança repentina, mas seu rosto muda tão rapidamente que posso ter imaginado.

— Você come alguma coisa que não seja bolo? — ele pergunta. — Era esse o seu segredo para aniquilar todo mundo no cross-country todo aquele tempo?

Eu me viro de volta na direção da Orla do Chá, e ele entra no mesmo ritmo que eu, seu corpo alto me protegendo do sol matinal.

— Não seja ridículo. É bolo e chocolate. Equilíbrio é tudo.

O lábio de Levi se contrai logo antes de dizer:

— Como quiser, *August*.

Gargalho, estendendo a mão para empurrá-lo de leve na direção das ondas. Ele estica o braço no mesmo instante e me pega pela cintura, erguendo-me e fingindo que vai me jogar na água. Solto um gritinho de surpresa, os dois encontrando os olhos um do outro com um tipo diferente de travessura: não a que costumávamos ter, mas algo acalorado. Algo um pouco mais do que amigável. Algo que vou ter que manter sob controle porque não dá mais para negar. É melhor eu aproveitar enquanto posso.

Ele me coloca no chão e perco o fôlego de tanto rir, cambaleando. Ele mantém o braço ao redor da minha cintura até eu me equilibrar de novo, e ergo os olhos para ele e vejo um daqueles sorrisos completos de Levi, tão largo e refletido em seus olhos que coloca o sol atrás dele no chinelo, e não consigo evitar me achar por ter sido a responsável.

CAPÍTULO NOVE

— Chega — digo categoricamente. — Vou terminar com você.

Levi nem tira os olhos da mesa.

— Ah, foi bom enquanto durou.

Estamos num impasse na salinha adorável de degustação de bolos da Confeitaria da Cassie. As paredes são decoradas com fotos deslumbrantes de bolos em camadas com praticamente todos os modelos e cores de decoração possíveis, e as janelas são adornadas com prismas de cristal que projetam arco-íris por toda a sala. À frente de cada um de nós há um prato com renda comestível sob cinco retângulos pequenos de bolo de limão-siciliano, pistache, chocolate, baunilha e morango, assim como potinhos de coberturas diferentes de creme de manteiga e cream cheese. A ideia é que podemos misturá-los e harmonizá-los para chegar às combinações de sabores ideais, não para o bolo que Dylan e Mateo planejaram, mas para um bolo de tabuleiro maior que tivemos que comprar para acomodar a lista de convidados estendida.

Só mesmo Levi para conseguir desrespeitar toda a instituição de bolo de casamento gostando do bolo de pistache e sugerindo que não precisamos de cobertura nenhuma para acompanhar.

— Ninguém vai terminar com ninguém até eu colocar mais dessa calda de caramelo na boca — diz Sana, o celular em que está recebendo conteúdo numa mão, uma colher delicada cheia de caramelo na outra.

Cassie se envaidece na cabeceira da mesa, onde está fazendo sala enquanto experimentamos os sabores. Nós nos vemos bastante porque nossas lojas são bem próximas, mas, mesmo se não nos víssemos, eu poderia admirar como isso não muda nela desde o ensino médio: ela ainda tem o mesmo bom humor, o mesmo sorriso radiante e os mesmos grandes cachos loiros que me fazem lembrar de Bad Sandy, de *Grease: Nos tempos da brilhantina*.

— Nós a fazemos aqui — diz Cassie, empurrando o pote de caramelo para mais perto de Sana.

Sana lambe os lábios.

— Nesse caso, já vou preparar minha mudança para cá.

— Você entende que cobertura não é apenas a dádiva de Deus em nossas bocas — continuo para persuadir Levi. — É o que torna o bolo arquitetonicamente *sólido*. Se ignorar a cobertura, você perde exatamente o que o mantém em pé.

— Se quiserem diminuir a proporção de cobertura, eles poderiam considerar trocar por um *naked cake* — diz Cassie, folheando o catálogo de bolos.

— Não dá ideia para esse delinquente de doces — digo para ela.

Mas os bolos da página em que ela vira são, naturalmente, tão belos quanto os das fotos que vimos nas paredes. As bordas desses são cobertas grosseiramente com uma camada fina, de modo que dá para ver a cor do bolo por baixo e, em alguns casos, decoradas com algumas flores em cada camada. Têm um ar meio rústico que sei que vai agradar as sensibilidades de Mateo e seu gosto por coletes. (Eu levaria a opinião de Dylan em conta se essa opinião não começasse e terminasse com "Quando a gente pode comer?".)

— Na verdade, pode ser bom estudar essa opção se estiverem considerando seriamente um casamento na praia e quiserem o bolo exposto ao ar livre — diz Cassie. — Dá para tingir com as cores originais deles, e não precisa ter medo de a cobertura suar.

Eu e Levi resolvemos os detalhes finais para reservar a autorização para uso da praia ontem, conversando durante meu "horário de almoço" (leia-se: enfiar um bolinho na boca de maneira impulsiva antes de voltar correndo para o balcão). Mateo sugeriu o trecho bem na frente da Orla do Chá, assim teríamos o espaço para preparação e daríamos aos convidados a opção de relaxar do lado de dentro, e a ideia de uma festa dançante na praia fez os olhos de Dylan se iluminarem como uma criança no Natal.

— Até que não é má ideia — diz Levi.

O sol se moveu de modo a se projetar num dos pequenos arco-íris do prisma logo acima de um dos olhos dele. Estou olhando fixamente para eles, estonteada pela forma como isso destaca os pontinhos mais claros de azul em contraste com o cinza, quando me dou conta de que esses olhos estão me encarando e esperando algum tipo de resposta.

— Ah. Sim — consigo dizer, voltando a atenção para Cassie. — Acho que eles estão decididos pela decoração original, mas vamos confirmar com eles.

Ela acena, fazendo uma anotação na folha à sua frente.

— Vocês já têm um veredito sobre os sabores do bolo de tabuleiro?

— Fiquei louca pelo de chocolate, mas gostei muito do de limão-siciliano — digo, espetando o garfo no meu último pedaço e combinando-o com a cobertura de cream cheese.

Levi examina o prato.

— Eu diria o de pistache.

Cassie bate palmas como se fôssemos gênios de bolo em formação.

— Esses sabores combinam perfeitamente um com o outro. E com a framboesa no bolo principal.

— Acho que eles vão preferir o de pistache — diz Levi. — Dylan praticamente respira granola.

Ignoro a audácia de Levi ao comparar os sacos gigantes de atacado de Dylan daquela porcaria salgada a bolo de alta qualidade e digo:

— Se conheço Mateo, ele vai preferir o de fruta.

— Bom, a gente só precisa decidir até uma semana antes, então vocês podem discutir isso e me retornarem — diz Cassie.

— Ei, vocês se importam se eu fizer mais alguns cliques da loja e da fachada só por via das dúvidas? — pergunta Sana, colocando o celular no suporte que comprou e pegando sua câmera chique.

Era para ser algo muito mais curto e descontraído, mas Cassie me procurou e me perguntou se eu e Levi nos importaríamos se ela postasse sobre nossa passagem pela loja para ela chamar mais atenção à Confeitaria da Cassie tendo em vista a inauguração da nova unidade na semana que vem. Sana se incluiu imediatamente, oferecendo-se para tirar fotos tanto de nós como da loja nova para Cassie postar em troca de um valor fechado, o que Cassie topou com todo prazer; ela estava pensando em contratar alguém para tirar fotos decentes da loja nova, mas ainda não tinha encontrado tempo para isso.

Por mais contente que eu fique por Sana conseguir tirar uma grana extra por ser basicamente nossa acompanhante agora, fico um pouco preocupada com a situação. O acordo era os três tirarmos algo disso, e sei que o grande objetivo de Sana era ter tempo para trabalhar em suas matérias. Até agora, tudo que conseguiu fazer foi vender nossas fotos para um site e esse trampo freelance com Cassie, e fico com medo de que planejar todo esse namoro falso para nós a esteja mantendo ocupada demais.

— Estou chegando lá — disse Sana despreocupadamente quando toquei no assunto. — Quando for a hora de escrever algo digno do *Fizzle*, vou saber.

Ainda estou me perguntando o que ela tem em mente quando Cassie puxa a cadeira para se levantar.

— Claro, seria ótimo — ela diz a Sana antes de se voltar para mim e Levi. — Vocês podem ir decidindo enquanto mostro a loja para ela. — Ela se abaixa e olha para nós com um brilho extra nos seus olhos já luminosos. — Não sei como agradecer por fazerem isso. E estou muito, mas muito feliz em ver vocês juntos; acho que falo pela maioria dos nossos colegas quando digo que já estava na hora!

Cassie sai atrás de Sana, deixando-nos a sós para marinar no constrangimento que as palavras dela causaram. Não posso mentir. Uma parte antiga e inegavelmente presunçosa de mim está contente em saber que, em algum momento do passado, as pessoas pensavam que poderíamos vir a ser algo. É um alívio saber que não inventei aquele xodó antigo na minha cabeça. Mas isso não muda o fato de que agora estamos tecendo uma mentira deslavada sobre isso não apenas para o mundo, mas para todos os nossos antigos amigos também.

Levi quebra o silêncio tenso colocando sua fatia de bolo de limão--siciliano no meu prato. Empurro o meu de pistache para o dele e digo:

— *Só* se você experimentar com um pouco da ganache de chocolate amargo.

Levi me fixa um olhar não muito diferente do de um gato prestes a derrubar um copo d'água da mesa e dá uma mordida deliberada no bolo sem ganache.

— Seu monstro — digo, sem expressão.

Ele sorri para mim enquanto mastiga, o tipo de sorrisinho que ergue meus próprios lábios.

É estranho, mas, com Sana e Cassie fora da sala, a situação tem muito mais cara de casal do que antes. Nem mesmo no sentido de namoro falso. Como se estivéssemos num universo paralelo em que apenas estamos sentados a uma mesa ponderando sobre sabores de bolo como se esse fosse nosso casamento. Em virtude de esse ser o Encontro Falso Número Dois, estamos ambos vestidos à altura: eu com uma das minhas poucas camisas brancas restantes sem manchas de chocolate por dentro da calça jeans de cintura alta, Levi com uma camiseta azul justa que consegue deixar o azul de seus olhos ainda mais luminoso. Parece que combinamos as cores, como se nossa próxima parada fosse a sessão de noivado.

Só então me dou conta de que Levi pode já ter feito isso. Ele de fato foi — talvez ainda seja? — noivo, afinal. Ele e Kelly podem já ter feito essas mesmas gracinhas de confeitaria.

Antes que eu reflita demais sobre isso, Levi cutuca meu joelho embaixo da mesa.

— Como anda a Orla do Chá hoje?

— Na mais absoluta anarquia — respondo, atacando o resto da fatia de morango. — Tiraram mais fotos minhas hoje do que em toda a minha vida. E o bolinho Ex Vingativo está vendendo que nem pão quente.

Só consegui escapar hoje à tarde porque estou com o lugar cheio de todos os adolescentes de férias que temos contratados e fiquei acordada quase a noite toda preparando bolinhos para a fornada de hoje. Dormi tão pouco que tiraria uma soneca no chão de Cassie, mas tudo bem. Vou dormir como um golfinho. Um olho aberto no caixa, o outro capotado e sonhando sobre seu bolo de limão-siciliano absurdamente delicioso. Desde que estejamos ganhando dinheiro suficiente para adiantar os três meses de aluguel, vou fazer o que for preciso.

— Eu vejo no calçadão. Está todo mundo na rua com suas pranchas de bodyboard e seus bolinhos Ex Vingativos — Levi brinca. Sua sobrancelha se franze na sequência. — Eles não estão te perturbando mais, né? As pessoas tirando fotos?

Contenho um sorriso pelo tom protetor na sua voz.

— Não tanto. Ex Vingativa soa muito melhor do que Menina Chorona. — Encosto meu joelho no dele. — Mas seu fã-clube quer saber onde você está.

— Digitando no ritmo constante de uma palavra por hora — diz Levi.

— É um progresso — digo. Progresso esse que vive sendo ligeiramente prejudicado por Levi se voluntariando para ajudar na Orla do Chá de tempos em tempos, correndo para mover caixas nos fundos ou pegar coisas que precisam ser reabastecidas. Vivo recusando, mas a essa altura acho que ele está praticamente procurando desculpas para evitar sua tela.

— Talvez hoje eu evolua para duas — ele diz, terminando o último pedaço de seu bolo de pistache.

Meus lábios se curvam num sorriso.

— Vou ter que roubar a receita dela. Não consigo acreditar que estou vendo com meus próprios olhos você gostar de um doce.

— É suave — diz Levi em sua própria defesa. — Não é enjoativo.

— Hummm — digo, tamborilando os dedos no queixo. — Quase como um *bolinho inglês*, talvez.

Isso tira um sorriso exasperado dele.

— Já vi seu trabalho o suficiente ao longo dos anos para saber que a maioria dos seus bolinhos são cookies gigantes, June.

Levo uma mão ao peito fingindo estar ofendida, na esperança de disfarçar o leve rubor pela recordação de que Levi estava me acompanhando.

— Um cookie gigante? Jamais.

O lábio de Levi se curva no começo de um sorriso. Há um farelo de bolo de pistache grudado no canto da boca dele. Chego perto sem pensar, apertando o polegar nele. Assim que o frio da minha mão encontra o calor da sua boca, ficamos imóveis.

— Você está com um...

Esqueci a palavra para farelo. Ou, melhor dizendo, esqueci como falar. Porque de repente meu cérebro me colocou em suspenso, profundamente envolvido em outros pensamentos. Pensamentos como usar o polegar que toquei no rosto dele como desculpa para traçar os dedos pela linha angulosa de seu maxilar e puxá-lo para perto do meu. Pensamentos como deixar esse farelo exatamente onde está e tirar com meus próprios lábios. Pensamentos como tentar adivinhar como seria o gosto do resto dele se ele me deixasse experimentar.

Em algum lugar fora da sala, a porta da frente se abre com um tilintar, e tiro o polegar, o farelo caindo no chão.

— Obrigado — Levi diz, sua voz inegavelmente rouca.

Meu rosto está ardendo tanto que estou com vontade de me abanar com o catálogo de bolos. Assim que esse namoro falso acabar, vou tomar um *ano* de banhos frios.

Sana volta para a sala, impedindo que meus pensamentos surtem ainda mais nessa enrascada que é Levi, e diz:

— Vamos tirar uma foto de vocês na vitrine para Cassie postar.

Olho com desejo para o que sobrou do bolo de Levi, mas me lembro que temos pouco tempo. Preciso voltar à Orla do Chá.

— Tenho o contrato atualizado no meu computador, se quiserem dar uma olhada antes de levar para Dylan e Mateo — diz Cassie.

Levi acena e a acompanha. Estou prestes a fazer o mesmo quando Sana pega o celular do suporte e diz:

— Ah, e se algum de vocês tiver confessado algum assassinato enquanto eu estava fora, me avisa agora. Porque deixei isso filmando o tempo todo.

Meus olhos se arregalam.

— Sana!

Ela aponta um dedo para mim.

— Sinceramente, a culpa é sua. Na primeira, qualquer um cai. Na segunda, cai quem quer… — Ela espera até Levi sair da sala para erguer as sobrancelhas para mim de maneira sugestiva.

— Tem certeza de que quer trabalhar para *Fizzle*? — resmungo. — Porque Nova York é por ali, *Gossip Girl*.

Sana passa a mão pela trança francesa comprida de hoje e a ajeita sobre o ombro.

— Agora abra um sorriso bonito para a câmera. Você vai me agradecer depois.

É o que fazemos, eu avisando Levi sobre a filmagem bem a tempo de suas bochechas ficarem rosa enquanto estamos posando com os carros--chefes de Cassie: os *cupcakes* gigantes com cobertura azul cintilante e um "C" sutil desenhado em cima. Depois que tiramos algumas fotos genéricas, Sana nos pede para relaxar, então finjo dar meu *cupcake* na boca de Levi. Na sequência, Levi abruptamente *enfia* seu *cupcake* na minha boca, nos deixando cuspindo cobertura azul quando me esforço em retribuir o ato.

— É isso — digo, erguendo os dedos de cobertura azul para Sana. — A foto de milhões.

Levi pega um guardanapo atrás de si para me dar e diz:

— Acho que vamos ficar com glitter na boca por um mês.

Afasto o pensamento de lamber *isso* também, bem a tempo de Cassie intervir:

— Muito obrigada. De verdade — ela diz, colocando um braço ao redor do nosso pescoço e nos puxando para um abraço de gangorra, graças às nossas alturas desiguais. — Vou estar ocupada nas próximas duas semanas, mas, se tiver qualquer coisa que eu possa fazer por vocês, *por favor*, me avisem.

Ela entrega um saco para Levi, cuja expressão se alegra.

— Você poderia conversar com June sobre como é abrir outras unidades um dia desses.

O queixo de Cassie cai de alegria enquanto eu sinto um frio na barriga.

— June! — ela diz, me dando um tapinha de brincadeira no braço. — Viu, é por isso que você deveria começar a frequentar nossos encontros de donos de pequenas empresas. Não fazia ideia de que você estava pensando em expandir!

— Não estou — logo digo, mas Cassie já está pegando o celular.

— Vamos deixar alguma coisa marcada. Está sendo uma doideira, mas está sendo divertido. — Ela está tão animada que não tenho coragem de interromper… ou talvez seja só que estou curiosa demais para interrompê-la. Que uma parte do meu coração esteja focada em cada palavra que ela está dizendo, se esforçando para imaginar o mesmo para mim. — Quer dizer, um pouco você já sabe. A gente começou com o *food truck* antes de abrir nossa segunda unidade em Hoffman Beach, só para testar a região… Não sei se você gostaria de ir por esse caminho, mas, de toda forma, eu adoraria trocar ideias.

Sinto como se uma caixa de surpresas tivesse acabado de se abrir com todas essas possibilidades espalhafatosas e resplandecentes que eu vinha tentando sepultar e, agora, vou ter que fechá-la de novo.

— Não vou abrir outras unidades — digo de novo, com mais firmeza. Estampo um sorriso na cara para tentar suavizar as palavras, mas consigo ver pela maneira como todos no salão ficaram em silêncio que não deu muito certo. — Quer dizer… agradeço. Mas vamos continuar só aqui na cidade por enquanto.

Cassie acena.

— Bom, estou aqui se um dia quiser conversar.

Sana sai para cuidar das fotos, e eu e Levi seguimos para o Bugaboo no canto do estacionamento de Cassie. Estamos os dois em silêncio, um pouco tensos, fazendo aumentar o absurdo da cobertura que sem dúvida cobre nossos rostos e nossas camisas.

— O que foi aquilo? — pergunto assim que os outros clientes não conseguem nos ouvir.

— Estava para te perguntar a mesma coisa — ele diz, intrigado.

Chegamos ao carro e paramos.

— Te falei que a Orla do Chá não vai expandir. Fui muito clara em relação a isso.

Mas Levi não cede. Pelo contrário, ele parece insistir mais, cortando a distância do lado do passageiro para onde estou em pé teimosamente à porta do motorista.

— Trocar ideias com Cassie não significa assinar um contrato. É só um bate-papo. Para você ver como poderia ser.

Abano a cabeça.

— Não preciso ver. Vou manter as coisas como Annie queria.

— Mas nem sempre vai ser assim, certo? — Levi pergunta. — As coisas estão mudando, e sempre vão mudar. Toda essa história de Ex Vingativos está mudando a Orla do Chá. As pessoas que entram. Os bolinhos no cardápio.

— Não é a mesma coisa — digo e, não pela primeira vez, sinto uma pontada de pânico sobre isso também. Sobre o que vai acontecer depois que isso passar e eu tiver que encontrar novas formas de continuar fazendo o dinheiro entrar. — Tudo que está acontecendo agora é só um pequeno desvio antes de a gente voltar ao normal.

A voz de Levi é baixa, quase relaxante. Parte de mim quer se entregar a ela, mas a outra fica ainda mais tensa.

— Talvez — ele diz. — Mas ainda é uma mudança. Uma mudança boa. E talvez, um dia mais para a frente, você queira algumas maiores.

— Olha quem fala sobre mudança — retruco, como se houvesse uma cascavel deslizando na minha garganta prestes a dar o bote.

Assim que isso sai de mim, entendo que não estou apenas frustrada com Levi. Estou brava com ele. Estou brava com ele *faz tempo*. Mas fui tão arrebatada por isso — as trapalhadas em que estamos nos metendo com esse trato que fizemos, o velho ritmo de nossa amizade de volta, esse tipo novo de atração que torna tudo isso ainda mais tentador — que estou silenciando a dor muito real dos últimos anos.

Levi se retrai, o golpe acertando com mais força do que eu pretendia. Ele dá um passo para trás.

— Kelly é uma pessoa. É diferente — ele diz, tenso.

Meu corpo todo fica quente de vergonha. Vivo esquecendo sobre o aspecto Kelly disso tudo.

— Eu estava falando sobre seu livro, Levi, mas bom saber — digo, me sentindo podre por isso.

Levi baixa a cabeça, olhando para os nossos pés.

— Certo.

Respiro fundo e deixo a raiva de lado. Temos muito trabalho a fazer pelo casamento e estávamos nos dando bem. Levi vai embora em poucas semanas de um jeito ou de outro. Não há por que revirar o passado quando mal vai haver um futuro.

— Desculpa. É só que... desculpa. — Passo a mão no cabelo, desacostumada a deixá-lo solto em vez do coque bagunçado de sempre. — Sei que pode parecer ridículo. Mas os bolinhos já foram coisa demais para mim. Costumava ser algo que eu e Annie trocávamos, como uma forma de nos manter em contato enquanto eu estava fora.

Consigo ver, quando Levi ergue os olhos e encontra os meus, que ele já tinha notado isso. Talvez a própria Annie tenha contado a ele. Fica ainda mais difícil ter essa conversa, de certa forma, porque é a primeira vez que falo com alguém que entende toda a história por trás. Não é Nancy me pedindo para dar uma mudada nas coisas ou clientes perguntando por que não fazemos mais especiais. É Levi, que me conhece, que conhecia Annie. Que entende que, por mais objetivamente ridículo que seja uma pessoa ficar tão emocionada por um bolinho, isso na verdade é apenas a ponta de um iceberg muito maior.

— É só que... precisei de muita coisa para fazer isso. Não sei nem se vou fazer de novo — digo, sentindo-me subitamente esgotada. Não apenas por essa conversa, mas pelos últimos anos que levaram a ela. Como venho me sentindo empacada e, mesmo quando sabia que havia formas de me desempacar, a culpa de seguir em frente parece pior do que a culpa de não sair do lugar.

— Mas você pode — diz Levi, sem nenhuma pressão. — Todas essas coisas que você pode fazer pela Orla do Chá... são apenas algo a considerar. Faz mal perguntar?

Faz, penso. Porque ele pode entender parte disso, mas não tudo. Ele era o melhor amigo de Annie, mas nunca foi *dela*. Não no sentido em que eu era. Não no sentido em que eu era literalmente desde o momento em que nasci, como uma irmã só pode pertencer a uma irmã, de forma única e exclusiva e diferente de qualquer tipo de pertencimento no mundo. Talvez houvesse um dia em que eu poderia tê-la convencido a abrir franquias, um dia em que eu voltasse a Benson Beach por conta própria, e administrássemos a loja juntas por um tempo como falávamos, mas, por minha causa, esse dia nunca chegou.

Não dei valor a ela quando ela estava viva e não posso deixar de dar valor também à vontade dela. Não com algo tão precioso para ela.

Os olhos de Levi ainda estão em mim, expressando uma paciência tranquila que quase arranca as palavras de mim, mas não posso deixar que elas escapem. Talvez sempre haja uma parte de mim que conserve essa mágoa antiga. Uma parte de mim que sempre se ressinta de todos os momentos em que poderíamos ter estado aqui um pelo outro e não estávamos, porque Levi estava muito focado em permanecer longe. Porque, mesmo quando tentava voltar, era sempre apenas em meias medidas: mensagens curtas ou e-mails abruptos que nunca deixavam claro o que ele queria de mim, se é que queria alguma coisa.

— Que tal o seguinte? — digo. — Concordamos em deixar a vida profissional do outro em paz.

O corpo esguio de Levi fica tenso.

— O que você quer dizer?

— Quero dizer que você não precisa tentar... *ajudar* com a Orla do Chá. — Sorrio, mantendo a leveza. — E vou parar de encher você sobre sua escrita.

Ou seja lá o que Levi ande fazendo nos fundos da Orla do Chá agora.

Levi mexe o maxilar, e vejo o começo daquele meio-sorriso, aquele que não se reflete em seus olhos. Pouco antes de seu sorriso se abrir, porém, outra coisa transpassa: não é aquela compreensão mútua que tínhamos quando éramos crianças, mas uma versão nova dela. Uma que é mais calorosa, mais suave. Como se ele estivesse vendo o muro que acabei de erguer e dando um tapinha nele de leve em vez de virar as costas.

— Eu consideraria esse acordo se tivesse alguma confiança que você o cumpriria — ele diz.

Solto uma risada ofegante que é parte exasperação, parte alívio. Não estou acostumada com esse Levi. Esse que não se permite ser afastado tão facilmente.

Levi volta a se aproximar.

— Eu deveria ter checado com você antes de falar com Cassie — ele diz. — Toma. Uma trégua.

Ele me entrega a sacola que Cassie deu para ele. Dentro está uma caixa para viagem com uma tampa transparente cheia do bolo de Levi que sobrou da degustação, mais um *cupcake* de limão-siciliano extra pelo qual ele deve ter pagado quando eu estava conversando com Sana.

Inclino a cabeça para ele e vejo o brilho em seus olhos, e não sei o que me possui. (Esquece, sei sim. É bolo grátis.) Mas fico na ponta dos pés e dou um beijo rápido na bochecha dele. Tão leve que mal sinto o calor dele em meus lábios, tão leve que parece um acidente.

— Você me conhece bem demais — digo.

Levi parece quase tímido quando entra no carro, esquecendo-se completamente de reclamar sobre se sentir esmagado lá dentro. Minha raiva volta a ficar fugidia, porque ele está aqui e está um pouco mais parecido com o Levi que eu conhecia todos os dias, o que tinha aquelas expressões abertas, com aquela energia imperturbável e sincera que o tornava magnético. Que o fazia inventar todas aquelas histórias mágicas que coloriram tanto minha infância que era quase como se realmente vivêssemos nelas.

E não estou brava com esse Levi. Estou brava com aquele que veio depois dele. É só que às vezes é difícil saber exatamente qual é ele: o Levi antigo, o Levi de Nova York ou algo entre os dois. Algo novo, até. Fica difícil saber o que sentir por ele, porque ainda não sei o que esperar.

Tudo que sei é que quero estar perto dele. Digo a mim mesma para não examinar isso mais de perto. Talvez eu ainda não conheça essa versão de Levi, mas me conheço bem demais: se eu seguir por esse caminho, ele só vai me levar na mesma direção que me levou anos atrás, e não posso me permitir me apaixonar de novo por Levi Shaw.

Portanto, eu me apego a tudo de uma vez: a raiva, o afeto, a diversão, a dúvida. Consigo sentir todas essas sensações ao mesmo tempo e deixar que se amenizem depois que ele for embora. O pensamento faz meu coração se apertar no peito, mas isso não torna menos verdade que, se há uma coisa nisso tudo com que posso contar, é a parte em que Levi vai embora.

CAPÍTULO DEZ

Tento pensar na última vez que fui para a balada, e meu cérebro faz o desfavor de responder: *Nunca*. Quando estávamos viajando, Griffin ficava sempre mais interessado em buscar picos de adrenalina do que explorar algo local ou conhecer pessoas. Normalmente, quando terminávamos a excursão do dia, eu estava cansada ou abalada demais pelos saltos de penhascos, voos de balão ou rafting para sair para qualquer lugar depois do anoitecer.

O que me traz aqui, de volta ao meu guarda-roupa de infância, ruminando se minha versão universitária deixou alguma coisa remotamente moderna o bastante para usar numa balada e que ainda sirva.

Meus pais ainda têm a casa em que crescemos a alguns quarteirões da praia, uma casinha amarela com detalhes azuis que está começando a se desgastar, mas de uma forma que só me faz ter ainda mais carinho por ela. Há marcas nossas por toda parte — roupas velhas e lembrancinhas, riscos nos chãos pelas travas dos tênis de Dylan, uma coleção de canecas e xícaras acumuladas que provavelmente encheriam um museu —, mas grande parte foi esvaziada, agora que meus pais a alugam pelo Airbnb.

Estou prestes a me aventurar pelo guarda-roupa quando Dylan liga. Não é algo raro vindo dele; ou ele manda um monte de emojis que só eu e Mateo conseguimos interpretar bem ou liga de uma vez.

— Alô? — atendo.

— Em primeiro lugar, você perdeu o happy hour de novo — diz.

Eu me crispo. Ando tão ocupada com a Orla do Chá e Levi que já precisei faltar duas vezes. O bar deve pensar que fui raptada.

— Desculpa, desculpa… quer discutir os detalhes do casamento?

— Não. Queria roubar goles do seu Blue Moon enquanto você não está olhando e colocar o papo em dia. Não vi você nas corridas matinais.

Deve ser impossível para Dylan ver muita coisa na velocidade que ele atinge, mas guardo isso para mim.

— Na próxima — prometo, tentando não soar tão distraída quanto estou pela questão do look. — Você tinha um segundo lugar?

— Sim. Em segundo lugar, você é sangue do meu sangue, certo? — Dylan pergunta.

Baixo os olhos para confirmar se ainda sou de carne e osso.

— Até onde sei.

— Então por que estou descobrindo pelo meu *time de atletismo* que você é a versão original daquele meme ridículo de bolo?

Contenho uma risada.

— Eu mesma ainda estou me recuperando do choque — digo.

Depois que Sana mandou para Cassie as nossas fotos para postar na página dela, também deu um pedaço da filmagem em que estamos sozinhos na sala de degustação de bolo. Especificamente, o trecho em que chego mais perto de Levi e tiro o farelo do rosto dele, o que é em igual medida constrangedor e emocionante de rever. Eu não tinha me dado conta de como tinha sido lento, premeditado. E, no calor do momento, não tinha visto como as pálpebras de Levi tinham baixado, seu olhar perpassando meu rosto como se ele estivesse sedento por algo completamente diferente.

Mas a câmera flagrou. Cassie legendou bolo: a única coisa mais gostosa do que um #ExVingativo, sem dúvida sob a sugestão de Sana, e a partir daí a coisa se alastrou como rastilho de pólvora. Em menos de meia hora estava no TikTok, com comentários do tipo precisamos proteger bolos de grandes gostosos e tenho CERTEZA que griffin está se tremendo todo agora e eles: quantas vezes você viu isso? eu: sim.

Daí em diante, virou uma bola de neve: no dia seguinte, as pessoas já estavam fazendo paródias com comidas aleatórias como purê de batata ou vestidas como personagens de livros (menção especial ao do vampiro, que eles reencenaram com sangue falso e o personagem lambe o dedo e diz: "Hum, tipo O negativo"). A cena inspirou até alguns passos de dança em que as pessoas apertam os polegares no rosto uns dos outros, um TikTok em que recriaram a receita de bolo de pistache de Cassie e uma "especialista em linguagem corporal" avaliando a maneira como eu e Levi interagimos segundo por segundo.

Sana estaria orgulhosa da velocidade com que pegamos o jeito desse clichê, porque a especialista declarou que somos um dos casais mais sinceramente apaixonados que ela já viu.

Nesse meio-tempo, Cassie ficou tão grata pela publicidade extraordinária que me mandou mensagem e e-mail várias vezes, ressaltando o quanto adoraria conversar sobre franquias quando estivesse mais tranquila. Respondi, mas voltei a me esquivar da oferta. Mesmo se quisesse considerar a ideia de franquias, mal estou dando conta da demanda na Orla do Chá agora; nosso fornecedor ficou tão chocado com o volume de caramelo e chocolate amargo que tivemos que pedir para manter o bolinho Ex Vingativo em estoque que me pediu para repetir o pedido três vezes.

— Viu? É por isso que você tinha que vir para o happy hour. Assim podemos ficar de olho um no outro sempre que um de nós quebrar a internet — diz Dylan. Há um subtom em sua voz que soa quase triste. Mas tenho quase certeza de que imaginei isso quando ele acrescenta: — Está mesmo rolando algo entre você e Levi agora, então?

Hesito, a culpa envolvendo minha garganta. Dylan interpreta mal o silêncio e cai na gargalhada.

— A mãe e o pai vão ficar tão estressados quando tiverem que dar mais um casamento Hart logo depois do primeiro — ele diz.

— Certo, certo, calma lá — brinco. — *Mal* está rolando.

Digo isso como controle de danos preventivo — não quero que Dylan se apegue à ideia de mim e Levi porque temos uma data de validade iminente —, mas também porque é verdade. Não vi muito Levi nos últimos dias. Ele topou ajudar o pai na oficina mecânica enquanto o amigo que a administra junto com ele está fora da cidade. Virei a cabeça um número constrangedor de vezes nos fundos da Orla do Chá para fazer comentários rápidos com Levi no meio do dia para então lembrar que ele não está lá.

Mas logo abaixo dessa decepção há um tipo tranquilo de alívio. As palavras da especialista em linguagem corporal ainda estão ecoando no meu ouvido, quase como um alerta. *Não chegue perto demais de Levi*. Não só no sentido romântico, mas de amigo também. Se ele me decepcionar de novo, vou demorar muito, mas muito tempo para me recuperar. Tomara que esses poucos dias longe sejam o reset de que preciso para me certificar de mantê-lo a certa distância de novo.

Uma distância que estou prestes a testar, porque ele vai chegar em cerca de cinco minutos.

— Ei, qual é a boa de hoje? — Dylan pergunta. — Você poderia passar aqui e ver um filme.

— Ah. Na verdade… eu e Levi vamos para a Vibes Praianas conhecer o DJ substituto do casamento — digo. Eles tinham escolhido um que estava com a agenda cheia desta vez, mas, num golpe de sorte esdrúxulo, ele tem um gêmeo idêntico que *também* ganha a vida como DJ. Estou um tantinho apavorada do quanto essa família deve se jogar nas festas, mas grata pela benção. — Quer ir?

Dylan ri.

— Por mais que eu adoraria ver Levi dançar numa balada, vou ter que ficar de fora dessa. Eu e Mateo estamos moídos do trabalho, sem falar que daqui a pouco vamos ligar para a mãe dele para discutir os petiscos para o coquetel e isso deve levar um tempinho.

Se tem uma coisa que Dylan e sua futura sogra têm em comum é um amor profundo e incondicional por aperitivos. Como o resto do plano é ter a refeição principal servida pelos tios de Mateo, cujos tamales fazem tanto sucesso que costuma haver uma fila na porta da Sirena nos fins de semana, já estamos em boas mãos.

— Vamos sair outro dia da semana, então — digo, ainda revirando o guarda-roupa.

— Sim. Me avisa por mensagem que dia é melhor para você — diz Dylan. — Faz uma vida que não vejo sua cara.

— Você sempre pode se olhar no espelho e estreitar os olhos — brinco.

Ele ri de novo, mas não deixo de notar como sua risada vai sumindo. Volto a sentir aquele nó de culpa no peito. Dylan ficou mais abalado por nossos pais se mudarem para a Costa Oeste depois da morte de Annie do que eu; ele ficou aqui durante o tempo em que eu estava viajando, sendo parte do dia a dia dos nossos pais de uma forma que nunca fui como adulta. Somos a única família que temos por perto agora e, embora nunca deixemos de dar valor a isso, de vez em quando, a vida atrapalha.

Há uma batida na porta que só pode ser Levi.

— Sim, te mando mensagem — digo a Dylan rapidamente.

— Boa. Se precisar de mim hoje, eu e Mateo vamos ensaiar seu meme de bolo para usar como nossa primeira dança.

— Mal posso esperar para ver o susto do cinegrafista do seu casamento. Te amo, mano.

— Também te amo, mana.

Desligo o celular e grito para Levi que ele pode entrar, depois pego o único vestido que encontrei que se encaixa no perfil: um justo vermelho-escuro com uma gola V e alças finas que eu usava quando saía com os amigos da faculdade.

Eu o coloco rapidamente, já usando um par de saltos bege que peguei emprestado de Sana, o cabelo encaracolado e a maquiagem feita. Lanço um olhar rápido para meu reflexo no frágil espelho de corpo inteiro na frente do qual eu e Annie costumávamos nos empurrar de brincadeira depois da aula. O vestido não cai como antes, mas não de uma forma negativa; está definitivamente mais justo no peito, me dando um decote sutil que nunca tive na minha época mais "saidinha", e está um pouco mais curto do que antes, exibindo mais das minhas pernas musculosas de corrida.

Saio do quarto e entro no corredor de entrada e ah. *Ai, meu Deus.* Levi acaba de ativar um tipo muito específico de sinapse que eu nem sabia que meu cérebro tinha, um que está praticamente zumbindo de tão satisfeito consigo mesmo. Ele usa sua calça jeans e camiseta branca de sempre, mas por cima está uma jaqueta de couro marrom-escura surrada que é totalmente quente demais para o calor do fim de agosto e talvez esteja me deixando totalmente quente demais só de olhar. Seu cabelo está sutilmente penteado com gel nas laterais, apenas o suficiente para dar às mechas de cima uma nova profundidade que me faz querer passar os dedos. Ele parece estar prestes a me colocar em uma motocicleta, como se estivesse a caminho de quebrar uma dezena de corações sem nem frear.

Que momento mais inconveniente para descobrir que tenho uma queda por jaquetas de couro. Ou, mais especificamente, uma queda por Levi de jaqueta de couro.

Engulo em seco e fico com receio de que ele note que fiquei quase tão vermelha quanto meu vestido. Só que Levi parece tão distraído quanto eu. Seus olhos não encontram os meus, mais preocupados em deslizar pela barra do vestido apertado nas coxas, pela cintura justa, pelo ponto em que uma das alças encontra minha clavícula.

Normalmente meu primeiro instinto seria ficar corcunda ou fazer algum tipo de piada. Não que eu não me sinta à vontade em meu corpo. É só que vestidos como esse não são mais exatamente meu estilo. Entre as viagens e a Orla do Chá e a corrida, não estou acostumada a usar algo que não seja apenas funcional. E, depois de namorar Griffin por tanto tempo, não estou acostumada a ser notada da maneira como Levi está tão clara e descaradamente me *notando* agora.

Mas me empertigo um pouco mais, um pequeno sorriso se curvando em meus lábios. Um que me faz sentir que esse vestido tem um tipo discreto de magia com que eu tinha esquecido que gosto de brincar. Um que faz Levi me abrir um sorriso envergonhado em resposta quando seus olhos finalmente o notam.

— Belo vestido — ele diz, a voz baixa no fundo da garganta.

Dou alguns passos à frente para cortar a distância entre nós, gostando da maneira como os saltos dão um leve balanço para meu quadril, a ponto de os olhos de Levi se fixarem nele. Ergo uma mão e dou um tapinha no bolso da frente da jaqueta de couro dele, sentindo o cheiro de alguma colônia que deve ter se impregnado nela: algo amadeirado e intenso que já sei que vai me levar à loucura até o fim da noite.

— Bela jaqueta — digo.

As bochechas dele ficam rosadas, e isso me faz tirar a mão de Levi para pegar a chave do Bugaboo e me faz respirar fundo para relaxar a tensão e o calor na boca do estômago.

Não dá certo. Resolvo nesse momento que não vou beber uma gota de álcool hoje.

— Vamos, Indiana Jones — digo. — Temos um DJ para conhecer.

Uma hora depois, estamos tão absurda e ridiculamente deslocados que sinto como se estivesse escondida no canto do primeiro baile da escola. Não é que passamos da idade da cena noturna; mas talvez nunca tivemos idade para ela. Está claro que todos ao nosso redor fizeram um esquenta e estão tão à vontade dançando na pista sem nenhuma preocupação que sinto como se eu estivesse bêbada por osmose. Como se, caso realmente entrássemos na pista e começássemos a dançar, algo fosse se soltar dentro de mim de uma forma que definitivamente não estou preparada para fazer sozinha, muito menos na frente de Levi.

— Bom — grito no ouvido de Levi —, pelo menos sabemos que o DJ consegue fazer as pessoas dançarem.

— Quê?

— O DJ consegue fazer as pessoas dançarem — grito.

Levi abana a cabeça.

— Desculpa, quê?

— Você não tem o direito de ficar tão gato numa jaqueta de couro — digo, deixando o mundaréu de gente abafar o resto das minhas palavras.

Levi dá de ombros de novo, me lançando um olhar envergonhado. Guardo minhas piadas de velho para depois, considerando que ele não vai conseguir ouvi-las agora. Ele coloca uma mão ao redor do meu punho, gentil, mais firme, me puxando para fora do núcleo pulsante da balada até o bar, que está mais tranquilo.

— Parece que o DJ consegue fazer as pessoas dançarem — ele me diz.

Solto uma gargalhada tão alta e abrupta que Levi se contagia como se fosse um resfriado, rindo sem entender por quê.

— É — concordo. — Está indo bem até aqui.

— Mas tenho uma teoria sobre DJs — diz Levi, chegando mais perto.

Chego mais perto também, fingindo que é para ouvi-lo melhor quando na verdade só quero cheirar de novo aquela jaqueta de couro amadeirada.

— Elabore.

— O primeiro segredo é animar o público. Mas o segundo se resume a uma ciência perfeita. Você precisa reconhecer quando o público chegou à energia potencial máxima, tem embalo suficiente para uma decolagem completa, por assim dizer, e é então que qualquer bom DJ de casamento vai tocar "Uptown Funk".

Sinto um sorriso se abrir no meu rosto como manteiga num bolinho inglês quente.

— "Uptown Funk"? — repito.

Levi molda o rosto numa expressão jocosa de solenidade.

— É a música universalmente mais contagiante que existe. Mas precisa ser usada com sabedoria.

— Como é que você sabe disso? — pergunto.

— Trabalho com finanças — ele me lembra. — Fui arrastado a tantos casamentos, segundos casamentos e terceiros casamentos de todos os sócios da minha empresa nos últimos anos que basicamente consigo montar um *setlist* sozinho.

— Então o que estamos fazendo aqui? — pergunto. — Você deveria ser o DJ.

Levi abana a cabeça.

— Tenho o conhecimento, não o dom. Você vai ver. Se esse cara se sair bem hoje, você vai ver.

— Desculpa, mas não vou conseguir nenhuma foto boa hoje? Vão dançar na pista como humanos normais.

Nós dois nos assustamos pela aparição de Sana, que é uma visão incrivelmente linda com seu cabelo farto amarrado num rabo de cavalo, os lábios pintados num bordô-escuro, e o corpo envolto por um vestido prateado colado com um decote nas costas que cintila como se ela estivesse cheia de constelações.

— Espera. O que você está fazendo aqui? — pergunto. — Esse não é um dos nossos encontros de Ex Vingativos.

— Estou aqui por dois motivos — ela diz, erguendo as unhas pretas recém-pintadas. — Um, ir para casa com o cara mais gato daqui. E, dois, tirar fotos de vocês dois que eu possa usar para continuar a bombar sua reputação para nosso ganho mútuo.

Fico embasbacada, tentando absorver ao mesmo tempo a beleza e a audácia dela.

— Como você soube que estaríamos *aqui*?

Sua testa se franze.

— Você pediu meus saltos emprestados. Literalmente só existe um lugar aqui em Benson que vale saltos — ela diz, o *dã* implícito.

— Já não prejudicamos a internet o bastante essa semana? — pergunto.

— Vocês esquecem como são fugazes os limiares de atenção do nosso público criado no mundo digital. — Ela coloca uma mão no ombro de Levi e a outra no meu e nos empurra na direção da pista de dança. — Vão dançar e fazer alguma coisa minimamente sensual. Eu imploro. Depois deixo ficarem sem jeito no bar feito os tiozões sem graça que estão destinados a se tornarem.

Em defesa do DJ, ele não tem nada a ver com os crimes contra a dança que eu e Levi cometemos na sequência. Porque, depois que Sana nos empurra para a pista, encontramos os olhos um do outro com uma resolução tácita e começamos a fazer os passos mais patéticos que dois seres humanos são capazes. Balanço sinaizinhos de paz sobre a testa enquanto Levi começa a arrastar os pés feito um cinquentão de férias. Viro um mergulhador enquanto Levi começa a enquadrar nossos rostos alternadamente com as mãos. Em determinado ponto, começamos a fazer a Macarena, Levi claramente sem lembrar nenhum dos passos, mas tentando me acompanhar mesmo assim.

— Odeio vocês! — Sana grita, baixando a câmera do celular. Ela manda beijo. — Não me procurem. Vou arranjar alguém.

Com isso, ela parte abruptamente, absorvida pela multidão de dançarinos tão rapidamente que não conseguiríamos seguir nem se quiséssemos.

Um remix de uma música famosa começa a tocar nesse momento, e Levi me surpreende pegando minha mão e me puxando com um movimento tão firme que giro até ele com uma facilidade inesperada.

— Espera — digo, rindo. — Não sei mesmo dançar.

Não sei se ele consegue me escutar ou não, mas deve ter uma ideia, porque seus olhos reluzem como se fosse um desafio. Ele continua segurando minha mão e me puxa para trás, depois usa o embalo para me girar de novo com nossas mãos sobre a cabeça. Ainda estou rindo, impressionada pela estranheza disso, pela maneira como Levi sabe tão bem o que está fazendo que consegue guiar alguém que tem basicamente tanta experiência dançando quanto um saco de batata e faz parecer que estamos a caminho de uma competição de dança de salão.

Passamos o resto da música num turbilhão, girando e rodando, suas mãos nas minhas ou me guiando pela cintura. Não consigo parar de girar. É quase como se eu estivesse voando. Sou firmada apenas pelo calor das suas mãos em mim, tão sólidas que é como se ele soubesse meus contornos melhor do que eu, como se previsse como vou reagir antes mesmo de tocar em mim. Toda vez que encontro seus olhos há uma malícia neles de novo, a mesma que entrevi nos últimos tempos, só que, desta vez, há algo mais. Um calor inconfundível ardendo neles. Um calor que sinto se acumular em minhas entranhas a cada giro na pista de dança, a cada vez que nossos olhos se cruzam.

Levi me gira de novo e, desta vez, quando me puxa, minhas costas ficam contra o corpo dele, apoiadas em seu peito. Ele me mantém ali por um momento e quase perco a respiração — há um palpitar em meu peito onde deveria haver ar — até que ergo a cabeça para olhar para trás na direção dele, e todas as partes de mim se estufam pela satisfação em sua expressão, pela alegria clara e visceral.

Estamos tão colados que consigo sentir seu coração pulsar em minhas costas. Que me pergunto se, caso encostasse ainda mais, eu conseguiria sentir alguma outra coisa.

— Você leva jeito — diz Levi em meu ouvido.

As palavras fazem um calafrio descer pelas minhas costas. Eu deveria rir. Deveria encontrar alguma forma de quebrar essa tensão escaldante entre nós, que está ficando cada vez menos de *amigo* a cada segundo. Mas o DJ faz isso por mim quando a música que termina é substituída por uma batida inconfundível, uma que faz todas as pessoas na pista pularem para cima e para baixo como se fôssemos crianças pequenas perdendo o juízo numa cama elástica.

Nós nos soltamos, nos dobrando de tanto rir, Levi dizendo, triunfante:

— Viu? — bem quando "Uptown Funk" começa a tocar na balada.

Nós nos jogamos na multidão, os dois encharcados de suor quando a música acaba, meus pés doendo nos saltos, meu rosto doendo de tanto sorrir. Outra música entra, mas, a essa altura, eu e Levi decidimos que o DJ tem nosso selo de garantia, e saímos da balada barulhenta, entrando no silêncio do Bugaboo. Levi brinca que deveríamos conferir o porta-malas para ver se Sana está lá com uma câmera e, quando chegamos ao estacionamento atrás da Orla do Chá, ainda estamos admirados por sua capacidade perturbadora de nos pegar de surpresa.

— O que ainda está aberto a essa hora? — Levi pergunta. — Preciso jantar.

Meu coração ainda está vibrando no peito, como se tivesse energia demais para deixar a noite acabar.

— Tenho duas pizzas frias na geladeira se quiser.

Levi não hesita.

— Parece perfeito — ele diz, saindo do Bugaboo.

Hesito no banco do motorista, só então entendendo todas as ramificações da minha oferta. Levi vai estar no meu apartamento. Sozinho comigo no meu apartamento. Usando aquela jaqueta de couro e com seu cheiro todo doce e terroso no meu apartamento.

Crio forças, invocando mentalmente o ridículo dele fazendo a Macarena. Podemos ficar no meu apartamento como amigos. Na verdade, essa situação vai *provar* que não vejo mal em sermos amigos. É um certo tipo de teste.

Eu o deixo entrar e acendo as luzes, e ele contempla o espaço em toda sua glória aconchegante e descombinada. Tem o sofá outrora rosa-choque garimpado por mim que há muito tempo se desbotou num pastel, coberto por almofadas cafonas em formato de doces que minha mãe me manda de aniversário todo ano. Tem a geladeira tão cheia de panfletos, cupons de pizza e convites de casamento de velhos amigos que é um milagre que não tombe para o lado. Tem as mesas de canto vagamente decoradas com porta-retratos e bolachas-da-praia, e o chão forrado pela coleção de DVDs de comédias românticas do começo dos anos 2000 que eu e Sana ainda reviramos nas noites de fim de semana, apesar de dividirmos todas as nossas contas de streaming com Dylan e Mateo. O resultado não vai exatamente parar em nenhuma revista de design de interiores, mas sempre me fez sentir em casa.

— Isso é tão June — ele diz com um tom carinhoso que deixa meu corpo quentinho. Peço licença por um momento para trocar o vestido por uma calça jeans e uma camiseta velha de cross-country e volto para encontrar Levi com a cara dentro da minha geladeira, parecendo impressionado pelas caixas de pizza gigantes que consegui empilhar de maneira instável.

— Você não estava brincando — ele diz, tirando-as e as colocando em cima da mesa da cozinha.

Abro as caixas com um floreio.

— Quando sei que vou ficar ocupada na Orla do Chá, pego uma promoção na Domino's e janto pizza fria pelo resto da semana.

— Em Nova York, a gente chama isso de "fazer comida" — diz Levi, pegando uma fatia de peperoni.

Ignoramos as cadeiras à mesa da cozinha, acomodando-nos em pontas opostas do sofá, eu chutando meia dúzia de almofadas macias para abrir espaço. Puxo os joelhos junto ao peito e me afundo, e a coisa toda tem um ar tão "festa de pijama" que acalma meu nervosismo.

— Então, vai me explicar como você entrou numa de *Dança dos famosos* lá? — pergunto. — Porque *isso* deve ser uma novidade.

Levi está subitamente muito concentrado em encarar sua fatia.

— Então… eu e Kelly estávamos fazendo aulas. Queríamos fazer alguma coisa para o casamento.

O nome de Kelly é como um *tum* gigante no chão de taco do apartamento, me puxando de volta à realidade. Mastigo mais devagar, finalmente sentindo a adrenalina passar. Sentindo algo pesado assumir seu lugar.

Mas não: é bom conversar sobre Kelly. É voltar a traçar a linha com que vivo brincando de amarelinha mental. Para Levi e eu sermos amigos depois disso como quero que sejamos, vamos ter muitas conversas sobre Kelly no futuro. Melhor arrancar o Band-Aid agora.

— Não sabia bem até que ponto vocês chegaram — digo com cautela.

— Ah, não muito. Não chegamos a escolher uma data. Era só uma ideia geral. — O lábio de Levi se curva, sua expressão melancólica. — Talvez eu fosse bem mais útil organizando esse casamento se tivéssemos avançado mais.

Cutuco sua perna com a meia.

— Eu diria que você está indo muito bem.

Ele encara a própria perna, a pizza esquecida por um momento nas mãos.

— É estranho pensar que, se não tivéssemos adiado, eu poderia estar casado a essa altura. — Não consigo ver seu rosto, e seu tom é igualmente impossível de discernir, algo que pode ser alívio ou remorso. — Acho que eu deveria ter imaginado que tinha alguma coisa estranha. Mas nós dois éramos tão ocupados. Pensei que fosse por causa disso.

— Sei que não é bem da minha conta, mas... como vão as coisas entre vocês agora? — pergunto. — Isso está funcionando?

Estou me preparando para ele dizer não, porque assim vou ter que fazer uma oferta que não sei bem se quero fazer e dizer que podemos parar com esse plano todo de Ex Vingativos agora. Mas, quando Levi abre a boca, é para dizer:

— Na verdade, sim.

É como se eu estivesse com os punhos cerrados na frente do corpo e algo acabasse por vir e me atingir de lado.

— Ah? — consigo dizer.

— Acho que sim — ele responde com um aceno. — Conversamos algumas vezes. Muito sobre os velhos tempos. Ela não menciona Roman. — Quando seus olhos finalmente encontram os meus, há algo reservado neles de novo. Fico tensa ao ver, me lembrando da distância fria que ele manteve entre nós por todos esses anos em que esteve longe. — Ela comentou algumas coisas sobre o futuro que me fizeram pensar que... talvez ela queira ser parte disso.

Uma amiga perguntaria agora se ele quer ser parte do futuro *dela*. Se está disposto a se contentar com "talvez". Se toda essa confusão com Roman é na verdade algo que ele consegue se ver superando e confiar que nunca mais vai voltar a acontecer.

E quero ser amiga de Levi. Mas a verdade é que, sob a superfície, sei que tenho segundas intenções. Que seriam fazer essas perguntas por mim, e não apenas por Levi.

Deixo a pergunta murchar na minha garganta. Outra pessoa pode perguntar isso para Levi, mas talvez não deva ser eu.

— Ah... que bom — digo. — Que está funcionando, digo.

Levi acena de novo, os olhos vagando pelo resto do apartamento, quase perdido num pensamento antes de se obrigar a voltar.

— E Griffin? — ele pergunta.

Não deixo de notar sua voz cortante. Posso estar guardando minhas opiniões sobre Kelly para mim mesma, mas Levi ainda não tem reservas em relação ao que pensa de Griffin. Isso me faz conter um sorriso rápido. Não é o mesmo que Levi ter ciúme, mas sinto uma satisfação mesmo assim.

— Ele está ao mesmo tempo muito quieto e tão barulhento que chega a ser *ridículo* — digo. — Ele não está mais me mandando mensagem, mas anda postando sem parar.

Nem olho mais o Instagram de Griffin de propósito. Simplesmente está sempre lá em primeiro lugar no meu *feed*, o novo garoto-propaganda de Fazer de Tudo. Selfies dele com Lisel numa trilha, uma foto dele abraçando o cachorro de Lisel, um anúncio de que está colaborando com mais uma proteína em pó ou marca fitness. Só me resta supor que seu novo empresário nunca dorme.

— E você está bem com isso?

Dou de ombros, contornando a pergunta. Não estou *bem* com isso no sentido de que não entendo como alguém de quem eu gostava tanto possa ter tão pouca consideração pelos meus sentimentos. Mas também não me importo muito com o que acontece no mundo de Griffin e me pego me importando menos a cada dia.

— É diferente para mim. Não tenho mais nenhum desejo de estar com ele. — Sorrio. — Para ser sincera, é tudo meio engraçado agora. Acho que ele está afetado pela atenção sobre nós.

Levi se eriça.

— Ele sempre teve a necessidade de estar sob os holofotes, desde a escola.

— Por falar nisso... — digo com cautela. — Sei que você não é um grande fã dos holofotes. Você está bem com isso tudo?

A irritação passa na expressão de Levi.

— June, passo o dia todo escondido nos fundos da Orla do Chá. Sou eu que deveria estar perguntando isso para você.

Reflito por um momento.

— Não ligo agora. Estão todos só curiosos, na maioria das vezes. E sempre gostei de conversar com pessoas novas.

O único ponto negativo, claro, é que a Orla do Chá está tão lotada de gente nova que isso está afugentando os clientes habituais. Mas estou torcendo para isso se resolver quando o alarde passar.

— Acho que eu estava mais preocupada com a situação da sua escrita — elaboro. — Se essa estranha fama viral vai afetar como você lida com isso.

Levi faz que não.

— Mesmo se afetasse, tenho quase certeza de que a história toda com Kelly teria estourado antes — ele diz. — E, de qualquer maneira, ainda estou planejando publicar sob um pseudônimo.

— Humm. — Dou outra mordida na pizza, mastigando pensativamente. — Você vai precisar de alguma coisa melancólica e ousada para combinar com aquele seu romance.

Ele revira os olhos com carinho.

— Acho que só vou usar Dawson — ele diz, que é o sobrenome de solteira da mãe dele.

— Ou pode levar a atmosfera a sério. Archer Blaze Storm — arrisco, me aproximando.

Levi ergue os olhos de volta para o teto, já pressentindo que estou no embalo.

— Lá vamos nós.

— McMásculo Homem Misterioso — lanço em seguida.

Ele franze a testa.

— Por que alguém com o sobrenome "Homem Misterioso" chamaria o filho de "McMásculo"?

Baixo a voz a um tom sinistro:

— Bruce Wayne.

— Você não está quebrando aquela sua regrinha? — Levi pergunta.

Aponto um dedo para ele.

— Disse que não pentelharia você sobre o manuscrito. Não prometi nada sobre seu alter ego.

E, em minha defesa, não o tenho pentelhado nem um pouco sobre o manuscrito. Está difícil arranjar um momento livre para fazer qualquer coisa além de trabalhar na Orla do Chá e planejar o casamento, mas também é difícil porque, quanto mais leio, mais sinto uma dor sincera pela versão mais jovem de Levi que o escreveu. Em todas as linhas, fica claro como ele se sentia perdido quando chegou à cidade grande, como a mudança o abalou de maneira abrupta e como se sentia isolado de casa.

Me faz sofrer por ele, mas, no fundo, também me deixa brava. Não precisava ser assim. Mas, nos seus dois primeiros anos de faculdade — antes de sua mãe ficar doente, antes de ele conhecer Kelly —, ele perdeu mais contato comigo do que nunca. Essa solidão foi uma escolha intencional.

— Você lembra tanto assim de *Caçadores do céu?* — Levi pergunta do nada.

E é estranho, porque é quase como se ele estivesse perguntando outra coisa. Como se estivesse me pedindo para abrir meu coração, para mostrar o lado mais vulnerável, aquela parte secreta em que se guardam coisas muito depois de os outros as terem esquecido.

— Você não? — pergunto.

— Não — Levi responde. — Também não consigo achar o manuscrito. Só estava em Word. Não fiz o backup.

Ele sabe que li o livro, ou o pouco que ele havia escrito, logo antes de tudo vir abaixo. Era uma versão truncada. Incompleta. Sem alguns trechos, claramente esquecidos por Levi, com pequenos comentários que ele nunca chegou a resolver. Devorei mesmo assim, revivendo aventuras novas e antigas, encontrando meu lugar com personagens conhecidos em seu mundo mágico.

Era claramente ambientado em Benson Beach. Nas versões que Levi me contou na infância, girava em torno de dois irmãos crianças, mas, na forma lapidada, eram adolescentes. Eles sabiam desde os dez anos que havia um mundo paralelo ao deles onde todas aquelas criaturas míticas existiam na surdina e ganhavam a capacidade de vê-las depois de serem escolhidos como os dois próximos guardiões, uma responsabilidade herdada dos guardiões da cidade que vieram antes deles.

Na maior parte do tempo, vivem em harmonia com o outro mundo, às vezes fazendo a ponte entre eles. Mas, no começo do livro, algo se abre no céu entre as duas realidades, e eles têm que combinar seus poderes elementais para corrigir isso antes que as naturezas conflitantes das realidades colidam.

Quando li aquelas páginas pela primeira vez, senti uma enorme satisfação. Pela maneira como as palavras de Levi captavam as antigas que ele havia dito para mim em voz alta durante aqueles longos passeios que dávamos explorando a floresta, quando parecia que estávamos fazendo nosso próprio tipo de magia.

Mas, ao ler, reconheci algo que não tinha percebido quando era pequena. Os guardiões que Levi criou não eram meramente personagens. O que conseguia manipular a água era Dylan. A que conseguia dominar o fogo era Annie. E eu não estava em lugar nenhum.

Naquela época, foi como um soco no estômago, mas um de que precisei mais tarde. Um sinal claro para seguir em frente. Que ele nunca pensaria em mim como eu pensava nele. Eu não era parte da história maior que ele queria contar.

Mas essa mágoa é antiga, do tipo que está tão bem instalada dentro de mim que nem a sinto mais. E é por isso que abro um sorrisinho triunfante e digo:

— Então você foi atrás do manuscrito.

Ele inclina a cabeça, envergonhado.

— Estar aqui me fez sentir um pouco de falta dele — ele admite. E, um momento depois: — Estar com *você* me fez sentir falta.

Meu sorriso se suaviza. Não sei bem o que pensar, ainda mais sabendo o quanto ele está determinado a escrever outra coisa. Digo a mim mesma que é apenas um eco dessa velha memória: eu e Levi somos amigos. É apenas isso que podemos ser. E a última coisa que quero é não dar a devida importância a essa amizade.

Porque senti falta disso. Disso tudo. Ficar sentados no sofá comendo pizza gelada, falando de boca cheia. Conversar sobre uma história em comum que ninguém mais conhece exceto nós dois.

Observar Levi voltar um pouco mais a cada dia, sua postura mais relaxada, sua expressão aberta e tranquila. Não vou deixar de dar o devido valor a isso.

— Bom, quem sabe depois que você terminar a Autobiografia de Levi Shaw Sem Título — brinco.

Levi dá a última mordida na sua borda.

— Acho que vou intitular *June odeia isto*. Soa melhor.

— Nesse caso, acho bom me dar todo o crédito nos agradecimentos. — Eu me levanto de um salto. — Preciso de outro pedaço. Quer?

— Sim, claro.

Quando viro as costas para ele, tenho uma ideia definitivamente perversa que sinto que vai consolidar essa nova dinâmica entre nós. Levi e June, amigos de novo. O bom, o mau e todas as maluquices entre um e outro.

Ele pega o pedaço com tanta ingenuidade que chego perto de talvez, quem sabe, por uma fração de segundo, me sentir mal quando ele dá uma mordida gigante.

— June *August September October November December* Hart — Levi exclama.

Gargalho enquanto ele sente as balas explodindo na sua boca. Observo a maneira como seus olhos se franzem primeiro de surpresa, depois de nojo e depois de riso, tantas tonalidades de Levi ao mesmo tempo que quase tropeço no meu próprio carpete de tanto rir.

Ele engole em seco, sua garganta se movendo pelo esforço.

— Você é uma ameaça à sociedade — ele diz.

Meus olhos se fixam na maneira como ele roça os dentes com a língua, buscando por balas explosivas perdidas. Amigos não deveriam ter pensamentos sobre a língua de seus amigos, muito menos sobre os lugares onde ela poderia roçar, mas me permito essa última fraqueza. Está tarde, estamos cansados e sou humana.

— E não se esqueça disso, McMásculo — digo, trocando sua fatia por uma nova não adulterada e pegando a sua, mordendo a mesma ponta que ele acabou de morder.

As balas começam a estourar na minha boca, e solto um "Ah, *não*", e eu e Levi estamos rindo e trocando o resto da embalagem de balas explosivas entre nós. Se não estou imaginando coisas, os olhos de Levi pousam em meus lábios, subindo para meus olhos. Há um momento em que nossos olhos se encontram, e há uma faísca entre nós que parece capaz de acender uma chama.

CAPÍTULO ONZE

*P*uta merda.

Essas são as únicas duas palavras que meu cérebro em curto-circuito consegue encontrar quando vejo a foto. *A foto*. A foto em que eu e Levi estamos dançando na Vibes Praianas é tão descarada e ridiculamente sensual que quase não me reconheço. Alguém a tirou logo depois que Levi me girou na direção dele, nós dois suspensos no movimento, radiantes em contraste com a luz baixa da balada. Minhas costas estão encostadas nas de Levi, meu vestido está erguido onde está colado às pernas de Levi, cuja camisa está levantada expondo um pedaço da barriga chapada e tonificada. Meu rosto está levantado para ele, meus olhos obscurecidos, mas os dele completamente visíveis e me olhando como se ele estivesse prestes a arrancar um pedaço de mim. Parecemos algo atemporal, algo icônico. Como duas pessoas tão perdidas no calor da paixão que esquecemos que o resto do mundo existe.

Cerca de uma hora atrás, uma conta de fãs de *Business Savvy* postou essa foto com a legenda Twitter leva em primeira mão!!! e um monte de emojis de foguinho. Já estourou tanto que Cassie, que está inaugurando sua mais nova unidade literalmente hoje, parou um momento para me mandar: Hein??? Preciso me abanar. Vocês são demais!! e Mateo me mandou mensagem no meio da aula para dizer: Vocês quebraram meus alunos. Agora eles nunca vão aprender sobre a difusão cultural das conquistas de Alexandre, o Grande.

Eu provavelmente derreteria agora se pudesse me dar a esse luxo. Mas a Orla do Chá está tão lotada quanto esteve a semana toda, então tudo que consigo fazer é trabalhar, trabalhar, trabalhar. Quando Sana entra, estou com a foto aberta no celular, erguendo-a para ela com ar de acusação.

— Terceira? — questiono.

— Não tive nada a ver com isso — diz Sana, erguendo as mãos em sinal de paz. — Estava extremamente ocupada com Aiden, o pediatra gato que foi o motorista da rodada para os amigos dele e para o meu corpo naquela noite.

— Tá — digo —, detalhes, por favor. Mas também: como isso aconteceu?

— Eu talvez tenha tido algo a ver com isso apontando e gritando "Aqueles são os Ex Vingativos?" em toda oportunidade que tive, mas, fora isso, não faço ideia — diz Sana, pegando um bolinho de gotas de chocolate e se cobrando por conta própria.

Baixo o celular.

— Meus pais vão ver isso — resmungo. Já estou temendo minha próxima longa ligação de domingo à tarde com minha mãe. Até agora, consegui tocar superficialmente no assunto "eu e Levi estamos namorando", mas isso vai desencadear toda uma investigação materna que vai começar com ela perguntando o que é que eu estava fazendo numa balada e terminar com quando eu e Levi vamos noivar.

Isso se ela e a mãe de Levi já não tiverem ligado uma para a outra e pulado direto para essa parte.

— Assim como um bando de clientes em potencial da Orla do Chá — diz Sana, erguendo as sobrancelhas.

Ela tem razão. Estamos numa calmaria rara agora entre o horário de almoço e o do lanche da tarde, então, pela primeira vez, não tem ninguém logo atrás dela na fila.

— Rápido, me conta sobre Aiden — digo.

Os olhos de Sana assumem um ar sonhador.

— Ele faz o próprio queijo. Na manhã seguinte, me levou gouda caseiro na cama.

Pisco.

— Você está inventando.

— Ele tem um cachorrinho adorável chamado Cookie.

Abano a cabeça para ela.

— Isso não tem como ser verdade.

Ela chega mais perto, levando um dedo ao meu nariz.

— Ele vai me levar àquela adega chique com a fonte de chocolate no fim de semana.

Franzo o nariz.

— Literalmente todas as heroínas de romances baratos já escritos estão prontas para sair no braço com você agora.

— Sua vez vai chegar — ela diz, me dando um tapinha nas costas. — Assim que você e Levi pararem com essa história toda de namoro de mentirinha e se tocarem que são loucamente apaixonados um pelo outro.

Lanço um olhar fulminante para ela com toda a intensidade que uma mulher que está vivendo praticamente à base de bolinhos ingleses e míseras quatro horas de sono consegue.

— Eu escreveria uma longa lista de motivos pelos quais *isso* nunca vai rolar, mas estou recebendo uma ligação — digo, tirando o celular do bolso do avental.

O nome de Griffin se acende na tela. Tanto as sobrancelhas de Sana como as minhas se erguem. Faz tanto tempo que não falo com ele que esqueci que falar com ele ainda era uma possibilidade.

Por pura curiosidade, decido atender, fazendo sinal para um dos funcionários de meio período cuidar do caixa enquanto vou para o estacionamento dos fundos.

— Ei, June — diz Griffin, o calor em sua voz é tão meloso que quase tiro o celular do ouvido como se o aparelho tivesse cometido um erro. — Como está *segurando as pontas*?

Fico tensa. Segurando as pontas. As palavras são uma escolha, assim como seu tom: é o mesmo que ele usava para me pressionar nos momentos em que estava tentando me convencer a participar de loucuras em que eu não queria me meter. Um tom quase de superioridade. Como se soubesse mais do que eu.

— Estou bem — digo, firme. Faço questão de não perguntar como ele está e parto direto para: — Por que você está ligando?

— Bom… em parte porque estou preocupado com você. Sei que você e Levi têm um passado.

Meus dedos ficam tensos ao redor do celular. Não sou ingênua para pensar que ninguém notou minha queda por Levi no ensino médio, mas essa é a primeira vez que Griffin chega perto de tocar no assunto. Acho que parte dele sempre se ressentiu por só ter me chamado para sair depois que ficou claro que eu e Levi não ficaríamos juntos.

— Não precisa se preocupar — digo, com a voz descontraída e firme. — Estamos felizes.

— Ah — diz Griffin, com a voz radiante até demais. — Fico feliz em saber.

Não digo nada, esperando que ele chegue ao real motivo da ligação.

— E aposto que… aposto que outras pessoas vão querer saber disso também — ele diz. — Inclusive, queria saber se você gostaria de participar de um especial do *Business Savvy*.

Pisco, as palavras dele são tão absurdas que nem sei se entendi bem. Se Griffin está realmente me convidando de volta para o mesmo programa que literalmente lucrou com minhas lágrimas de ranho. Mas ele deve ter algum interesse, já que teve a audácia de perguntar isso, então não consigo conter a curiosidade.

— Que tipo de especial? — pergunto, com um pé atrás.

— Um sobre a gente, sobre nossos relacionamentos com Lisel e Levi.

— Por que você precisaria de nós para isso? — pergunto. — Não fazemos parte do reality.

— Mas você faz parte da história agora e… todo mundo te ama. O que é ótimo. Mas não está meio que me retratando como o vilão? — Griffin diz num tom ao mesmo tempo de remorso e acusação. — Então fiquei pensando… se você topasse e dissesse que as coisas estão bem entre a gente, isso poderia, sabe, mudar a narrativa.

A humilhação é lancinante e imediata: lembra o verão em que aprendi a surfar e ainda não conseguia prever aquelas ondas abruptas e cortantes que derrubam a gente por trás.

— Mudar — repito. — Para… quê?

— Sabe. Só… dissipar as dúvidas. Estou feliz, você está feliz. Foi um desastre como tudo aconteceu, claro, mas *ninguém se magoou.*

Ninguém se magoou. Como se todos os anos que passamos juntos pudessem se resumir a essas três palavras ao vento. Como se me fazer passar vexame em público na minha própria casa e me expor à humilhação global pudesse ser tão facilmente ignorado.

Estou quase com medo de começar a chorar de novo daquele jeito espalhafatoso e desleixado como chorei quando ele terminou comigo. Mas, o que quer que eu esteja sentindo, já está se cristalizando. Curvando em meus dedos, enrijecendo em meus ossos.

Não quero gritar com Griffin. Não quero nem me sentir dessa forma. Especialmente por ele ser alguém que um dia considerei meu melhor amigo… alguém a quem já dediquei tanto tempo e energia que ter raiva dele é como ter raiva de mim mesma.

Limpo a garganta.

— Vou pensar.

— É? — A voz de Griffin se anima do outro lado da linha. — Quando você acha que poderia…

— Vou pensar — digo, com mais força dessa vez. — Mas agora preciso ir.

— Claro. Bom… me avisa. E obrigado, June. Isso é importante para mim.

Desligo, brava comigo mesma por ter deixado a porta aberta para essa possibilidade. Mas aí é que está. Posso superar Griffin, mas não posso apagar todos os anos em que nossas vidas estiveram tão entrelaçadas que conhecemos o ritmo, as esperanças e as inseguranças um do outro. O jeito que ainda me sinto em dívida com ele como amiga e guardiã de todas essas partes dele, por mais que eu não queira nada mais com ele romanticamente.

Levi está se acomodando na sala dos fundos quando volto a entrar na Orla do Chá, o cabelo desgrenhado pela brisa especialmente forte de hoje, os olhos azuis concentrados na tela do notebook. Isto é, até ele olhar para mim e perguntar de cara:

— Tudo bem?

— Sim. — Ergo o celular ainda na minha mão. — Griffin ligou.

A testa de Levi se franze, e ele tira as mãos do teclado.

— O que ele queria?

Eu rio, a ficha do absurdo caindo.

— Ele quer que eu participe de um especial do *Business Savvy*. Está preocupado porque está sendo "retratado como vilão".

A voz de Levi está cortante de novo.

— O que ele espera que você faça a respeito disso?

— Fingir que está tudo bem diante das câmeras. Para o mundo ver que estamos nos dando bem ou coisa assim — digo com um aceno indiferente. Eu me apoio na bancada, cansada não só fisicamente, mas em todos os sentidos.

Levi fecha o notebook e se aproxima, apoiando-se tão perto que consigo sentir o calor dele no meu braço nu. Seus olhos perscrutam meu rosto. Resisto ao impulso de me aproximar mais, retribuir o olhar: a curva do seu maxilar, a leve linha de sorriso no canto dos seus lábios, a suavidade repentina em seus olhos.

— Faz séculos que você não faz uma pausa — ele diz finalmente. — Não parece tão movimentado lá na frente agora. Quer sair para uma corrida rápida na praia?

Não consegui correr de verdade desde que toda essa história de Ex Vingativos começou.

— Sim — digo, me animando. — Parece uma boa.

Só que, quando chegamos à praia, entramos numa caminhada rápida, nenhum dos dois iniciando a corrida. Esse trecho está cheio demais, há turistas e locais deitados em toalhas e jogando frescobol e construindo castelos de areia perto da beira da água.

— E aí, você vai topar? — Levi pergunta, erguendo a voz por causa do vento. — O especial, digo.

Solto um suspiro.

— Acho que não.

Andamos mais alguns passos, Levi aproximando o corpo do meu para que as palavras não sejam ouvidas por mais ninguém.

— Desculpa a pergunta, mas… por que você toparia?

Aperto os lábios enquanto o vento sacode meu cabelo para trás e ergue as pontas dos cachos de Levi.

— Sei que o que ele fez foi horrível — decido dizer —, mas ainda temos toda uma história juntos.

Levi abre a boca como se fosse argumentar, mas, antes que consiga, acrescento:

— Sem falar que é só um especial de TV. Nada muito sério.

Olho para ele e minha expressão deve estar mais séria do que imagino, porque Levi abaixa a cabeça como se soubesse o que estou prestes a perguntar. Parte de mim já está se remoendo por tocar no assunto. Consegui evitar isso por tanto tempo. Mas dá para ver a preocupação evidente nos olhos de Levi sobre essa situação com Griffin, vejo o quanto se parece com a preocupação que tenho por ele, e sei que vou me arrepender se não perguntar.

— Não precisa explicar se não quiser, mas estou encafifada: por que ainda quer fazer sua relação com Kelly dar certo? — pergunto, mantendo a voz o mais calma possível.

Levi fica quieto por um momento, quase retraído. Eu me preparo para que essa abertura em seu rosto dê lugar a algo inflexível de novo, que ele se feche como se fechou por tanto tempo. Mas, em vez disso, ele respira fundo e diz:

— Porque sei o que levou Kelly a trair. Não estou justificando o que ela fez, mas… consigo enxergar do ponto de vista dela.

Fico quieta, esperando enquanto ele decide o que quer dizer, olhando fixamente para a areia um pouco à frente dos nossos pés.

— Annie sempre me disse que eu não estava vivendo de verdade, que estava simplesmente esperando pela "vida real" e adiando as coisas. Eu sabia que ela estava certa. Mas, alguns meses depois que ela morreu, realmente comecei a fazer algo a respeito.

Ele ainda não está olhando para mim, mas não num sentido reservado. É mais como se estivesse mergulhado numa memória e não soubesse se deve ou não trazê-la à tona.

— Pedi Kelly em casamento mais ou menos nessa época — Levi admite. — Era antes do que tínhamos planejado. Mas falei que queria que fôssemos felizes juntos, felizes *de verdade*, e, para ela, isso significava continuar no caminho em que já estávamos. Nosso plano de dez anos ainda não tinha acabado. Mas daí falei sobre largar meu emprego. Falei sobre escrever e a incentivei a se dedicar à pintura.

— E ela ficou chateada por isso? — pergunto.

Levi toma o cuidado de esperar alguns segundos antes de negar.

— Acho que foi só porque foi repentino. Era como se eu tivesse virado Annie: estava fazendo muita pressão, muito rápido. Tínhamos concordado sobre todos esses planos. Confiávamos um no outro. Vínhamos do mesmo tipo de famílias, queríamos as mesmas coisas. Até que de repente não queríamos mais.

Ele passa a mão no cabelo e sacode a cabeça de novo, dessa vez com remorso.

— Eu nunca gostei do meu trabalho e, no começo, ela também não. Mas isso mudou, e eu estava tão focado em alterar nosso planejamento que nem notei — ele diz. — Só notei que ela estava trabalhando tantas horas que mal nos víamos, e aí ela conheceu outra pessoa. Alguém que provavelmente tinha muito mais respeito pelo que ela estava fazendo do que ela pensava que eu tinha na época. Alguém estável, de uma forma que eu não era mais.

Contornamos o fato de que esse *alguém* era ninguém menos do que um dos homens mais famosos do mundo, porque isso não tem importância alguma no quadro geral. Nem nossos términos públicos viralizados nem o relacionamento falso repentino que tramamos. Isso não passa de ruído e, por baixo, está a verdadeira confusão. A verdadeira mágoa. Coisas que deviam estar fermentando entre Levi e Kelly assim como estavam entre mim e Griffin, e estavam apenas esperando por um estopim para explodir.

— Quer dizer que, se vocês voltarem — digo, o *se* pesado em minha língua —, você acha que as coisas vão ser diferentes?

— Sim — Levi responde e depois diz as palavras seguintes quase

mecanicamente, como se as tivesse repetido em sua cabeça um sem-
-número de vezes. — Eu poderia arranjar um trabalho menos exigente
na minha área e continuar tentando escrever. Ela provavelmente vai
continuar no dela. Dá para chegar a um meio-termo sobre o plano
antigo. Acho que muitos dos nossos problemas começaram porque eu
parecia um ponto de interrogação para ela, e nunca estivemos preparados para isso.

Ele diz "ponto de interrogação" de maneira tão incisiva que não
posso deixar de pensar que foi algo que Kelly falou sobre ele.

A voz de Levi é mais baixa quando ele volta a falar, como se ficasse
inseguro em dizer isso na frente de outra pessoa.

— Agora que tenho distanciamento suficiente para olhar para trás,
fazia anos que estávamos infelizes — ele admite. — Tipo, no começo,
não estávamos na mesma página e, então, simplesmente paramos de
tentar. Tipo, nós nos conhecíamos tão bem, mas éramos praticamente
estranhos no dia a dia e apenas aceitamos que isso era normal.

Sei o que ele quer dizer só porque senti o contrário em relação a
Griffin. Estávamos um com o outro praticamente em todos os momentos por anos, mas descobri que não o conhecia tão bem quanto pensava.

— Mas, antes de tudo isso, deu certo por tanto tempo que eu só…

— Não quer sentir que todos esses anos foram um desperdício?
— pergunto.

Levi faz que não, e me sinto envergonhada por dizer isso, sabendo
que é mais uma projeção do que sinto sobre os últimos anos.

— Também não acho que foram um desperdício. A gente passou
por muita coisa juntos. Fico pensando se isso tudo não é só mais uma
dessas experiências que a gente precisa se ajudar a superar — ele diz. —
Talvez não dê certo, mas, depois de tudo que vivemos, preciso tentar.

Há outra pergunta que quero fazer. Uma cuja resposta quero saber
desde o começo. Não só a questão sobre por que ele quer que as coisas
deem certo com Kelly, mas por que ainda a ama.

Mas não é justo da minha parte perguntar isso. Ele construiu toda
uma vida com ela que nunca nem vi. Ela deve ter estado lá quando a

mãe dele ficou doente. Quando ele começou no emprego novo, trabalhando horas absurdas e tomando as decisões difíceis que todo mundo na casa dos vinte anos precisa tomar. Deve ter estado presente em muitos momentos que o moldaram, e preciso respeitar isso, mesmo que não goste.

— Não acho que você seja um ponto de interrogação, Levi — digo, porque isso ao menos posso dizer. — Parece que vocês dois mudaram, cada um à sua maneira. Não é culpa sua.

Ele reflete sobre isso.

— Talvez nós dois tenhamos mudado. Mas acho que fui eu que tentei mudá-la.

Aceno, tentando imaginar, tentando me colocar no lugar de Levi. Mas eu segui por um caminho completamente diferente do dele. Eu nunca tentei mudar Griffin. Era sempre eu que tentava me encaixar.

— Mas sempre estranhei você e Griffin — diz Levi inesperadamente. — Fiquei surpreso que tenham durado tanto tempo. Vocês pareciam tão diferentes.

Rio, contente por conseguir rir disso agora e com sinceridade.

— Sim. Acho que o término era uma tragédia anunciada.

— Era? — Levi pergunta. Há algo hesitante nisso, quase vulnerável. Como se fosse uma pergunta que queria fazer havia um tempo.

— Era — digo com tranquilidade. — Pensando agora, acho que ele não gostava nem um pouco deste lugar. Ele odiava só ter entrado na universidade local, se sentir preso aqui. Tudo que ele queria era sair, então foi isso que ele fez. — Aponto vagamente na direção do oceano. — Mas não importava para onde ele fosse. Sempre parecia que ele tinha algo a provar. Como se não estivesse fazendo todas aquelas viagens por diversão, mas para exibir como ele era aventureiro ou coisa assim. — Dou uma olhadinha risonha para Levi. — Acho que eu não deveria ter ficado tão surpresa que ele acabou num reality show.

Seus olhos estão firmes nos meus.

— Vocês ficaram sumidos por muito tempo.

Perco um pouco da bravata com isso.

— Eu não queria ter sumido. Acho que já na época eu tinha a sensação de que, se não fosse assim, eu o perderia. E isso me assustava muito.

Sinto meus ombros relaxarem, como se o vento os estivesse baixando. O olhar de Levi ainda é tão firme que sinto algo mais relaxar dentro de mim. Algo que eu vinha escondendo tanto que nunca nem disse em voz alta.

— Sei que você pode não entender, porque nunca foi muito com a cara dele — digo. — Mas a gente começou como amigos. E é muito, muito difícil para mim considerar ficar com alguém ou mesmo me sentir atraída por alguém que eu não conheça bem antes. Eu tinha medo de que isso pudesse não acontecer mais.

Há outro medo latente, claro. O medo de que *poderia* sim acontecer de novo e que isso partiria meu coração. A forma como aconteceu com Levi tantos anos antes, quando eu tinha uma certeza tão ridícula e absoluta de que ele sentia o mesmo. É estranho… eu e Levi nunca chegamos a namorar, mas perdê-lo foi a maior desilusão amorosa da minha vida.

— É claro que vai — diz Levi, sem hesitar. — Você é você. Não consigo imaginar alguém te encontrar e não querer te conhecer melhor.

Sinto meu rosto corar sob a brisa. Significa muito mais vindo dele do que consigo admitir, mas não é tão simples assim. A verdade é que é quase impossível hoje em dia conhecer pessoas de forma que dê tempo para virarmos amigos antes, tatear um ao outro primeiro. A maioria das pessoas quer saber se você sente atração por elas no primeiro ou segundo encontro. Mas nunca foi assim para mim. Sempre tive essa sensação estranha de não conseguir acompanhar. Não consigo me jogar de cabeça em algo sem saber se existe uma base sólida sob meus pés e, a julgar pelas histórias dos meus amigos sobre o mundo selvagem dos relacionamentos, tenho medo de que não exista muita gente disposta a esperar até eu descobrir.

— Veremos — brinco, tentando ignorar suas palavras, mesmo sabendo que vou ficar pensando nelas a noite toda. — Enfim, tudo isso para dizer que… eu tinha razão. Depois que voltei para Benson para administrar a Orla do Chá e não podia mais viajar com Griffin, deu para sentir que ele estava ficando impaciente. Ele dizia que eu não era mais a June que ele conhecia. Que não era mais *aventureira*.

Levi solta um som de desprezo, mas só abano a cabeça.

— A verdade é que fiquei aliviada. Por ter uma desculpa para ficar aqui, digo. Parecia que... por um bom tempo ele estava guiando e eu estava seguindo e, pela primeira vez, eu finalmente tinha um bom motivo para não seguir. — Respiro, criando coragem para o que vou dizer em seguida. — O que ele fez foi uma merda, mas estranhamente não estou chateada com ele. Estou chateada comigo mesma por não ter terminado antes. Eu teria voltado para a cidade antes. Teria mais tempo com Annie. Teria evitado toda essa trapalhada.

Levi abana a cabeça.

— Acho que... não temos controle sobre o que acontece. Mas podemos controlar nossa reação. E perder Annie nos mudou.

— Ou talvez só tenha nos lembrado de quem realmente éramos — digo baixo.

Consigo ver pela maneira como as sobrancelhas de Levi relaxam que minhas palavras o pegaram de surpresa. Que ainda não se acomodaram dentro dele. Para mim, acho que se resume ao seguinte: existe uma pessoa que eu estava fingindo ser quando estava com Griffin. Alguém que corria riscos demais e ficava tempo demais longe de casa. E perder Annie não só me trouxe de volta a Benson Beach. Me fez entender que a vida é ao mesmo tempo curta e longa demais para ser algo que você não é.

Não posso falar por Levi, mas isto eu posso dizer:

— Sei que você tem medo porque isso afetou sua relação com Kelly, mas... estou muito feliz que você voltou a escrever.

O lábio de Levi se curva.

— Saiba que estou feliz por você ter voltado para a cidade. Em parte, porque não tenho mais ataques cardíacos ouvindo as coisas em que você se metia.

Entreabro um sorriso, com provocação nos olhos.

— Você ficava mesmo se atualizando sobre mim?

Mas de repente os olhos de Levi ficam sérios ao olhar para mim.

— June — ele diz, e ouvi-lo dizer meu nome assim, com a voz baixa e veemente, aperta algo no fundo do meu peito. — É claro que eu ficava. Eu perguntava para Annie sobre você toda vez que a gente conversava. E às vezes me cagava de medo sabendo que você estava saindo pelo mundo fazendo coisas que pareciam… perigosas. Eu vivia preocupado.

Seu olhar me prende como um gancho, o azul em seus olhos é tão escuro que poderia trazer uma tempestade. Por um momento, não consigo fazer nada além de encará-lo de volta até recuperar a voz.

— Eu não sabia — digo, as palavras trêmulas.

Baixo os olhos. Quero falar que também me preocupava com ele, porque é verdade. Não houve um dia em toda minha vida que eu não tenha pensado em Levi.

Mas eu não procurava saber dele. Essa culpa revira meu estômago, ainda mais sabendo o que sei agora: que ele estava claramente solitário e deslocado quando se mudou para Nova York. Que estava lidando com a doença da mãe e o fardo de guardar esse segredo, de assumir a responsabilidade de ajudar com a dívida. E eu não conseguia enxergar além da minha própria mágoa nem para perguntar como ele estava.

Quando volto a erguer a cabeça e olho para ele, percebo que uma parte da nossa conversa ainda pesa no meu peito, e não consigo deixar para lá.

— Levi… você não tem que se sentir estável para ser amado. Sei que isso pode não significar muita coisa de alguém que passou vinte e poucos anos bem instável, mas é sério — falo. — Acho que ninguém chega a se sentir completamente estabilizado na vida. Só encontramos pessoas que vão lutando ao nosso lado.

Não conheço Kelly além do que Levi me contou, mas sei que Griffin não era a pessoa certa para mim. Que, se eu não tivesse perdido Annie, alguma outra coisa teria nos abalado mais para a frente. Só espero que, se é isso que Levi quer, ele também tenha essa perspectiva.

E, de repente, as nuvens de tempestade se dissipam de seus olhos, e ele me encara de maneira tão aberta que sinto como se pudesse ver até o âmago do seu ser. Mais do que nunca vi. Tão fundo que, se eu espiar com muita atenção, vou encontrar respostas para as perguntas que não tenho coragem de fazer. Aquelas que têm o poder me magoar mais do que jamais imaginei.

— Significa muito vindo de você — ele diz, a voz tão baixa que é quase levada pelo vento.

Eu me sinto nua de repente sob seu olhar, percebendo o quanto disse. O quanto me expus. Retribuo o olhar, me sentindo distante, e vejo o quanto nos afastamos do calçadão e das multidões.

Eu me agarro à única coisa sólida em que consigo pensar: uma dinâmica antiga. Uma versão de nós dois que já está gravada em pedra.

— Bom — digo, endireitando os ombros trêmulos —, para voltar a tempo para o próximo horário de pico, acho que precisa rolar uma corrida.

Levi demora um momento para processar o que eu disse, ainda parado com os olhos em mim. Só depois que afundo os calcanhares na areia é que ele se vira para ficar ao meu lado, relaxando as pernas num alongamento.

— Não tem nenhum placar para ajustar, tem? — ele pergunta.

Aponto o queixo para o calçadão.

— Claro que tem, pistache.

Passamos nossas opções de sabores do bolo de tabuleiro para Mateo e Dylan por mensagem. Mateo respondeu com QUALQUER UM ESTÁ BOM PARA MIM!, e Dylan reagiu com uma série de emojis de joinha e de festa que não ajudaram em muita coisa, então ainda não demos um sabor final para Cassie.

Levi está sacudindo a cabeça para mim com aquele mesmo carinho exasperado.

— Como você resolve problemas com as pessoas com quem *não* pode disputar corridas na praia?

— De um jeito sem graça — digo com tranquilidade, me preparando para correr. Levi se ajeita ao meu lado, resignado, enquanto digo: — Preparar... apontar...

E Levi sai em disparada.

— Ei! — reclamo, me erguendo de um salto.

Ele vira a cabeça apenas o bastante para dizer:

— Você saiu adiantada da última vez!

Não posso discutir sobre isso, só porque não posso me dar ao luxo de perder o fôlego. Eu me lanço à frente com uma velocidade que não sabia que era capaz, conseguindo alcançá-lo em poucos segundos.

Corremos e *corremos* e, mais do que disputando corrida, parece que estamos afugentando alguma outra coisa. Por um momento, sinto um alívio, um peso que sai dos meus ombros. A mágoa remanescente de tudo que aconteceu com Griffin e a constatação de que os anos que passei com ele foram construídos com base em algo mais frágil do que eu imaginava. A maré constante de culpa e pânico sobre o estado da Orla do Chá. A incerteza que sinto desde que Levi voltou para a cidade, sem saber se posso confiar nele, sem saber se posso confiar em mim.

O peso de tudo se vai e sinto que estou voando. Livre de novo, mas de uma forma que não me assusta, de uma forma que deixa muito mais espaço para um futuro que ainda não me permiti considerar. Um futuro em que eu consiga virar o jogo na Orla do Chá. E que, depois que toda essa história de Ex Vingativos passar, eu consiga abrir meu coração de novo para alguém. Um futuro em que eu e Levi finalmente estejamos seguros em nossa amizade, e eu consiga sentir o tipo de paz que desejo desde os dezessete anos. Tudo parece tão amplo e vasto quanto o oceano diante de nós, quase ao nosso alcance.

Levi está à minha frente por alguns centímetros, e outra rajada de energia dispara pelo meu corpo. Acelero, um sorriso enviesado se abrindo no rosto, e arranco os óculos escuros que estavam encaixados em cima da cabeça dele.

— Ei! — ele diz, parando, indignado.

Então faço algo que não fazia desde que éramos crianças depois das nossas longas corridas cansativas de cross-country: viro bruscamente e corro na direção do mar, de roupa e tudo. Entro até os joelhos antes de me voltar para ver Levi à beira da água, meio incrédulo, meio impressionado.

Balanço os óculos de sol no ar antes de colocá-los no rosto.

— Se quiser, vai ter que vir buscar — provoco, mergulhando direto na próxima onda agitada.

No instante seguinte, tudo é azul e verde-escuro turvo do fundo do mar e da água corrente, o frio sacudindo meus ossos, me eletrizando. Estou tonta de alegria quanto volto a erguer a cabeça. Agito os fios compridos e molhados de cabelo do meu rosto e lá está Levi, flutuando a poucos metros. Ele vira a cabeça para o lado, os cachos molhados colados na testa, brilhando como ouro escuro sob o sol.

— Exijo uma revanche — ele diz, ofegante e sorridente. — E meus óculos de sol.

— Tem razão — digo. — Você vai precisar deles para esconder a vergonha quando eu acabar com sua raça.

— Não — Levi responde, o cabelo pingando água salgada enquanto balança a cabeça. — Vou precisar deles para aproveitar a vista quando eu acabar com a sua.

Meu sorriso fica mais intenso.

— Ou você pode aproveitar *esta* vista.

Estendo os braços e os planto nos ombros dele, tomando impulso para mergulhá-lo embaixo d'água. Num instante, suas mãos envolvem minha cintura, os dedos apertando a gargalhada forte e ofegante nas minhas costelas enquanto me puxa para baixo junto com ele.

Por alguns momentos, tudo fica parado: só silêncio e leveza, só nossas mãos ancorando um ao outro num vácuo silencioso. Só nós. Ninguém assistindo, ninguém postando, ninguém esperando. Abro os olhos sob a água salgada e distingo os contornos turvos de Levi, e esse momento tem um tipo estranho de infinitude. Como se pudéssemos ser quem quiséssemos ali embaixo, sem nos importar com nada. Mas, com meu corpo enroscado no de Levi, meu coração batendo na ponta dos seus dedos, seus ombros firmes sob minhas mãos, tudo que quero é ser eu mesma.

Uma onda nos leva de volta à superfície, deixando nossos corpos tão perto que meu cabelo, solto do rabo de cavalo, está colado no seu braço. Consigo sentir o cheiro de água salgada e do vento doce de verão e do suor terroso ainda distinto de Levi. Seu sorriso largo e contagiante, seus olhos azuis estudando meu rosto como se estivesse contando cada sarda, cada ângulo e curva. Há sal escorrendo das suas bochechas, grudando nos seus lábios, brilhando sob a luz do fim da tarde. Ficamos absorvendo um ao outro, nossos tornozelos batendo um no outro enquanto balançamos sob a superfície, mas nenhum de nós faz menção de se afastar.

Ele tira as mãos da minha cintura, mas chega ainda mais perto, desenroscando cuidadosamente a mecha de cabelo molhado dos seus óculos de sol e os tirando da minha testa. A corrente nos empurra ainda mais para perto, tanto que nossos joelhos estão se esfregando e parece que, a qualquer momento, nossos narizes vão se roçar, e que estamos os dois a uma leve inclinação de cabeça de algo mais.

Depois que os óculos de sol saem, Levi vasculha meus olhos, com um brilho nos dele.

— Acho você bem aventureira — ele diz.

E, agora, sinto a eletricidade na minha pele, vibrando no meu corpo, zumbindo em todos os lugares em que eu e Levi nos tocamos.

CAPÍTULO DOZE

— Olha, se não são as celebridades mais infames de Benson Beach — diz Gerry quando eu e Levi chegamos à entrada do único bar sem turistas da cidade, com o nome nada sutil de Bar. — Imagino que tenham vindo para autografar os guardanapos de todo mundo.

Gerry não mudou muito desde o ensino médio, usando o mesmo cabelo curto e a mesma camisa de flanela xadrez com a mesma calça jeans de cintura alta que já devia ter naquela época. Ela me abre um sorriso zombeteiro, depois abraça Levi e dá um tapinha nas costas dele. Eles estavam no mesmo ano no ensino médio e juntos dirigiram o time da Olímpiada de Ciências, mas agora ela se ocupa como apresentadora das noites de microfone aberto do Bar nos dias de semana, onde seu senso de humor seco e sutil deixa todo mundo rolando de rir entre um número e outro.

Em virtude desse talento, ela também é procurada para todos os casamentos queer da região. Começou alguns anos atrás, quando ela pegou um certificado para celebrar um casamento de duas colegas nossas que queriam uma cerimônia menos tradicional, considerando que os pais de uma noiva eram religiosos e os da outra não. Gerry lidou perfeitamente com a situação, deixando as duas famílias gargalhando e chorando de alegria durante a cerimônia num espetáculo que Annie declarou como "mágico para caralho, como assistir a uma partida de Jenga de alto risco em forma de casamento". Desde então, Gerry é conhecida não apenas pelo toque divertido que dá aos casamentos, mas por sua capacidade de se adaptar a qualquer tipo de situação para tornar as cerimônias mais pessoais e cheias de significado.

Tantos colegas nossos se casaram nos últimos anos que todos já a vimos em ação, então combinamos que ela celebraria o casamento de

Dylan e Mateo mesmo antes de haver um casamento para planejar. Quando eles propuseram para ela uma cerimônia ao ar livre incorporando alguns toques da missa católica que os pais de Mateo queriam manter com a energia geral de festa, com que as duas famílias desejavam tanto, Gerry logo aceitou o desafio com todo o prazer, conversando por Zoom com os pais dos dois para deixar tudo nos conformes.

Mateo e Dylan vêm se encontrando com ela nas últimas semanas para planejar a celebração, mas ainda queriam rever como seus votos se encaixariam na cerimônia, agora que cada um já escreveu o seu. Pensamos em fazer disso um evento, já que perdemos tantos happy hours nos últimos tempos. Então Dylan adicionou Levi ao chat do grupo para convidá-lo, o que explica por que Levi está agora alongando as pernas compridas depois de ser submetido a mais uma carona no Bugaboo.

— Guardanapos que nada — diz Levi a Gerry. — Pensamos em pegar nossas canetinhas e autografar a porta.

Gerry ri e dá um passo para o lado para entrarmos.

— Que bom ver você na cidade de novo, cara — ela diz, antes de se virar para mim. — E você também, June! Parece que foi ontem. Cadê o resto do pessoal?

— Sana tem um trabalho para entregar, mas Mateo e Dylan devem chegar logo — respondo.

A verdade é que não costumo ver Gerry nem a namorada dela, Lane, porque costumamos vir às quintas-feiras, quando não tem microfone aberto. Sinto uma pontada rápida por não termos conseguido manter o ritmo nos últimos tempos, ainda mais sabendo o quanto Dylan ama nossas tradições semanais: todos revezando para contar a parte mais estranha da sua semana ou dividindo alguma das porções temáticas dos anos 1990 que o bar mantém em rotação eterna. Mas pelo menos hoje vamos conseguir colocar o papo em dia.

— Ah, eles vêm hoje? — pergunta Gerry. Inclino a cabeça porque não é do feitio de Gerry se esquecer de uma reunião marcada, mas ela acrescenta: — Que bom. Mal posso esperar para ficar emocionalmente impactada pelos votos deles.

Entramos no Bar com sua luz baixa habitual e as lembranças de Benson Beach emolduradas nas paredes, acenando para pessoas que conhecemos bem e outras que conhecemos de vista, que compõem a maioria do público aqui. O que falta ao Bar em criatividade de nome, ele compensa sendo um dos lugares mais divertidos da cidade: é raro haver uma noite que não venha com alguma notícia sobre uma colega que cortou a própria franja no banheiro ou um dos moradores mais antigos da cidade se metendo a fazer um medley de karaokê embriagado. Se você pretende descontrair, esse é o lugar mais seguro e mais acolhedor para soltar a franga. Como diz o povo, o que acontece no Bar de Benson Beach fica no Bar de Benson Beach.

Assim que nos sentamos a uma mesa num dos cantos à meia-luz, Gerry sobe no pequeno palco elevado e ajusta o microfone.

— Boa noite a todos — ela diz, passando os olhos pelo público. — Antes de começarmos, um lembrete rápido de que sim, nossos bolinhos de batata são deliciosos, mas, por favor, comam com um mínimo de dignidade. Já vi tantas imitações de *Harry e Sally – Feitos um para o outro* hoje que até eu estou com vergonha, e olha que tenho quase certeza de que metade dessa cidade viu meus peitos.

— Raio e Trovão! — Lane grita com apreço da plateia.

Gerry leva a mão ao peito e diz:

— É sempre uma honra você lembrar o nome deles. Os dois vão me fazer companhia para assistir aos artistas talentosíssimos da programação de hoje, todos os quais vão ser recompensados por seus esforços com pastilhas para garganta gratuitas que podem pedir na entrada. Sem mais delongas, vamos receber no palco Hannah como nossa primeira artista da boa e velha noite saudável de poesia esgoelada.

Pisco. Levi fica completamente imóvel.

— Por favor, me diz que ela não falou o que acho que ela falou — diz Levi.

— Ai, meu Deus — digo, ofegante, levando uma mão à boca. — Ai, meu Deus.

O rosto de Levi é um misto de riso incrédulo e certo pavor.

— Seu monstro. Você esperou dez anos para se vingar.

— Eu não sabia! — digo, quase engasgada pelo esforço de não rir enquanto a primeira artista sobe ao palco. — Juro! Hoje era para ser a noite em que as pessoas compartilham trechos de suas obras originais de ficção. — Sei disso porque estava torcendo para que isso inspirasse Levi a voltar e compartilhar alguma criação sua.

— Não, não — diz Levi —, estou vendo claramente agora. Tudo até este momento era parte do seu plano de cem passos para me encurralar neste bar e...

— ENVELHECER É UM GOLPE.

Levamos um susto e lá está Hannah, que não deve ter mais de um metro e meio, mas parece ter as cordas vocais de um leão, gritando no *microfone*. No microfone. Porque pelo visto o que faltou na vez que Levi nos arrastou sem querer à poesia esgoelada na adolescência era *mais amplificação*.

É bem possível que não sobrevivamos a esta noite.

— VOCÊS ACHAM QUE O GOUDA FICA CHATEADO POR ENVELHECER? NÃO. ELE SÓ FICA MAIS CARO NO MERCADO — Hannah berra furiosamente. — SEJAM COMO GOUDA! SAIBAM SEU VALOR!

— Grita, gata! — alguém diz da plateia.

— Quem come Gouda por último, come melhor! — alguém berra.

Levi ergue a mão e diz para o garçom:

— Vamos precisar de todos os bolinhos de batata que puder nos dar.

A noite só vai ficando mais caótica a partir daí. Uma professora aposentada se levanta e grita uma reformulação de seus votos de casamento, terminando com um "VOU ODIAR E DESREPEITAR VOCÊ TODOS OS DIAS DA MINHA VIDA!" tão visceral que tenho certeza de que, onde quer que seu ex esteja, acabou de sentir um calafrio sem saber por quê. Uma das manicures do salão da mãe de Levi vem na sequência e grita em várias línguas, terminando com: "EM RESUMO, VAI SE FODER, SARAH, POR ESTRAGAR MINHA OFENSIVA NO DUOLINGO". Outro vai até o microfone e só grita

"AHHHHHH! AHHHHHHHHH!" repetidas vezes, depois tira o chapéu com a mais absoluta sinceridade e diz com a voz baixa:

— Obrigado. Já faz um tempo que estava trabalhando nesse.

Entre uma apresentação e outra, mando mensagem para Dylan: Cadê vocês??? Estão perdendo piadas incríveis de queijo e nossos bolinhos de batata já estão acabando.

A resposta de Dylan é imediata: Vocês estão no bar? A gente não tinha combinado de se encontrar amanhã?

E então a ficha cai com um baque culpado no meu peito: o motivo por que estamos aqui na poesia esgoelada não é que confundi que dia era o microfone aberto. *É porque troquei os dias propriamente.*

Ai merda. Desculpa. Eu e Levi viemos hoje, escrevo. Alguma chance de conseguirem vir?

Dylan começa a digitar, para, começa de novo.

— Merda — murmuro comigo mesma.

— O que foi? — Levi pergunta.

— Eu me atrapalhei com as datas — admito. — Era para *a gente* encontrar os dois aqui amanhã.

Levi ergue as sobrancelhas.

— Ah, então não foi você se vingando. Foi o universo se vingando de você.

Fui eu sendo uma imbecil, isso sim. Eu deveria ter prestado mais atenção na data. Não apenas por Dylan, mas também porque Levi estava ansioso para sairmos em grupo. Estou prestes a erguer os olhos e pedir desculpa, mas uma mensagem de Dylan se acende no meu celular.

Não, a gente tem uma reunião do Rainbow Eagles hoje. Você ainda consegue amanhã?

Faço uma careta. Já reorganizei tudo que tinha para fazer esta semana para vir aqui hoje. Se sair uma segunda vez amanhã, nem a pau que vou conseguir dar conta do caos na Orla do Chá.

Merda merda não consigo. Desculpa!!! Te devo uma cerveja!!

A confirmação de leitura aparece de imediato, mas Dylan não responde. Coloco o celular na mesa e baixo a cabeça entre as mãos.

— Ei. Não se martiriza. Tem muita coisa rolando. — Levi coloca a mão no meu ombro, e o peso dela é tão imediata e absurdamente reconfortante que quase esqueço do que ele está falando. — E pelo menos você não estragou a ofensiva de ninguém no Duolingo.

Sorrio sem perceber. Levi aperta meu ombro de novo antes de soltar, e sinto o calor desse aperto se espalhar por mim, relaxando parte da tensão em meu corpo.

— Certo, pessoal, esse é o fim da nossa programação, mas a catarse não precisa acabar — diz Gerry no palco. — Temos algum voluntário para o microfone aberto?

Seus olhos pousam em nós com uma malandragem evidente e Levi abaixa a cabeça na mesma hora, mas já é tarde demais. Metade do bar já se virou e nos encontrou. A comoção é instantânea. Não consigo parar de rir de jeito nenhum quando olho ao redor e percebo que um canto do bar está ocupado por metade dos funcionários do salão em que a mãe de Levi trabalha e o outro por um grupo dos antigos membros da Olimpíada de Ciências que ficam radiantes ao ver Levi como se fosse um segundo Natal surpresa.

— Parece que talvez duas pessoas aqui tenham alguns desabafos a fazer — diz Gerry com um sorriso sacana.

Levi fica tão vermelho que reaquece nossos bolinhos de batata quando ele faz que não, mas o resto do Bar não quer nem saber.

— Manda ver, garoto! — diz uma das manicures do salão.

E, para o mais absoluto constrangimento de Levi, um de seus antigos colegas de equipe começa a entoar "Levi, Levi, Levi" até o bar inteiro estar entoando junto, inclusive gente que nitidamente não faz nem ideia de quem ele é.

— Ah, vai lá — digo. — Faz a vontade do povo.

Levi olha para mim, a expressão um misto de perplexidade e pânico.

— O que a gente diria?

Contenho um sorriso de felicidade pelo "a gente", pela suposição de que vou com ele, embora a multidão tenha claramente uma demanda muito particular. Por estarmos os dois juntos nessa, por bem ou por mal, como estamos desde que o primeiro *tweet* de Ex Vingativos chegou à internet.

Com esse pensamento, um sorriso se forma no meu rosto.

— Vish — diz Levi, antes mesmo que eu fale.

Chego perto e pego sua mão, entrelaçando os dedos dele nos meus.

— Você confia em mim?

— Infelizmente — diz Levi, sem hesitar.

Eu o levanto, para a alegria de todo o Bar, que está gritando em aprovação. No caminho para o microfone, abro o Twitter no celular e digito nossos nomes na barra de pesquisa. Em um instante, surgem centenas de *tweets* de estranhos, variando de solidários a confusos a simplesmente irritados pela nossa existência.

Viro a tela para Levi poder ver também, e ele bufa achando graça. Eu me aproximo do microfone primeiro, olhando no meio da multidão, e grito com todas as minhas forças:

— POR QUE AS PESSOAS LIGAM TANTO PARA LEVI E JUNE? VÃO CAPINAR UM LOTE SEU BANDO DE NERDS SEM VIDA SEXUAL.

O bar cai imediatamente na gargalhada. Levi está tentando ficar sério e não consegue nem um pouco quando passo o celular para ele. Ele solta uma gargalhada surpresa com o que lê e chega perto do microfone para gritar:

— DEUS DO CÉU, QUERIA QUE ALGUÉM FERISSE MEUS SENTIMENTOS PARA EU DAR UMA DE LEVI E JUNE E ENTRAR PARA O MOVIMENTO DOS EX VINGATIVOS.

Ele olha para mim com os olhos tão cheios de alegria que me sinto de repente eufórica, quase elétrica, como se o estresse dos últimos meses estivesse se esvaindo dos meus ombros para debaixo do palco. Sorrio para ele enquanto o empurro da frente do microfone para gritar:

— É MUITA OUSADIA DA PARTE DE JUNE E LEVI TEREM UMA HISTÓRIA DE ORIGEM TÃO ICÔNICA QUE DESTRUÍRAM SOZINHOS TODOS OS APLICATIVOS DE RELACIONAMENTO DO MEU CELULAR.

Levi sorri em resposta, me tirando da frente para gritar:

— É LITERALMENTE UM CRIME QUE NENHUMA MARCA DE BOLO DE CAIXINHA TENHA PATROCINADO LEVI E JUNE DEPOIS DAQUELA PALHAÇADA.

Solto outra risada brusca e chego tão perto do microfone que sinto a respiração de Levi na minha bochecha. Há uma fração de segundo em que por pouco não me esqueço de falar, tão envolvida pelo seu calor atraente que quase não consigo gritar:

— FARIA DE TUDO POR UM HOMEM QUE OLHASSE PARA MIM NEM QUE FOSSE UMA SÓ VEZ COMO LEVI SHAW OLHA PARA JUNE HART.

Olho de canto de olho para Levi depois de dizer isso, à espera do próximo *tweet* que ele vai gritar no microfone. Mas Levi fica parado. Me encarando com um afeto tão inegável que sinto o impacto de todas as palavras daquele *tweet*: sinto muito mais que isso abrindo-se no meu sorriso, vibrando logo abaixo das minhas costelas.

Fico tão arrebatada que nem noto que o bar todo ficou em silêncio, olhando para nós enquanto olhamos um para o outro, até Gerry subir ao palco.

— Os Ex Vingativos, pessoal! — ela diz, dando tapinhas nas nossas costas.

O susto nos traz de volta à realidade, que consegue ser ainda mais barulhenta do que nosso berreiro. Ninguém é mais efusivo do que os colegas de escola de Levi, exceto talvez pelos amigos da mãe dele, e a demonstração deixa Levi tão tímido que sinto um aperto no coração. Eu tinha pensado se talvez Levi não vinha evitando alguns de seus grupinhos antigos, com medo de ter passado tempo demais longe que não conseguiria se enturmar novamente. Mas, pelos aplausos e gritos quase ensurdecedores, fica claro que todos estão felizes em tê-lo de volta e o quanto Levi significa para eles.

— Chega aí, Levi! — um dos seus amigos exclama, os outros claramente prestes a voar em cima dele.

Ele olha para mim e, antes que possa perguntar se quero me sentar com eles, dou um abraço rápido nele.

— Vai ficar com seus nerds — digo no seu ouvido antes de soltar. — Tenho uma montanha de trabalho me esperando na Orla do Chá.

— Tem certeza? — Levi pergunta.

Ele parece um menininho quando pergunta, um traço do Levi que era na infância. Faço que sim, estendendo a mão para apertar seu cotovelo, e digo:

— Absoluta.

Levi sorri com gratidão e chega mais perto para dizer:

— Certo. Mas fique sabendo que, daqui a dez anos, você vai precisar estar alerta. Porque vou arrastar você aqui de volta para me vingar da sua vingança.

Chego ainda mais perto e digo:

— Eu não esperaria menos de você.

Consigo sentir o sorriso de Levi antes de nos afastarmos o bastante para vê-lo sorrindo. Seus amigos o encontram um momento depois e, mesmo nessa hora, ele olha para mim de soslaio, me dando um tchauzinho rápido e feliz antes de ser praticamente engolido por seu bando.

Enquanto saio, lanço um último olhar para dentro do Bar. Para os artistas todos corados e satisfeitos consigo mesmos, comemorando com uma rodada de cervejas no canto do palco. Para uma das paredes cheias de metade dos salva-vidas da praia terminando o turno do dia. Para Levi sendo abraçado e tendo o cabelo bagunçado e levando empurrõezinhos de brincadeira dos amigos. Para a maneira como o lugar não é apenas um bar, mas uma comunidade. Outra versão de casa.

Meu peito se aperta e se aquece ao mesmo tempo. É isso que eu queria para a Orla do Chá desde o começo, mas sempre foi difícil imaginar por completo. De repente, essa versão da Orla do Chá parece menos uma esperança e mais uma possibilidade, como se, depois que toda essa confusão passar e estivermos de volta com os pés firmes no chão, eu realmente consiga construir um lar assim para nós. Algo leve, seguro e acolhedor para todos. Um lugar em que as pessoas não venham só para visitar, mas para ficar.

Guardo esse sentimento dentro do coração e saio para o ar doce de verão. Pela primeira vez em muito tempo, não me apavoro com a montanha de trabalho à minha frente. Pela primeira vez em muito tempo, vejo o que pode estar do outro lado e amo cada pedacinho dessa fantasia.

CAPÍTULO TREZE

Sou péssima em quiz e ainda pior em esportes, mas sou muito boa em tomar cerveja Blue Moon, então, por mais deslocada que eu fique no Games on Games, o bar híbrido de esportes e quiz que eu e Levi vamos conferir para a despedida de solteiro de Mateo e Dylan, estou ansiosa para ir.

Tecnicamente, não precisamos visitar o lugar. Tem um número absurdo de avaliações positivas na internet, e Sana é frequentadora, então pode dar seu testemunho. Mas ela decidiu que seria um excelente encontro descontraído dos Ex Vingativos, então aqui estou eu, vestindo uma regata preta e uma calça jeans curta de cintura alta com um par de coturnos e o cabelo preso numa trança francesa bagunçada, esperando a aprovação de Sana.

Exceto que, quando Sana atende à minha ligação por FaceTime, ela está com seus óculos de luz azul de ar profissional que só usa quando está prestes a virar a noite no notebook.

— Ah. Que gracinha — ela diz, apontando a cabeça para mim. — Vai para onde?

Pisco.

— Você esqueceu?

Sana faz uma careta.

— Certo. Merda. Desculpa, vou miar.

Aponto um dedo para ela pela tela.

— Se você pensa que vai enganar a gente e tirar fotos às escondidas uma *quarta* vez...

— Não, sério — ela diz, puxando a câmera para trás para eu ver que ela não só está com sua Calça de Moletom de Fim Prazos (desconfio que seja a única calça de moletom que Sana possui), mas com uma embalagem de Pringles apoiada em cima de uma perna e várias latas vazias de Red Bull mal equilibradas em cima da outra. — Estou no embalo agora.

— Com o que, um artigo sobre testar os limites da sua própria mortalidade?

— Minha ideia para o *Fizzle*. Preciso começar a escrever hoje enquanto meu cérebro ainda está cheio. — Ela encosta o celular nos lábios, a tela ficando escura por um momento enquanto dá uma beijoca. — Divirtam-se. Vejo vocês depois.

— Tchau — digo, mas ela já desligou.

Fico olhando para o celular com certa preocupação, porque faz dois dias que quase não falo com Sana. Depois que contei para ela sobre aquela ligação que recebi de Griffin e ela passou nada menos do que dez minutos num discurso sobre por que o próximo reality show dele deveria ser numa ilha de três metros de comprimento no Triângulo das Bermudas, Sana ficou muito quieta de repente e disse: "Ah. *Ah*". Depois pegou o notebook como se fosse a única coisa que estivesse salvando de um incêndio e saiu tão rápido que quase trombou na prateleira de ervas.

Eu teria perguntado o que estava acontecendo, mas fui absorvida tão rapidamente pela corrente da Orla do Chá que, desde então, mal consegui parar para respirar. Depois de toda luta para dar conta do inventário, dos agendamentos e do fluxo constante de clientes, ainda tenho uma montanha de mensagens não respondidas e o próximo turno da semana seguinte para resolver com os funcionários de meio período. Sem falar que o fim do mês está chegando. Embora eu tenha muitas ideias soltas sobre como sustentar a Orla do Chá depois que esse caos passar, ainda não tive tempo para consolidar nenhuma delas, para colocar nenhuma em ação.

Mas pelo menos esse tempo não foi desperdiçado. Nesse ritmo, com certeza vou ter dinheiro suficiente para adiantar os três primeiros meses de aluguel. O resto posso resolver depois.

Sinto uma pontada de culpa quando abro as mensagens, vendo que uma é de Dylan, perguntando para quando podemos remarcar os drinques. Esqueci completamente de dizer um dia para nos encontrarmos. Sei que ele e Mateo estão experimentando os ternos hoje, mas tomo uma nota mental de responder depois enquanto abro a conversa com Levi.

Sana miou hoje. Ela não vai poder tirar nenhuma foto dos Ex Vingativos.

A resposta de Levi é imediata: Ah, não. É quase como se tivéssemos que sair como meros velhos amigos.

Sorrio. É a resposta pela qual eu estava torcendo. Além disso, não somos incapazes de documentar nós mesmos. O universo deu a Levi braços compridos de tirar selfie por um motivo.

"Meros Velhos Amigos": até que é um bom nome de bolinho. Ainda quer sair às oito?, respondo.

Vou estar com um nariz de palhaço tentando entrar no seu carro de palhaço.

Só que Levi não está esperando por mim quando vou ao estacionamento atrás da Orla do Chá. Ando até seu apartamento e o vejo na frente, falando baixo ao telefone e acenando. Há algo de íntimo na sua postura, algo tão profundamente pessoal que, embora ele esteja em público, eu me sinto estranha por flagrá-lo no meio disso. Seus olhos encontram os meus, e ele me dá um aceno rápido e indecifrável.

Dou um passo para trás, esperando mais um minuto enquanto ele finaliza e vem até mim com uma cara constrangida.

— Tudo certo? — pergunto.

Levi baixa os olhos para o celular como se estivesse tentando decidir.

— Sim. Era Kelly.

Encaro o celular junto com ele, tentando disfarçar antes de perguntar. Antes de arrancar o Band-Aid.

— Está resolvido, então? Vocês vão voltar?

— Não. — Sua voz é suave. Surpresa, talvez, ou aliviada. Sua expressão é atônita, então é difícil saber. — Mas acho que estou só… cansado de tentar.

Sinto as palavras como um fogo de artifício defeituoso sendo disparado pelo meu corpo, como algo que eu não estava preparada para ouvir e, agora que ouvi, não sei o que fazer com isso. Parece que estou começando a me recalibrar, mas não posso fazer isso sem saber o que aconteceu. O que "cansado de tentar" realmente quer dizer.

— Mudou alguma coisa?

— Não — Levi responde. — Ela fica indo e voltando com Roman desde que isso começou. Me falando que simplesmente não sabe o que fazer. — Ele aperta os lábios, como se estivesse repetindo isso na sua cabeça. — E aí é que está: acho que a história de Ex Vingativos estava fazendo efeito. Nas últimas vezes que nos falamos, ela parecia chateada. Perguntando se era sério. O que eu faria se ela largasse Roman.

— Eita, porra — digo sem conseguir me conter. Não tinha entendido que eles se falavam em termos tão francos.

Ele volta os olhos para mim, simples e diretos, e abana a cabeça.

— Mas conversar com você no outro dia me fez entender que não quero que a ideia de estar com outra pessoa seja o motivo para ela voltar. Não quero forçar. — Ele estende a mão para tocar a minha. — É o que você disse sobre ser estável. Acho que é por isso que ela está esperando. Ela quer que eu seja algo que simplesmente não sou agora.

Meus dedos se curvam uns sobre os outros como se estivessem buscando o calor da mão dele de novo.

— Sinto muito — digo baixinho.

Ele ergue um braço para coçar a nuca.

— Sinceramente… é um alívio não tentar mais.

O ar entre nós parece frágil agora. Desde que ele voltou, é quase como se estivéssemos num roteiro. June e Levi, ex-amigos. June e Levi, os Ex Vingativos. Agora somos só June e Levi, e talvez tenhamos que descobrir o que isso representa para nós.

— Quer cancelar? — pergunto. Que é o mais próximo que consigo fazer de perguntar: *Quer acabar com nosso namoro de mentira?*

Porque o acordo era esse, a única parte que realmente estava definida. Pararíamos com isso assim que um de nós quissesse. Agora Levi não tem nada a ganhar com isso e, de repente, sinto que tenho demais a perder. Não só com a Orla do Chá, mas também com todo esse tempo que tenho passado com Levi.

— Não, não, eu… quero ir. Preciso espairecer. — Ele sorri para mim, como se estivesse voltando a si, e diz: — Além disso, quando a gente conseguiu dar uma saída normal? Vai ser divertido.

A onda de alívio que sinto chega a ser constrangedora, tanto que preciso manter o sorriso sob controle. Fico com um pé atrás durante o trajeto curto, sabendo que Levi deve estar naquele estado estranho de adrenalina que vem logo depois de tomar uma grande decisão. A sensação de alívio que surge por simplesmente ter conseguido tomar a decisão, antes de o peso de todas as consequências se instalar. Mas deixo que ele guie a conversa, e passamos o caminho tratando das pontas soltas que precisamos resolver para o casamento e, quando chegamos, é como se Kelly estivesse no retrovisor.

Descobrimos que o lugar é literalmente dividido ao meio, com o bar bem no centro. De um lado, as paredes são azul-marinho e cheias de decorações esportivas e televisões de tela plana apontadas em todos os ângulos e, do outro, as paredes são marrom-escuras com uma série de banquinhos aconchegantes e mesas altas onde o quiz da noite está sendo montado.

Uma partida está começando, então decidimos sondar a área de esportes primeiro.

— Vai pegar aquelas duas últimas banquetas — digo a Levi. — Vou pagar a primeira rodada.

Levi ergue as sobrancelhas para mim quando volto com duas cervejas Blue Moon — a dele com uma fatia de laranja e a minha com nada menos do que sete. Em minha defesa, quase nunca abuso das minhas covinhas para tirar coisas de estranhos. Mas, quando se trata de conseguir fatias de laranja grátis na cerveja, jogo qualquer tipo de moralidade pela janela.

— Tem vitamina C suficiente aí? — Levi pergunta, e só então me dou conta de que ele ainda não presenciou esse meu costume.

— Espera — digo. — A gente nunca tomou uma bebida legalmente em público juntos?

Eu me sento na banqueta ao lado, tão pertinho de Levi que meus joelhos roçam as pernas dele quando me sento.

Levi pega a cerveja de mim, agradecendo com a cabeça.

— A última bebida que tomamos juntos saiu de uma caixa de vinho escondida na sua mochila de cross-country.

— O treinador *disse* para a gente se hidratar — argumento.

Levi sorri.

— O time todo ainda está em dívida com você.

Bem nesse momento, uma comoção começa a atravessar nosso lado do bar. Nós dois erguemos os olhos para ver que o jogo na tela está começando.

— Para que time você está torcendo? — pergunto.

Levi estreita os olhos.

— Hum. O azul?

— Legal. Então vou torcer pelo verde.

Brindamos, tomamos goles generosos e nos esquecemos prontamente da existência dos esportes assim que colocamos as bebidas de volta no balcão. Levi me pergunta o que Sana está aprontando, eu pergunto sobre a oficina mecânica do pai dele, e é como se um elástico que tivesse sido esticado pela realidade voltasse confortavelmente ao lugar. De repente conhecemos os personagens na vida um do outro. Não estamos falando só do que aconteceu no passado, mas de coisas que estão acontecendo agora. Coisas que vão acontecer. Fazendo gracinhas e piadas internas que não existiam entre nós até algumas semanas atrás, do tipo que pensei que nunca mais voltaríamos a fazer.

Estamos quase no fim da primeira bebida, rindo de Dylan por ter encomendado dois coletes de tricô com temática de casamento na Etsy para surpreender Mateo, quando digo:

— Estou me sentindo num universo paralelo agora. Onde fazemos esse tipo de coisa o tempo todo.

A essa altura, o resto do bar já está tão envolvido no jogo que eu e Levi puxamos as banquetas mais para perto uma da outra para nos proteger do barulho. Nossos rostos estão tão colados que não deixo de notar como seus olhos se ofuscam rapidamente antes de ele se voltar para a cerveja e dizer:

— A gente perdeu muita coisa.

— Você já pensou como teria sido se a gente tivesse mantido contato? — pergunto.

Levi hesita por um momento, como se temesse que responder à pergunta abrisse uma velha ferida. Mas não estou perguntando para remoer o passado. Levi já voltou há tempo suficiente para encontrarmos esse novo ritmo juntos, um ritmo que pensei que nunca teríamos. Parte de mim está genuinamente curiosa sobre como tudo teria evoluído durante esses anos, se os tivéssemos tido.

— Sim — ele diz. — Vivo pensando nisso.

As palavras me enchem de um calor que não tem nada a ver com a cerveja.

Então, para minha surpresa, ele solta um riso murmurado.

— Tipo, às vezes… sei lá. Eu fazia algo que era objetivamente ridículo. Como uma entrevista para um trabalho todo engomadinho no meu primeiro terno ou ser arrastado para um leilão metido à besta numa cobertura com vista para a cidade em que serviam um vinho que custa mais que meu aluguel, e ficava pensando o que você diria sobre a coisa toda. — Seus olhos se suavizam com o sorriso que ele me dá, do tipo que é ao mesmo tempo envergonhado e doce. — Sempre que eu me sentia deslocado, eu pensava em você. Alguma coisa engraçada que você poderia dizer. E não me sentia mais deslocado.

O calorzinho no meu peito se espalha, em partes iguais de alívio e dor.

— Eu teria pagado uma boa grana para ver o Levi novinho na sua primeira grande entrevista de trabalho no mercado financeiro.

Levi solta outra risada.

— É só me imaginar com pizzas embaixo do braço e um pavor mortal nos olhos que é meio caminho andado.

Sorrio, traçando o dedo sobre a borda do copo, encarando os sedimentos no fundo. Levi fica em silêncio, como se conseguisse pressentir as palavras que estou criando coragem para dizer.

— É engraçado. Também tive momentos assim — digo. — Não necessariamente quando me sentia deslocada, mas quando estava apavorada por alguma coisa que estava fazendo. Ou mesmo solitária.

— Sinto o peso do seu olhar em mim, tão cativante que não consigo não retribuir. Quando ergo os olhos, os dele são tão sinceros e firmes que qualquer vergonha que eu tinha se desfaz, e digo: — Você era a única pessoa a quem eu recorria quando me sentia assim, e fazia sentido continuar pensando em você.

Levi chega mais perto, e sinto o calor habitual entre nós, mas há também algo mais. Algo protetor, algo sólido nele que faz isso parecer menos um sentimento e mais uma intenção.

— Que tipo de momentos? — ele pergunta.

— Ah. Sei lá. — Pego um fio que vive escapando da minha trança e o ajeito atrás da orelha. Eu poderia falar das várias vezes que tive medo. De uma ponte bamba sobre uma cachoeira da qual eu tinha certeza de que cairia. De mergulhar tão fundo que fiquei com pavor de perder a superfície de vista. De uma viagem de helicóptero tão turbulenta que fiquei dolorida por dias de tanta tensão.

Mas o medo era brusco e depois passava. Era a dor constante da solidão que parece digna de ser contada.

Levi ainda está me observando pacientemente quando enfim digo:

— Acho que é estranho dizer que eu estava solitária, porque Griffin estava sempre lá. Mas não nos falávamos muito a sós. Éramos sempre parte de um grupo. E depois ficávamos sozinhos à noite na maioria das vezes, e não havia muito o que dizer. — Engulo em seco, sentindo minha garganta se mover pelo esforço. — E lembro de pensar às vezes: eu e Levi nunca ficaríamos sem assunto. E, mesmo quando ficássemos, inventaríamos histórias.

Estou sorrindo quando me viro para ele, mas o sorriso de Levi se fechou quase completamente. Bato o joelho no dele para trazê-lo de volta. Gosto tanto da sensação que deixo a perna ficar e sinto a sua se aproximar da minha.

O fio solto cai de trás da minha orelha de novo. Desta vez, é Levi quem estende a mão, a ponta dos dedos roçando na minha testa, alisando minha orelha enquanto ajeita o fio de volta.

— Você sabe que sempre pode contar comigo, certo? — ele diz.

— Sei que a gente se afastou e vou me arrepender disso para sempre. Mas se precisar de mim. Não importa para quê. Sempre pode contar comigo.

As palavras me atordoam pela intensidade. Pela maneira como esse toque leve parece fazer cada uma delas se espalhar como eletricidade sob minha pele.

— Eu sei — falo baixo, porque sabia mesmo. Ele sempre esteve no celular que nunca peguei para ligar, um obstáculo que eu era orgulhosa demais para superar. É por isso que pensei nele em todos aqueles momentos. Por isso foi tão natural, tão fácil, me jogar nos braços dele no dia do funeral de Annie sem dizer uma palavra. — Eu sabia.

— Que bom — ele diz, com um aceno de cabeça.

Ele desvia o olhar, ficando bem parado, apertando o copo vazio como se estivesse se ancorando ao balcão. Como se estivesse fazendo exatamente o mesmo que estou fazendo agora e deixando o remorso dos últimos anos se assentar com um novo tipo de peso.

Estendo o braço e coloco a mão sobre a dele, entrelaçando os dedos. Seus olhos se voltam para os meus e sinto essa pulsação firme entre nossos dedos, sólida entre nossos olhares. A parte inabalável de nós que conseguiu resistir a todos esses anos em que mal nos falamos. A parte que sempre vai existir.

— Você sabe que sempre pode contar comigo também — digo.

Aquele sorriso fechado volta, surgindo em seu rosto como o sol voltando de trás de uma nuvem. Aperto sua mão de novo antes de soltar.

— Sei que você precisa voltar para a cidade e sua vida real em algum momento — digo. — Mas tomara que a gente consiga continuar assim. Sair sempre que um de nós estiver na cidade. Botar o papo em dia sobre todas as coisas que perdemos.

— Sim — Levi responde, antes de cochichar em tom de segredo: — Sabe, inventaram um aparelho maluco chamado celular. Então, mesmo quando a gente não estiver na mesma cidade, ainda dá para colocar a conversa em dia. Que nem mágica.

— Vamos ver se o grande homem de negócios aí arranja tempo para isso — digo.

Levi não hesita em responder:

— Vou arranjar.

Minha garganta se aperta, porque dá para ver que ele está sendo sincero. Só não sei se vai cumprir o prometido. Uma coisa é dizer que vamos continuar em contato, mas esse é mais um território inexplorado para nós. Não quero que nossa amizade se perca nisso de novo.

Alguém toca no microfone do outro lado do bar. Nós nos separamos, erguendo os olhos para ver que os times azul e verde estão num empate, os torcedores de verdade ao nosso redor em alerta. Saímos de fininho para o quiz bem quando acontece alguma coisa no futebol americano que faz metade do salão comemorar e a outra metade resmungar e todos tomarem suas cervejas.

Levi aponta a cabeça para o outro lado para eu guardar um lugar para nós e diz:

— Vou pegar a próxima rodada.

Ele vai para o bar, mas, quando examino o lado oposto do salão, não encontro nenhuma mesa vazia. Estou prestes a me consolar em ficar de pé perto da parede quando uma equipe de camisetas rosa-choque em que se lê EQUIPE VIDA DEPOIS DOS QUARENTA me chama para a mesa deles.

— Está querendo entrar para uma equipe, querida? — pergunta uma mulher de cabelo loiro curto e braço fechado de tatuagens de flor. — Porque a gente tem espaço.

— Preciso avisar que sou péssima em quiz — falo. Na primeira e última noite em que Mateo me levou para sair com sua equipe, minha única contribuição útil foi acabar com os *nachos*.

— Você também não parece ter mais de quarenta, mas podemos fazer concessões. — Ela estreita os olhos, me observando de cima a baixo enquanto me sento numa banqueta. — A gente já se conhece?

Eu já ouvia muito isso antes mesmo de viralizar. Benson Beach é uma cidade pequena, e a maioria das pessoas chegou a entrar na loja pelo menos uma ou duas vezes.

— Você já foi à Orla do Chá?

Ela reconhece o nome no mesmo instante.

— Ah! Você é daqueles... — Ela estala os dedos. — Ex Revanchistas?

Nunca chegamos a ser reconhecidos em público fora da Orla do Chá e do calçadão antes, então não consigo conter o riso.

— Sim, sou June — digo.

Ela também dá uma gargalhada e me dá um tapa tão forte nas costas que deixaria Dylan com inveja.

— Pam — ela se apresenta. — Agora, cadê sua cara-metade?

Nesse momento, Levi chega com mais duas Blue Moons na mão: a dele com uma fatia de laranja na borda, a minha com várias. Ele tira a fatia da dele, os olhos se franzindo de maldade antes de colocá-la dentro da minha boca. Sou pega tão de surpresa que minha língua roça sem querer na ponta dos seus dedos e, se não estou enganada, suas bochechas ficam tão rosadas quanto as minhas. Eu me pergunto se ele também sente um calafrio na espinha.

— Eita, porra — diz Pam. Ergo os olhos para encontrar quase todos os Vida Depois dos Quarenta olhando para Levi, como se quisessem alternar entre apertar as bochechas dele e apertar um monte de outros lugares. — Vocês são mesmo uma gracinha.

Espero que a boa vontade dessas gracinhas seja suficiente para compensar o fato de que, como membros de equipe de quiz, eu e Levi somos pesos mortos. Entre minhas viagens e meu trabalho sem fim e Levi vivendo na sua bolhinha da elite do mercado financeiro, estamos tão por fora de cultura pop em geral que é como se tivéssemos vindo de Marte. Isso não seria tão ruim se os Vida Depois dos Quarenta não tivessem uma regra de grupo que, para cada pergunta que você erra, você precisa dar um gole: eu e Levi estamos encolhidos um em cima do outro, como se estivéssemos protegendo o resto do bar do nosso fracasso.

— Eita, porra, Pam. As crianças estão sem nada — diz um dos membros da equipe, pegando e inclinando meu copo vazio.

Levi se prepara para sair do banco para buscar mais uma rodada, e já estou frustrada por perder sua perna encostada à minha quando Pam coloca a mão no ombro dele para detê-lo.

— Outra regra é: se beber até esvaziar o copo, precisa fazer um desafio que o grupo escolher — ela nos fala.

Eu rio. Depois de duas cervejas e um poço fundo de vergonha, nem me dou ao trabalho de perguntar de onde surgiu essa regra.

— Eu desafio a gente a acertar uma resposta.

— Eu desafio a gente a parar de tentar responder — diz Levi.

— Quem vai decidir somos nós, crianças — diz Pam.

— Tenha dó — diz Levi, virando os olhos franzidos para ela. — A gente já não sofreu demais?

Pam cede como imagino que qualquer pessoa no mundo cederia diante de um sorriso aberto de Levi.

— Tá — ela diz. — O desafio é simples. Dá um beijo na sua namorada e fica por isso mesmo.

— Justo — diz Levi. Ele se move com facilidade e, embora eu esteja esperando o beijo na bochecha antes de acontecer, isso não me impede de perder o ar: seus lábios roçam tão perto da minha orelha que consigo sentir os pelinhos formigarem pelo seu calor.

— Ah, fala sério — diz outro deles. — Esse não conta.

— Pois é, Levi — brinco, chegando mais perto. — Esse não conta.

Algo muda entre nós neste momento. Aquele mesmo ar que parecia frágil entre nós no começo da noite fica subitamente carregado. De repente, não existe mais nenhum brilho de deboche nos nossos olhos. Existe um desafio nos meus, e algo a mais nos dele: o calor que vi antes e que não está mais brando, mas intenso.

— Quer que eu te beije? — ele pergunta, chegando mais perto para me encontrar.

Minha língua roça meu lábio inferior, meus olhos encontrando sua boca e voltando a encontrar os seus olhos de novo. Ele não está perguntando só pelas aparências. Está perguntando com sinceridade.

A maneira como ele está me olhando me faz sentir um calor embaixo do ventre, algo tão perigoso quanto irresistível, uma sensação que exige ser levada até o fim. Faz eu me ajeitar no banco, sem nunca tirar os olhos dele.

Faz tanto tempo que estou caminhando sobre essa linha com Levi e, se eu não aproveitar a chance de cruzar essa fronteira agora, isso nunca vai acontecer. Ele vai embora para Nova York logo mais. Tudo vai voltar ao ritmo de sempre, e todo esse plano de Ex Vingativos não vai passar de uma história engraçada para contar. Mas agora… agora estamos bem no meio dela. Agora somos só nós. E, agora, não quero só fingir esse sentimento, não quero mais ficar olhando pela janela. Quero sentir tudo uma só vez antes de termos que deixar isso para trás.

Então dou uma resposta sincera:

— Sim, Levi. Quero que me beije.

Levi apoia a mão na minha nuca, quente e firme. Chegamos mais perto para nos beijar, e não há nada de lento nem minucioso nisso. Nada perto do que imaginei nos momentos em que deixei meu coração divagar. É tudo fogo, impaciência, ao mesmo tempo terrivelmente doce e inconsequente. É tanta coisa, mas nem perto do suficiente — qualquer que seja a satisfação que sinto agora só duplicou a necessidade dele, expandiu uma caverna em mim que quer o máximo dele que eu puder ter.

Estou tão perdida na urgência da boca dele contra a minha, no calor de seus braços fortes em meus dedos, que sinto como se tivéssemos sido arrancados da corrente do mundo. Não existe barulho ao redor, nem passado, nem futuro. É singular e puro, só *Levi e June*, inebriante como se fosse uma espécie de droga.

Interrompemos o beijo apenas porque a respiração exige. O mundo volta com tudo como um bumerangue, trazendo-nos de volta para onde começamos, mas com algo inteiramente novo.

Estou tão zonza na sequência que o primeiro pensamento que consegue se cristalizar no meu cérebro é: *Ah. É assim que era para ser*. Porque, em todos esses anos que estou viva, em nenhum momento senti algo parecido.

Não faço ideia de quantos segundos se passaram, mas é tanto tempo que todos ao redor nos esqueceram. Ninguém está mais olhando quando os dedos de Levi apertam de leve meu cabelo atrás do pescoço antes de soltar; ninguém está vendo enquanto desenrosco a perna do banco de Levi e tiro as mãos debaixo das mangas da camisa dele, onde elas tinham entrado espontaneamente. Ninguém está vendo enquanto nos encaramos, delirantes, recuperando o fôlego como se tivéssemos acabado mais uma corrida ridícula na praia.

Eu deveria quebrar a tensão. Mas estou perdida demais para fazer qualquer coisa além de encarar sua boca, sentindo o calor dela me deixar toda trêmula, tentando desesperadamente não imaginar outros lugares em que ele poderia colocá-la. Outros lugares em que eu adoraria colocar a minha.

A expressão de Levi é tão arrebatada quanto a minha e, de repente, entendo que meu pequeno plano não deu certo. O beijo não pôs um fim em nada. Abriu todo um mundo, um que se estende muito além deste lugar, além do estacionamento e de todas as ruas que vão nos levar de volta para casa. Com potencial suficiente para se espalhar pelo mar, pelas estrelas da noite, e tudo depende do que um de nós disser agora.

Levi coloca a mão na minha coxa, apertando-a sobre a calça jeans. Todos os músculos do meu corpo tremem sob esse único toque, e a voz dele é tão baixa que só eu consigo ouvir:

— Quer sair daqui?

Já estou me levantando da banqueta quando murmuro:

— Sim.

CAPÍTULO CATORZE

O calor de antes foi abrandado pelo anoitecer e pela brisa leve, o estacionamento está todo ameno e fresco com o calorzinho de verão que beira a magia. Fecho os olhos e inspiro, com os passos um pouco mais leves do que eu imaginava, tanto que quase perco o equilíbrio e acabo roçando o braço no de Levi.

Eu me endireito para fingir que não foi nada, mas não consigo tirar o sorriso besta do rosto, a sensação do beijo ainda vibrando nos meus lábios. Não consigo lembrar a última vez que me senti tão elétrica, zumbindo de tanta energia que me sinto fora de mim, absorvendo a felicidade de todas as pessoas além da minha.

— Acho que nunca mais vamos poder dar as caras em nenhuma noite de quiz na Costa Leste — diz Levi.

— Pois é. — Desta vez, eu me aproximo dele de propósito e, com naturalidade, ele estende a mão e pega a minha.

Aquele potencial ainda está vibrando entre nós, implícito sob as palavras que não estamos dizendo, mas tão alto que não noto quase mais nada. Os olhos de Levi encontram os meus outra vez e, quando ele chega perto, sinto um friozinho que começa na barriga e vai subindo como um arrepio pela espinha na expectativa de outro beijo.

Mas, em vez disso, ele diz baixinho:

— E se eu não voltasse para Nova York?

O arrepio passa antes que as palavras dele sejam assimiladas. Fico olhando para a cara dele.

— Quer dizer… se você ficasse aqui em Benson? — pergunto.

Antes, eu estava preocupada que Levi não estivesse dando a devida importância para a situação com Kelly, que a qualquer momento a realidade desabaria em cima dele. Ao longo da noite, das lembranças e das conversas e do beijo, esqueci de me preocupar. Só que agora a realidade parece estar se assentando no lugar errado. Em algum lugar dentro de mim, em vez dele.

Paro à beira do estacionamento, esmiuçando seu rosto.

— É uma decisão muito importante para tomar, Levi.

— Eu sei — ele diz, puxando meu braço de leve. — É por isso que quero saber o que você pensa.

— Eu... — Tenho que responder a isso sem me sentir a pessoa mais egoísta do mundo. Baixo os olhos para a calçada, depois os ergo de volta para ele e, então, consigo ver minha incerteza se infiltrando nele. — Acho que você pode estar se precipitando. Você pensou bem no que isso significaria?

Levi aperta os lábios, passando o peso de um pé ao outro.

— Você não quer que eu fique?

— É claro que quero — digo rápido. — É só que... — Tiro a mão da sua com cuidado e noto o vislumbre rápido de mágoa em seu rosto. — Você mora em Nova York faz uma década. Já faz duas semanas que a gente está fingindo namorar para você poder reconquistar outra pessoa. Uma pessoa que você decidiu superar algumas horas atrás. Você mal teve tempo de processar.

Levi abana a cabeça.

— Sinto que tive tempo demais para processar. Anos, na verdade. — Faz séculos que não o vejo tão enfático, mas ele parece estar fundamentado em uma determinação firme. — Não sou tão feliz lá quanto sou aqui, agora.

Tudo nisso é muito tentador. Eu poderia me jogar nessas palavras como cobertas quentinhas e me agarrar a elas. Ficar enroladinha dentro delas para não ver o mundo do outro lado. Mas alguém precisa ver, e não sei se Levi está pensando com clareza.

— Exato. Você está feliz agora, Levi — digo no tom mais paciente possível. — Você passou anos levando uma vida que não planejou e só agora parou para respirar.

Ele não está mais abanando a cabeça. Só me encarando, o azul de seus olhos contrastando com o escuro, sua sinceridade tão comovente que esqueço onde estou.

— Estou feliz com *você* — ele diz finalmente. — Pensei... pensei que talvez você sentisse o mesmo.

As palavras me tocam tão fundo e tão rápido que algo em mim cede. Algo que mantive junto ao peito por tantos anos que me sinto em carne viva, deixando que meu coração caia diante de nós. A última barreira protetora entre mim e Levi: a verdade.

— É claro que sinto. Sempre senti. E aí é que está, Levi... não posso colocar isso em risco. — Minha garganta está tão apertada que falar é um esforço, por mais que as palavras estejam transbordando de mim, tendo esperado na ponta da minha língua, atrás dos meus dentes, por anos. — Você saiu da minha vida no ensino médio por causa de uma paixãozinha. Mas e se começar a me dizer que vai ficar aqui de vez, e acordar daqui a uns dias ou uma semana ou sei lá quando e mudar de ideia? Vai me deixar arrasada de novo.

Estou quase sem fôlego quando acabo. A confissão me esvazia, me faz sentir como um balão solto que vai subindo e subindo e subindo se ninguém estender a mão e o pegar, e rápido.

Mas Levi está só me encarando, pasmo, todas as outras emoções expulsas do seu rosto.

— Espera... June, o que você quer dizer sobre o ensino médio?

Dou um passo para longe, voltando a mim.

— Ah, vá, Levi. Todo mundo sabia — digo, minha pele ardendo das orelhas até o peito. — Sabem até hoje. Todo mundo na cidade diz que "já era hora".

— Mas você não gostava de mim — ele diz devagar. — Você mesma disse. Em alto e bom som. Na minha cara.

— Se bem me lembro, você disse primeiro — aponto.

A memória não vem com tudo, porque sempre esteve lá. Como se vivesse em algum lugar no fundo de mim, onde esteve entocada desde o dia em que aconteceu.

De todos os clichês, tinha que ser logo depois do baile de formatura. Tínhamos ido em grupo, eu, Annie, Levi e Mateo. Annie tinha sido tirada bem rápido para dançar por um menino mal-encarado da sua turma de inglês. Mateo saiu mais cedo para encontrar Dylan para um filme de ficção científica que eles queriam ver no cinema. E eu e Levi, deixados a sós, passamos a noite toda dançando enquanto nossos colegas faziam caretas e riam de nós e fingíamos não notar.

Foi uma noite perfeita. Como se Levi fosse o refrão de uma música cuja letra eu conhecia desde sempre, e tivéssemos acabado de chegar à ponte. A melodia estava mudando, crescendo, transformando-se em algo novo.

Eu queria me declarar para ele desde o começo do ano anterior, quando eu e Levi passamos de repente a fixar um pouco demais os olhares um no outro, a ficar encostados um pouco demais um no outro. E ali, com a bochecha no ombro dele, no meu vestido lavanda com o cabelo meticulosamente estilizado no penteado cheio de curvas elaboradas que a mãe de Levi tinha feito poucas horas antes, quase me declarei. Mas sabia que Levi iria para Stanford com Annie. Então concluí que, se nossos sentimentos fossem recíprocos, eu esperaria que ele falasse alguma coisa. Era ele quem estava indo embora, afinal. Eu não queria sentir que o estava prendendo.

Quando me deixou em casa à noite, ele me deu um beijo na bochecha e perguntou se eu toparia encontrá-lo no dia seguinte e fazer uma trilha na floresta, só nós dois. Fiquei acordada por horas depois disso, tão eufórica que senti que meu coração explodiria no peito, e acordei ainda usando o vestido com os saltos jogados no chão.

Naquela manhã, eu ainda estava zonza e sonhadora, indo correr na praia para espairecer, quando ouvi uma briga embaixo do calçadão. Eram Levi e Annie.

Eu pretendia ignorar e começar minha corrida. Annie vivia brigando. O que quer que fosse, estaria tudo esquecido quando deixassem os sapatos sujos de areia no alpendre e entrassem para tomar café.

Mas ouvi Annie dizer meu nome e, quando saí do caminho do vento, consegui ouvir as palavras dela, claras como a água:

— Você só está fazendo isso por causa da sua paixãozinha idiota pela June.

— Que paixãozinha?

A pergunta de Levi me deixou paralisada como um coelho ouvindo passos, mas foi a voz de Annie que me fez ficar. Era claro que ela estava chorando.

— Ah, nem vem, Levi. Vocês não saem de cima um do outro há meses. Ficam se paquerando tanto que até seus treinadores acham que vocês estão juntos.

— Ela só me paquera para tirar sarro. Você sabe como June é. Tudo é piada para ela — disse Levi, rápido e apaziguador. — Ela sabe que não gosto dela nesse sentido.

As palavras foram como um corte certeiro entre as minhas costelas, tão cortantes e ligeiras que nem consegui sentir a dor delas. Só a humilhação abrasadora, o choque de incredulidade. Era mais do que rejeição. Era traição, ou talvez algo ainda pior. Ou ele estava mentindo para Annie e jogando a culpa em mim, ou tínhamos nos entendido tão mal no último ano que isso me fez pensar que todos os momentos entre nós não tiveram valor.

Não me escondi. Entrei embaixo do calçadão e confrontei os dois ali mesmo. Era como se eu não tivesse escolha: meu corpo estava se movendo antes que eu parasse para pensar, e lá estavam eles, Annie com a cara vermelha e Levi parecendo mais apavorado por me ver do que ficaria se o calçadão desabasse.

A voz de Levi me liberta da memória, a calma nela me chocando, me trazendo de volta à noite amena.

— Annie chegou a te contar por que a gente estava brigando?

Baixo o olhar.

— Não.

Ele sai do meio-fio em que estávamos e o acompanho, chegando mais perto da fachada do bar, onde menos pessoas podem nos ver.

Levi morde o lábio com uma culpa que conheço bem demais, uma culpa por algo que aconteceu no passado que só parece mais ampliada agora. Como qualquer coisa que envolva Annie parece, agora que ela se foi.

— Naquela manhã, contei para Annie que iria para Nova York. Eu a peguei de surpresa. Ela ficou furiosa, e ainda acho compreensível. Fazia anos que a gente falava em ir juntos para a Costa Oeste, e joguei essa bomba em cima dela. — Ele passa a mão no cabelo, e consigo ver que ele precisa de muito esforço para me olhar nos olhos ao dizer: — Ela disse... disse que eu só estava fazendo isso por sua causa.

— Por que ela acharia isso? — pergunto, sem me esforçar para esconder o rancor na voz.

— Porque eu estava. — Levi diz tão francamente que sinto como se aquele mesmo corte nas minhas costelas estivesse se abrindo de novo. Como se desse para baixar os olhos agora e ver o meu coração pulsando. — Porque eu nem tinha saído ainda e já sentia tanta saudade sua que eu não conseguia suportar.

Abano a cabeça.

— Naquele dia na praia você disse...

A voz de Levi é tão firme de repente que fico atordoada, como se estivéssemos alternando em guiar esta conversa antes que ela possa sair do controle.

— Sei o que eu disse. E fiquei apavorado por você ter ouvido. A verdade é que eu só estava dizendo o possível para acalmar Annie. Eu não queria brigar, então só... fui covarde — ele admite. — Assim que me dei conta de que você escutou, eu ia retirar o que disse. Mas você virou e disse que também não gostava de mim.

Aquelas palavras foram um divisor claro, uma separação entre o fim da infância e o começo de outra coisa. Levi me evitou pelo resto do verão. Adiantou a ida para Nova York para se ajeitar e não fez nada mais do que mandar mensagens curtas em resposta às minhas por dois anos seguidos. Quando terminei o primeiro ano da faculdade e descobri que ele ainda mantinha contato com Annie e não comigo, desisti dele de vez.

Mas ele tentou voltar. É fácil para mim ignorar isso, mas ele tentou. Na época em que me formei e saí com Griffin para a viagem que se transformaria em outras dez, ele começou a mandar mensagens quase todo mês. Ligava nos meus aniversários. Perguntava quando eu voltaria para a cidade. Mas naquela época eu estava tão brava com ele que me recusava a ceder. Dizia a mim mesma que era a única escolha que eu tinha, a única forma de me proteger da mágoa, mas agora que estou olhando no fundo dos olhos de Levi, entendo que não era só isso. Eu estava fazendo aquilo para castigá-lo. Queria que ele se sentisse tão mal como me senti, então usei meu silêncio como uma arma.

— Então foi tudo uma casualidade — diz Levi. — Um mal-entendido.

Mas nego com a cabeça. Não foi um mal-entendido. Talvez tenha sido no calor do momento, mas o resto fomos nós. Eu era teimosa demais, orgulhosa demais para corrigir qualquer coisa. E Levi... acho que ele só ficou paralisado de medo. Ele sempre tinha evitado qualquer tipo de conflito, sempre sentia tudo de maneira muito profunda e visceral quando éramos novinhos. Só me resta pensar que aqueles planos que ele fez, os moldes em que se obrigou a se encaixar, foram uma maneira fácil para afastar aqueles sentimentos.

Uma maneira fácil para *me* afastar. E, depois que me afastei, fiquei determinada a continuar longe.

— Tivemos tanto tempo para corrigir as coisas — murmuro, mais para mim do que para ele. Quase chega a ser pior, sabendo seu lado da história. Entendendo que não perdemos todo esse tempo por causa de uma besteira. Perdemos todo esse tempo por causa de quem somos. Quem somos lá no fundo.

— Ainda dá tempo — diz Levi. — E já começamos a corrigir, não?

Um sorriso se abre nos meus lábios, mas é doloroso e triste.

— A gente estava brincando de faz de conta.

— Para ser sincero, June, eu não estava brincando de nada. — Levi engole em seco. — Aqueles momentos que viralizaram? Nenhum deles foi encenado. Sana pode ter dito para estarmos lá. Mas sempre fomos nós mesmos.

Ele tem razão. Mas isso não muda o fato de que tínhamos que fingir gostar um do outro para nos permitir gostar. Todo esse tempo, havia uma rede de segurança embaixo de nós. Se em algum momento sentíssemos estar perto demais ou indo longe demais, sempre havia a opção de dizer que era por causa do pacto. O que estamos dizendo agora é tão fora da rede segurança que, se tropeçarmos, vamos cair em queda livre.

— Olho para aquelas fotos e quase não me reconheço — diz Levi. — Fazia muito tempo que eu não me sentia tão feliz.

— Fico contente em saber disso. De verdade. Mas me preocupo — admito. — Que isso tudo seja só... férias para você. Que tudo esteja acontecendo rápido demais.

Mantenho o que disse: ninguém precisa se estabilizar na vida para ser amado. Mas conheço Levi. Isso não é simplesmente a vida dele em fluxo, como tem estado desde que Kelly o traiu. Isso é Levi tomando uma decisão que parece mais audaciosa do que qualquer uma que ele tenha tomado nos últimos anos. Parece inconsequente. Não parece do feitio dele. E, se for para ter Levi, quero o Levi, não uma versão temporária dele que eu possa perder quando ele voltar a si. Não uma que possa ser tão fácil de perder quanto foi tantos anos atrás, quando deixamos nosso orgulho e nosso medo atrapalharem.

— Que tal o seguinte? — Levi dá um passo para perto, e sinto como se ele não estivesse apenas cortando a distância entre nós agora, mas a distância cuidadosa e discreta que mantivemos entre nós desde que ele voltou. — Vamos deixar toda a... parte de me mudar fora da jogada. Vamos deixar tudo fora da jogada, na verdade — ele diz. — Vamos dar um passo de cada vez. Eu e você.

Fico plantada no lugar, mas minha cabeça se ergue para ele, como se houvesse algo magnético nele, algo que me impedisse de tirar os olhos dele, mesmo se eu tentasse.

— Não sabemos nem como isso seria — digo, ainda ressabiada.

— Se significar que somos amigos, então seremos amigos. Mas, June... — Ele estende o braço e segura a ponta dos meus dedos com a mão, leve e minucioso. — O que eu sentia por você na época? O que sinto por você agora? Nunca passou.

Meus dedos se curvam ao redor dos dele por instinto, puxando suas mãos, puxando-o para mais perto de mim.

— Para mim também não — digo baixo.

Suas mãos apertam as minhas, a pergunta nelas antes que ele a faça.

— O que você quer fazer?

A palavra *quer* se finca em meu peito como um anzol e puxa. Quero voltar e desfazer o passado, não apenas aquele dia embaixo do calçadão, mas todos que vieram depois. Quero saber o que o futuro nos reserva antes de dar passos demais em sua direção. Quero reviver tudo que aconteceu, incendiar a terra e começar de novo, quero conseguir confiar nele plena e inteiramente sem todas as hipóteses e possibilidades que continuam chacoalhando na minha cabeça.

Mas uma das coisas que quero fala mais alto do que todas as outras, crepitando entre nós. Uma coisa que sei que posso ter. Uma coisa que quero há tanto tempo que parece ter criado raízes no âmago do meu ser.

Chego mais perto, o quadril cortando devagar a distância entre nós.

— Quer dizer agora? — pergunto.

Os dedos de Levi soltam minhas mãos e pousam com tanta delicadeza na minha cintura que, se não fosse pelo calor que se espalha em minhas costelas, pareceriam uma extensão de mim. Como se a curva sobre o meu quadril fosse feita para o formato das mãos dele.

— Sim — ele diz, a voz baixa, os olhos ávidos e semicerrados à sombra do bar. — Agora.

— Isso — digo, e tomo seus lábios nos meus, e mergulho em seu calor, seu choque doce, o mundo escapando tão depressa debaixo de mim que sinto como se estivéssemos caindo em outro, e somos só Levi e June o caminho todo.

CAPÍTULO QUINZE

Quando chegamos ao meu apartamento, meus dedos estão tremendo de expectativa, me atrapalhando com as chaves como se eu nunca tivesse visto a porta antes. Levi só piora as coisas ao apertar o peito nas minhas costas, pousando a mão na minha barriga para me puxar para ele, roçando minha orelha, meu pescoço e meus ombros com os lábios.

É essa, então, a próxima manchete sobre nós: *Ex Vingativos morrem ao cair de escada caracol de tanto tesão.*

Meus olhos se fecham, os joelhos quase a ponto de ceder, e concluo que, se o universo quiser me levar assim, vai ser uma bela morte.

Por algum milagre que com certeza não tem nada a ver comigo, a porta se abre, e entramos. Levi usa a mão na minha cintura para me virar e a outra para fechar a porta. Ele me joga contra ela, afastando o rosto para dar uma longa olhada lenta e satisfeita para mim; é a primeira vez que realmente ficamos sozinhos a noite toda e, nesse único olhar, sinto como se uma última barreira fosse consumida sob nós, transformando as faíscas em chama.

Ele apoia a mão embaixo do meu queixo, usando o polegar para roçar minha bochecha. Chega perto apenas o bastante para nossas testas se tocarem, mas mantém o rosto ali, sem me deixar beijar. Apenas me admirando sem a menor pressa.

— Você — ele diz, com a voz baixa — é tão linda.

Quase prendo a respiração para não rir. Ele nota o breve sorriso inseguro nos meus lábios, e usa o polegar para traçar o inferior. Toda respiração que fiquei tentada a segurar é arrancada de mim pela delicadeza com que ele abre minha boca, pela maneira instintiva como meus dentes roçam em seu polegar, minha língua sentindo seu sal e sua doçura terrosa.

— Sério, June. Tudo em você é lindo.

Ele finalmente ergue minha cabeça para me beijar de novo. Estou sob a pressão doce e ardente entre Levi e a porta, tão arrebatada pela sensação dos seus lábios nos meus, pela ereção dele encostada em mim que poderia derreter de desejo agora. Não reconheço nenhum desses impulsos exigentes e abrasadores que me atravessam. É como se, toda minha vida, tivessem me descrito o sabor de algo e, agora, finalmente, eu desse minha primeira mordida, suculenta e absurdamente saborosa.

Levo a mão para trás do seu pescoço, cravando os dedos em seu cabelo, enroscando-os nos seus cachos. Ele solta um suspiro de prazer que sinto ecoar dentro de mim, pousando bem no meio do meu peito.

Nós nos separamos, recuperando o fôlego e, quando abro a boca para falar, estou longe de ser tão eloquente quanto ele. Não há nada em mim exceto a verdade nua e crua:

— Te quero tanto que poderia morrer.

Suas pupilas estão dilatadas quando ele me beija de novo com um ímpeto renovado, recuando apenas o suficiente para encaixar as mãos embaixo das minhas coxas e me erguer. Com ele tão rente a mim, consigo sentir seu desejo latejando por todo meu corpo, tão arrebatador que sinto que meu sangue está fervendo a ponto de transbordar. Ele aperta os lábios em meu pescoço, meu ombro, minha clavícula, e sou deitada na cama, devagar, cuidadosa e delicadamente, e olho no fundo dos olhos de Levi pensando comigo mesma que poderia ver todos os cantos do mundo umas cem vezes e nunca veria nada tão lindo quanto ele.

Não apenas por ser Levi. Por ser Levi com seus cachos desgrenhados pelas minhas mãos. Levi com os lábios vermelhos e encarnados pela minha boca na sua. Levi com seu olhar perpassando meu corpo, pousando os olhos em mim, tenros e ardentes e opacos de desejo. Levi descontrolado, desequilibrado, Levi me entregando todas as partes de si neste momento antes de eu tomar o resto.

Eu me apoio nos cotovelos, contemplando-o por inteiro. Ele dá um passo à frente, pousando os dedos na raiz do meu cabelo, passando-os pelo que restou da minha trança bagunçada.

— Você não faz ideia de quantas vezes pensei nisso — ele fala.

Um atrevimento me atravessa, tão sólido e exigente que pergunto:

— Quando, por exemplo?

Ele chega mais perto, o joelho descendo ao meu lado para me encostar no colchão.

— Na outra noite, quando a gente estava dançando, e você estava com aquele vestido vermelho, e eu só conseguia pensar em… — Como se para demonstrar, ele usa a outra mão para pegar uma das alças da minha regata e descê-la pelo meu ombro.

— Não sabia que você tinha gostado tanto — provoco.

— Ah, eu odiei — ele diz. — Porque toda vez que você se mexia, eu só conseguia pensar em *tirá-lo* de você.

Meu peito se enche de um calor lento e satisfeito enquanto ele traça a linha da minha clavícula com os dedos.

— Pensei nisso naquela tarde no mar — ele diz, chegando perto. — Como seria fácil simplesmente… te tocar. Beijar a água salgada dos seus lábios.

Desta vez, é isso que ele faz, me dando um beijo lento e ardente. Diferente dos outros que vieram até agora, esse é explorador e suave. Assim que vai ficando mais intenso, ele se afasta, roçando meu lábio inferior com os dentes. Depois se ajoelha entre as minhas pernas, apertando as mãos nas minhas coxas.

— Pensei nisso quando você estava correndo na nossa direção na praia. Antes de tudo isso começar — ele diz, beijando o pedaço de pele entre minha regata e a calça jeans. — Você corre como… como se tivesse nascido para isso. Como se tivesse sua própria gravidade. Como se estivesse voando.

Estou corando, o corpo todo ardendo, as palavras se infiltrando em algum lugar no fundo da minha pele. Tenho tantas palavras também, tantas coisas que quero contar para ele. Mas estou tão emocionada que não consigo colocar nenhuma em ordem. Existe apenas Levi se ajoelhando no meu carpete, dizendo palavras que parei há muito tempo de imaginar que ele diria, e minha cabeça está zonza de tentar acompanhar.

Ergo a mão e aperto a curva do seu pescoço, baixando-me para beijar sua têmpora, sua bochecha, sua orelha macia. Ele demonstra um calafrio, e falo:

— Você não deveria ter me falado sobre aquele vestido. Vou usar isso contra você.

Ele ergue a cabeça para olhar para mim e diz apenas:

— June. Você pode usar qualquer coisa contra mim.

E por algum motivo são essas as palavras que fazem cair a ficha, que atingem algo tão sensível em mim que não consigo evitar dizer. De repente, preciso que ele saiba.

— Também pensei sobre isso — admito. — Sonhei, até.

Ele volta a se sentar na beira do colchão ao meu lado.

— E o que acontece nesses sonhos? — ele pergunta. Puxa delicadamente o elástico de cabelo na ponta da minha trança, começa a passar os dedos por ela, desfazendo-a.

Pela primeira vez na noite, eu me sinto envergonhada. Pela primeira vez na noite, me pergunto se não estou indo longe demais. Conheço Levi de trás para a frente, mas a verdade é que não tenho tanta certeza se *me conheço* dessa forma.

A verdade — que Levi deve saber, mesmo que nenhum de nós diga — é que só estive com uma pessoa. E só agora que estou mais excitada pelo mero começo disso com Levi do que nunca estive em toda minha relação com Griffin é que entendo o que estava perdendo. Quantas coisas nunca pensei ser capaz de sentir, nunca nem imaginei serem possíveis de sentir.

E agora estou sentindo todas de uma vez, e é tudo tão impressionante e libertador que sinto como se todos esses anos que perdi estivessem colidindo em mim de uma só vez, exigindo uma satisfação que nem sei como pedir.

— June — ele diz suavemente, me trazendo de volta.

Ergo a cabeça para olhar para ele.

— Esses sonhos... tudo que acontecia neles era quase abstrato — confesso. — Nem sei necessariamente o que a gente fazia neles. Só sei que você estava lá, e eu estava olhando para você, e... eu conseguia te sentir. Você por inteiro. — Engulo em seco. — Nunca me senti assim quando estava acontecendo de verdade.

Levi me observa, as mãos ainda percorrendo meu cabelo.

— Você me tem por inteiro — ele diz. — O quanto quiser.

E minha garganta arde quase tanto quanto o resto de mim neste momento, porque uma coisa é saber, mas outra é ouvir. Mais doce do que sonhos, mais nítido do que esperança. Chego perto e o beijo de novo, nos lábios, na curva do pescoço, no plano da bochecha, onde eu conseguir alcançar.

— Acho bom — digo. — Porque quero cada pedacinho seu.

Seus dentes roçam o lábio inferior ao me encarar, enquanto as pontas dos seus· dedos traçam a barra da minha regata e a tiram com uma reverência lenta. Ele a coloca na beira da cama, contemplando o sutiã preto por baixo. Depois se abaixa e encosta os lábios no alto do meu seio, depois no outro, me deixando arrepiada com o calor da sua boca na minha pele fria. Então leva a mão ao seio direito e o aperta devagar, detidamente, encaixando o polegar embaixo do aro para acariciar o mamilo.

É um toque tão delicado. Algo tão sutil e ínfimo. Mesmo assim, me faz sentir um tremor que parece um terremoto em comparação com tudo que já senti antes.

Levi estende a mão para abrir o sutiã e, a essa altura, estou sôfrega pelas suas mãos nos meus seios, pela totalidade das suas palmas sobre eles. Mas ele ainda está se movendo com aquela lentidão torturante, me saboreando tão escancaradamente que esqueço minha própria nudez, esqueço que isso é uma parte de mim que poucas pessoas já viram; esqueço de sentir qualquer coisa além do rubor da satisfação pela maneira como ele me contempla agora.

Ele cobre meus seios e, com ele tão perto, seu calor tão envolvente, fico obcecada de repente por ter mais da sua pele na minha. Encontro a barra da sua camisa com os dedos e ele recua apenas o bastante para me deixar erguê-la, levantando uma mão para puxá-la atrás do pescoço e tirá-la, e lá está ele. Um tronco que vi tantas vezes. Ele nunca perdeu a magreza da adolescência, ainda pura rigidez esguia e desenvoltura ágil. Coloco a palma de uma mão no seu peito, traçando os dedos por sua barriga, sentindo-o ficar tenso sob meu toque.

— Sabe, quando você corre — digo, saboreando cada uma de suas saliências e planos sob os dedos —, é como se fosse feito de outra coisa. Indestrutível. Determinado. Sempre admirei isso.

Levo os lábios à sua clavícula, chupando de leve enquanto minha mão desce até a borda da sua calça jeans, abrindo o botão.

Ele inspira fundo e diz:

— É por isso que você estava sempre tão determinada a acabar com minha raça?

Sorrio em seu ombro.

— Alguém tinha que ensinar você a ser humilde.

— Vai por mim, June — ele diz, com a voz rouca —, você nunca vai precisar se esforçar para fazer isso.

Ele encaixa as mãos abruptamente embaixo dos meus braços, jogando o resto de mim em cima da cama, erguendo-me até eu estar apoiada sobre a montanha de travesseiros. Sobe para me encontrar, deitando-se ao meu lado e virando o corpo para o meu. Chego tão perto que nossos narizes se tocam, e estamos no precipício de um beijo quando sinto as pontas dos seus dedos no espaço entre meus seios, e perco o ar. Ele abre o botão da calça jeans, observando-me com cuidado enquanto sua mão desce, passa pela costura da calcinha, até o calor latejante entre as minhas pernas.

— Jesus — ele murmura, e só então me dou conta de que estou louca e desesperadamente molhada por ele. Que eu não estava exagerando antes. Que, se ele não for meu hoje, ele *todo*, esse pode ser meu fim.

Estou tirando a calça jeans, xingando a tendência da cintura alta pela primeira vez desde que me entendo por gente enquanto levo os segundos mais longos da minha vida para tirá-la. A mão de Levi desce ainda mais, traçando círculos gentis e lentos com uma leve pressão que faz um desejo se espalhar para todos os lados, relaxando meu corpo todo. Eu me inclino para a frente, levando a mão ao cós da calça dele de novo, desesperada para retribuir o favor, mas Levi chega mais perto.

— Deixa — ele diz.

— Eu... — Coloco a mão no seu antebraço e ele para. — Não vai... quer dizer, eu... não sei se vai rolar.

O que significa dizer que, nas poucas vezes que Griffin tentou, nunca rolou. Sempre demorou tanto que um de nós desistia ou passava para outra coisa.

— Você gosta? — ele pergunta.

Ignoro a pergunta.

— Não quero que você fique esperando ou pense que tem alguma coisa a ver com você se não rolar.

— Você gosta? — Levi pergunta, mais baixo desta vez, perto da minha orelha.

— Sim — murmuro.

E ele aumenta o ritmo de novo e diz:

— Então deixa.

Ele desliza um dedo para dentro e já estou tão molhada que mal sinto acontecer até ele o dobrar dentro de mim e meu quadril empinar com a leve pressão, todas as partes de mim já querendo mais. Ele apoia a outra mão na minha nuca, me firmando, colhendo cada tremor entre os dedos. Chego mais perto, desesperada por qualquer parte dele que eu consiga provar; inspiro fundo em seu pescoço, deixando um leve chupão que o faz soltar um grunhido baixo que consigo sentir nos lábios. Ele enfia outro dedo e perco o ar com o rompante que sinto, a *necessidade*, meu corpo se afundando inteiro em sua mão.

Cada centímetro, cada curvatura contínua e rítmica dos seus dedos parece tão inebriante que estou sem ar, como se eu estivesse correndo há quilômetros e não quisesse parar nunca. Parece quase ilegal me sentir tão bem. Como se eu tivesse acessado algumas partes do mundo que não sabia que existiam e que, agora que sei, não dá para voltar atrás. Não dá para esquecer que consigo me abrir dessa forma, que existem lugares por todo meu corpo que nunca nem pensei que poderiam arder tanto.

— Levi — digo, e me surpreendo: — Preciso de você dentro de mim.

É a primeira vez que sou tão direta na cama. É a primeira vez que digo a palavra *preciso* e estou falando sério. Tudo antes parece tão performático, como se eu tivesse estado no automático, mas agora me deixo levar, como se estivesse numa maré que me puxa, descendo e flutuando e subindo.

— Tem certeza? — Levi pergunta no meu ouvido.

Aperto a mão em sua calça, sentindo seu membro duro através do jeans, saboreando a respiração que se prende rápido na sua garganta.

— Fiz exames depois do término. Então meu DIU e eu temos *muita* certeza — falo.

Seu lábio se curva com algo endiabrado nele.

— Eu também. E que bom — ele diz, dobrando os dedos ainda mais fundo de propósito. — Porque eu poderia continuar fazendo isso a noite toda.

Solto um gemido, mas sei o que quero. Me conheço. Não estou com medo de que demore demais ou que Levi não queira ir devagar. É que realmente *preciso* muito disso; é como se uma parte de mim estivesse tão aberta, tão pronta que, se não o tiver por inteiro agora, vou explodir.

— Por favor, Levi — digo.

Ele tira os dedos devagar, observando-me o tempo todo, observando minha boca se abrir pela perda da pressão. Eu me apoio nos cotovelos para baixar a cintura da sua calça jeans, tentando ser como ele, tentando não ter pressa, tentando saborear cada momento. Mas sou insaciável. Quase desesperada. Que bom que Levi me prometeu tudo, porque qualquer coisa menos não vai ser suficiente.

Depois que ele fica só de boxer, levo os lábios logo acima dela, enroscando um dedo sob o elástico e traçando as bordas, sentindo seu calafrio sob meu toque. Encaixo o dedo e a abaixo devagar, libertando seu membro e, ah. Minha boca está literalmente salivando, meu coração palpitando com uma expectativa tão desenfreada que ele não sabe o que fazer consigo mesmo. Meus lábios encontram a cabecinha, lambendo suavemente, saboreando o gosto salgado e agridoce.

— Jesus — Levi murmura.

Ele se ajeita para conseguir apertar o polegar entre minhas pernas de novo, continuando com aqueles círculos lentos e torturantes. Dou outra lambida lenta e exploradora para cima e para baixo do seu membro, apertando as mãos em seu quadril, me ancorando enquanto elas se afundam mais.

— Certo, certo — diz Levi, a voz pouco mais do que um murmúrio —, isso é... tão bom que você vai ter que... parar, se quiser que nós dois...

Afasto a boca dele, usando-a para abrir um sorriso malicioso. Ele responde na mesma moeda, me empurrando de volta para o alto da cama antes de se ajeitar até estar sentado e olhando para mim, o azul de seus olhos estranhamente escuro enquanto percorre cada curva e saliência como se estivesse traçando um mapa de mim.

Meu quadril se ergue em protesto silencioso pela perda do seu toque, e Levi apenas sorri um pouco e diz:

— Me deixa olhar para você.

Há tanta coisa acontecendo dentro de mim. Essa sensação de ser *vista* sem nenhum outro sentimento que a acompanhe: sem duvidar que eu mereça ou mesmo que seja sincero. De me permitir curtir este momento em que sou tratada com admiração, com carinho, e deixar essa sensação se acomodar dentro de mim.

Mas meu corpo todo está como um fio desencapado. Se eu não puder mais tocar Levi, vou implodir.

— Está bem — digo —, já olhou.

Eu me ergo e o puxo pelos ombros, jogando-o do outro lado do colchão, usando o embalo para montar em cima dele. Levi fica preso embaixo de mim, deliciosamente exposto: o subir e descer do seu peito, os planos do seu tronco, o desejo escancarado no brilho intenso dos seus olhos. Coloco os dedos no seu cabelo, prendendo sua cabeça no travesseiro, dizendo:

— Minha vez.

É estranho me sentir tão presente. Tão formidável na minha própria pele. E tão *habituada* a isso, como se estivesse em mim desde sempre, só esperando pela pessoa certa para vir à tona.

E aqui está ele, me contemplando em partes iguais de assombro e admiração, como se também nunca tivesse se sentido assim. Como se nós dois tivéssemos esperado tempo demais para sentir isso.

Eu me abaixo, encontrando seus lábios e intensificando o beijo até estarmos peito com peito, pele com pele. Consigo sentir seu membro quente e pulsante provocando minha entrada, a primeira onda de prazer antes da tempestade. Vou me sentando, deixando que ele entre devagar em mim, saboreando o murmúrio do seu gemido, depois o som do meu nome, "June, *June*", como se fosse algo precioso, sagrado.

Envolvo seu membro todo e a sensação é tão plena, tão arrebatadora que, por um momento, nem respiro; por um momento, nem humana eu sou. Como se a biologia básica não se aplicasse mais a mim. Existe apenas essa sensação… essa sensação abstrata de um sonho que se tornou tão brusca e maravilhosamente real que já consigo senti-lo desordenando tudo que eu pensava saber. Já consigo senti-lo reduzindo a cinzas todas as experiências menores que já vivi até aqui.

Aperto as mãos no seu peito, me equilibrando enquanto rebolo para a frente e para trás, me ajustando ao volume. À sensação de querer que isso dure eternamente, de uma forma como nunca imaginei desejar. Levi murmura meu nome enquanto envolve meu rosto, acariciando minhas bochechas, meu queixo e, quando acelero o ritmo, solto um gemido, os dois tremendo em tanta sincronia que não sei dizer em qual corpo isso começa nem em qual termina.

— Não fazia ideia — digo alto sem pensar. — Não fazia ideia que dava para ser assim.

Suas mãos estão descendo mais, pousando na minha cintura, acompanhando o ritmo da minha cavalgada. Eu o sinto atingir aquele ponto incrivelmente sensível dentro de mim e preciso fechar os olhos, preciso jogar a cabeça para trás de tanto que me atordoa, a fricção deliciosa dele, a maneira como vai crescendo de maneira tão constante que, pela primeira vez, o clímax não é uma questão de *se*, mas de *quando*.

A sensação é tão surpreendente que diminuo o ritmo, e Levi se ergue e diz:

— Posso…?

Seus dedos apertam a minha cintura e faço que sim, já me ajeitando antes que ele me tire, me deitando de costas na cama. Há um momento agonizante em que ele sai de dentro de mim e fico sedenta por essa perda, mas então ele já está em cima de mim, voltando a meter lá no fundo, e minhas costas se arqueiam em resposta com um tipo novo de choque. Desse ângulo, ele está atingindo aquele ponto sensível e mais um pouco. Desse ângulo, consigo sentir a fricção dele de maneira tão completa que parece que ele atingiu todas as partes dentro de mim, me abriu como uma fruta suculenta e madura.

Ele aperta os dedos logo acima da minha entrada de novo e, desta vez, não há nada de leve ou provocante na pressão; é constante e implacável e puro prazer. Ele aumenta o ritmo e ergo os olhos para ele, e a imagem dele no mais absoluto êxtase se apodera de mim, uma sensação conhecida, mas totalmente estranha ao mesmo tempo.

— Vou… — Perco o ar, dominada pelo calor que vai crescendo em meu ventre, pela tontura na minha cabeça, pela total e profunda incredulidade. — Vou…

Foram poucas as vezes que gozei com o sexo em si. Todos os clímaces que realmente tive foram proporcionados por mim mesma, nos minutos depois do sexo ou sempre que me masturbava sozinha. Eu pensava saber como era o crescendo, a leve decepção e o alívio ainda menor, mas aquilo… não era nada. Um soluço. Uma série de pontinhos. Nada comparado ao calor que se encrespa no fundo de mim e que está despertando algo que nunca foi tocado, algo que rosna dentro de mim, tão baixo e profundo, ao mesmo tempo satisfeito e furioso por ter esperado tanto tempo.

Estou desesperada para me entregar. Desesperada para saber que tipo de sensação arrasadora e catastrófica pode estar me esperando, mesmo sabendo que vou me perder como nunca antes.

As próximas estocadas de Levi são mais lentas, mais profundas.

Mais conscientes. Ele mete dentro de mim, os dentes roçando minha orelha logo antes de dizer no meu ouvido.

— Me fala, June.

A maneira como ele diz meu nome nesse momento queima através do meu corpo. A ternura e o calor disso. A possessividade e a liberdade nela, a maneira como se lá no fundo, além de tudo isso, ele é a única pessoa que quero que diga meu nome assim. Eu poderia ouvir isso mais um milhão de vezes nesse seu tom e teria o mesmo efeito abrasador e quase devastador em mim que tem agora.

— Ai, Deus — digo, as palavras saindo num soluço estrangulado. — Você vai me fazer gozar.

Seu rosto está afundando no meu pescoço, sua boca chupando sem dó a pele sensível, seus dedos apertando meus ombros... tudo isso me enraizando de maneira tão profunda neste momento que estou mais presente do que nunca no meu corpo, sentindo cada centímetro ao mesmo tempo, desde a minha cabeça zonza até meus dedos dos pés se curvando.

— Então goza — ele diz, um comando baixo e gentil.

Nem o crescendo me prepara para a velocidade com que tudo acontece ao som de suas palavras, como se lançassem um feitiço sobre mim. Perco o controle, indefesa diante do êxtase avassalador, a necessidade de chegar mais, mais e mais perto dele enquanto minha respiração se perde e solto um grito de prazer num tom que nem reconheço como meu, embora tenha saído da minha garganta.

Perco a razão, os sentidos. Existe apenas a pressão das mãos de Levi vagando pelo meu corpo, o calor das minhas se agarrando às suas costas, o rompante de letargia mútua. Fico ao mesmo tempo perdida e encontrada, fora do meu corpo, só que mais eu mesma do que nunca. O auge do meu prazer estremece pelo meu corpo com uma força que beira a violência, uma força que parece comandar o prazer de Levi em resposta; ele perde o ar e solta um grunhido tão intenso que não só o escuto como o sinto vibrar no seu peito encostado ao meu, sinto no ar entre nós um som que apanho e sei que vou guardar para sempre. Um som que é total e espetacularmente meu.

Só me toco que estou suspirando seu nome inúmeras vezes quando ele começa a murmurar o meu. A essa altura, nossos olhos estão arregalados, olhando fundo um para o outro, e respiramos o ar quente e atônito nos poucos centímetros entre nós. Contemplo olhos que me são ao mesmo tempo terrivelmente familiares, mas desconcertantemente novos, como se uma profundidade tivesse sido revelada, e eu finalmente o estivesse vendo por inteiro. Como se ele estivesse esperando para me mostrar isso, ou talvez eu estivesse esperando para finalmente enxergar.

É amor e é medo e é tudo entre um e outro. Uma compreensão antiga aliada a um novo desejo. É tudo que sinto refletido de volta para mim, me ancorando de maneira tão segura, tão firme, neste momento que me parece tão chocante como tudo o que veio antes.

Mas este é um tipo mais brando de choque. Um tipo sereno e tranquilizador. Levi segura meu rosto entre as mãos, usando os polegares para secar lágrimas que não sei como escaparam de mim no auge do nosso prazer, lágrimas que ainda estão escorrendo.

— Você está bem? — ele diz.

— Estou...

Tudo, quero dizer. Estou tudo que nunca estive, tudo que nem pedi para estar, porque nem sabia que existia. Essa sensação de completude. De não saber mais o começo nem o fim de mim, mas não me importar nem um pouco com isso, porque, afinal, ainda estava lá a pessoa que me conhece. Que olha para mim desse jeito. Que segura meu rosto entre as mãos e me encara com um carinho tão despretensioso e altruísta que de repente me parece absurdo ter passado a vida sem ele. Ter me contentado com o brilho breve e ordinário de qualquer outro tipo de prazer enquanto Levi me trouxe o sol.

— Mais que bem — digo finalmente, os olhos lacrimejando de novo. — Levi.

Ele sorri para mim, o tipo de sorriso que nunca vi nele antes, leve, lento e atordoado. *Meu.*

— June — ele diz em resposta.

Ele seca as lágrimas das minhas bochechas, depois vai saindo devagar de dentro de mim. Perdemos o ar ao mesmo tempo pela falta de pressão, sentindo os tremores secundários do nosso abalo sísmico, mas seu olhar nunca me abandona.

Depois que nos lavamos, voltamos para cima dos lençóis emaranhados, seus olhos vasculhando os meus, duas chamas azuis no escuro.

— Quer que eu fique?

— Quero que você fique — respondo. E não estou falando só de hoje. Não estou falando só do meu apartamento. Estou falando *daqui*, de Benson Beach, do meu coração, para que ele nunca esteja tão longe que eu não consiga estender a mão e tocar nele dessa forma de novo.

Seu sorriso novo se abranda. Ele dá um beijo que começa na minha têmpora, desce até a ponta do nariz e o canto dos meus lábios. Suas mãos firmes nos mudam de posição, ajeitando o corpo no colchão de modo que continuamos lado a lado, ainda conectados pelos seus braços ao redor de mim enquanto ele encosta a frente do seu corpo às costas do meu. Estou tão aquecida pelo seu calor reconfortante que esqueço de refletir sobre essa intimidade como costumava fazer, esqueço de me preocupar sobre o que ele está pensando de mim, esqueço de me preocupar com seja lá o que for.

— Que bom — ele murmura no meu ouvido. — Porque não existe nenhum outro lugar em que eu preferiria estar.

As palavras são um bálsamo para meu coração acelerado. Eu me aconchego ainda mais nele, pegando a mão do braço que está envolvido ao redor do meu ombro e entrelaçando os dedos nos dele. Ele dá um apertão em resposta como sei que faria agora que estou me entregando a essa confiança inata que tenho nele, que quero me permitir sentir desde antes de me entender por gente.

Não pretendo fechar os olhos. Inspiro fundo para dizer alguma coisa, para falar sobre o que acabou de acontecer. Para contar para Levi o quanto isso significa para mim, caso ele ainda não tenha entendido.

Mas sinto, no peso do seu braço ao meu redor, a compreensão e sua calma. Que não tenho que ser ninguém além de mim mesma neste momento, porque ele entende meu coração só de me tocar.

Por anos, esperei e esperei pegar no sono depois para poder ter alguns momentos sozinha. Para me masturbar ou me recompor, para racionalizar a desconexão. Mas Levi me puxa para seus braços e envolve as pernas ao redor de mim, o peso da sua coxa apertando a minha e, antes que eu dê por mim, minhas pálpebras vão se fechando. Não há nada para questionar. Nada para refletir. Estou plena, satisfeita e, pela primeira vez, estou na mais perfeita paz.

CAPÍTULO DEZESSEIS

cordo sorrindo, com a testa no ombro de Levi, o nariz roçando em sua clavícula, os tornozelos em volta dos pés dele. Acordo com o queixo de Levi apoiado na minha cabeça e o som baixo e rouco dele dizendo:

— Bom dia.

Inspiro fundo, abrindo os olhos. Mesmo agora, a cena toda parece ter saído de um sonho. Mas não dá para negar a doçura dessa realidade, do calor de Levi em volta de mim, da ardência da noite de ontem ainda vibrando entre as minhas pernas. Flashbacks dos seus lábios nos meus e em todo meu corpo, do seu hálito quente na minha pele, dos nossos corpos se movendo em sincronia. Momentos resplandecentes demais, viscerais demais, até para uma imaginação tão vívida como a minha.

Levi se ajeita e ergo a cabeça para olhar para ele. Seus olhos estão um pouco sonolentos, mas radiantes sob o sol fulgurante da manhã que entra pela janela. Sempre adorei acordar com o sol no rosto. Adoro ainda mais acordar com ele no rosto de Levi. A forma como ele ilumina seu cabelo agora deixa todos os fios desgrenhados num tom dourado de castanho.

Ele beija minha testa, e algo nesse gesto simples — a intimidade, a naturalidade — provoca uma corrente da mais absoluta vertigem através de mim. O tipo de momento em que você se dá conta de que conseguiu algo que queria, e é tudo que pensou que seria e mais um pouco. Abafo um riso, enfiando a cara no peito dele.

— Ah, ficamos tímidos agora? — ele brinca.

Não consigo evitar. O sorriso com que acordei vai de orelha a orelha, o tipo que ameaça rachar minha cara ao meio. Ergo a cabeça e aponto toda a força desse sorriso largo para ele, e ele sorri em resposta com aquele mesmo sorriso lento de ontem à noite.

— Tive muito tempo, muito *mesmo* — enfatizo, me aconchegando ainda mais nele —, para pensar em como seria bom. E não chegou nem perto.

— Sim — Levi diz. — Tenho quase certeza de que você acabou comigo. Nunca dormi até depois das seis e meia.

Olho para o relógio na mesa de cabeceira, aliviada ao ver que são só oito. Um dos meus funcionários em tempo integral abre a loja de sexta-feira, então ainda tenho algumas horas. Quando volto o olhar para Levi, encontro algo que faz eu me achar o máximo.

— Deixei um chupão enorme em você — digo, traçando a marca vermelha no seu pescoço com o dedo.

— Querida, tenho algumas notícias para você sobre o estado do seu pescoço agora — ele diz, tirando meu cabelo solto emaranhado de cima para olhar para sua obra.

— Vamos precisar de muita base — digo. — Acha que a gente consegue fazer os Ex Vingativos serem patrocinados pela CoverGirl?

— A gente pode pedir para Sana pesquisar, logo depois de... — Ele coloca um dedo embaixo do meu queixo, erguendo minha cabeça para me beijar. Estamos quentinhos, com aquele cheirinho matinal, e tudo nesse beijo é lento, natural e perfeito. Eu me afasto, adorando a simplicidade disso, a fluidez com que passamos das pessoas que éramos para as pessoas que somos agora.

Já sinto o calor da noite de ontem se revirando dentro de mim com a expectativa de outra rodada. Eu me ergo para perguntar se ele tem algum compromisso, mas algo me distrai: a tela do celular de Levi se acendendo na mesa de cabeceira atrás dele, mostrando o nome de Kelly.

Sinto um frio na barriga. É conveniente, mas de alguma forma esqueci que ela existia. Esqueci tudo que veio antes da noite de ontem, todos os caminhos enroscados que nos trouxeram até aqui.

Levi segue meu olhar para o celular. Ele se estica apenas o bastante para virar a tela para baixo.

— Tem certeza de que não precisa atender? — pergunto, com cautela. Ele chega perto e me beija de novo.

— Tenho. Mas é melhor carregá-lo, caso meu pai queira ajuda na oficina hoje. Posso? — ele pergunta, erguendo meu cabo.

Pela primeira vez, me arrependo de verdade de ter assumido a Orla do Chá, porque a ideia de jogar tudo para o alto para ficar tomando chá gelado e vendo Levi consertar um carro de calça jeans desbotada e camiseta é mais atraente do que qualquer coisa que meu cérebro possa imaginar.

— Fique à vontade — digo.

Ele conecta o celular, dá um beijo na minha testa e diz:

— Já volto.

Mesmo com o celular virado para baixo na mesa de cabeceira, consigo ver que está acendendo de novo praticamente assim que ele fecha a porta do banheiro. Fico olhando, atônita. Não consigo evitar. É a parte de mim que espera o pior, a parte de mim que quer se proteger mesmo agora. Viro o celular.

Dezesseis chamadas perdidas. Dezesseis chamadas perdidas. Todas de Kelly.

Seu celular está no silencioso, então ele não deve ter percebido quando estávamos enroscados um no outro, de costas. Merda. Pode ser uma emergência de verdade. Minhas mãos estão tremendo quando coloco o celular de volta e chamo:

— Ei, Levi?

Ele não consegue me ouvir por causa do barulho da pia. Levo a mão ao meu próprio celular e, por impulso, jogo o nome de Kelly no Google, e bum. Lá está a manchete. Nem todas as histórias de Cinderela têm final feliz: Tudo sobre o término de Roman Steele e Kelly Carter.

Clico no link. É uma exclusiva com Kelly. "Ele é um homem muito maravilhoso, em todos os sentidos. Tudo que você sonha que ele seria", ela diz. "Mas conheço meu coração, e meu coração pertence a outro."

A eletricidade da última noite começa a passar. Fico olhando aquela frase por tanto tempo que ela fica gravada nos meus olhos. Mesmo depois de ler até o final, ver as fotos do Instagram de Kelly que a publicação inseriu, ver as outras respostas que ela deu sobre as obras de caridade de Roman a que vai dar continuidade, tudo que vejo são aquelas palavras. *Conheço meu coração, e meu coração pertence a outro.*

O tal outro sai do banheiro e me vê sentada na cama com os joelhos abraçados junto ao peito, encarando meu celular com os olhos arregalados, e diz:

— Que foi?

Abro a boca. *Nada*, quase digo, como se eu conseguisse varrer uma entrevista numa revista de renome para debaixo do tapete, junto com todas as dezesseis ligações de Kelly. Mas ele atravessa a distância entre a porta do banheiro e minha cama num instante, e estou entregando meu celular para ele, vendo-o descer a tela. Observando a preocupação franzida em sua testa se transformar em surpresa, perplexidade.

Antes que ele consiga terminar e olhar para mim, digo:

— Kelly passou a manhã toda ligando.

Nesse instante, o celular dele se acende de novo na mesa de cabeceira. Levi o encara. Aperto a testa nos joelhos, me preparando para o pior.

— Depois eu lido com isso — ele diz.

E meu peito se aperta. Algo dentro de mim já está começando a rachar. Ergo a cabeça e digo:

— São muitas chamadas.

É só depois que essa termina e que a notificação de 17 CHAMADAS PERDIDAS aparece que ele entende o que quero dizer. Não conheço Kelly, mas, pelo que ouvi dizer, ela é uma pessoa equilibrada, calma. Alguém como Levi. Alguém que valoriza ordem e rotinas e um plano. Alguém que não liga vezes suficientes para fazer um celular quase pegar fogo.

O celular toca com a décima oitava chamada logo na sequência, mas Levi não olha para o aparelho. Olha para mim. Como se eu devesse tomar essa decisão, e não ele.

E, por uma fração de segundo, sinto uma faísca incandescente de raiva. Pela injustiça de isso ser colocado sobre mim quando não conheço essa mulher, não conheço a história dele com ela e, de repente, não faço ideia de onde me encaixo em tudo isso.

Mas engulo, rápido e brutal. Porque, se o tapete for puxado embaixo de nós agora, não fizemos nenhuma promessa um para outro. Não cobramos nada. Estamos num limbo em que os Ex Vingativos tecnicamente nunca acabaram, e June e Levi tecnicamente nunca começaram.

E, mesmo que nada disso fosse verdade, não quero ser a pessoa na vida de Levi que define os termos para ele. Ele seguiu os planos de Annie. Seguiu os de Kelly. Não vou tentar manipular isso a meu favor fazendo um plano meu.

Então dou um aceno rápido. Ele acena em resposta. E pega o celular.

— Ei, tudo...

Ela começa a falar no mesmo instante, porque Levi fica quieto. Há um foco intenso nos seus olhos, que ele volta para o chão, evitando meu olhar conscientemente. Sua testa se franze, tão brusca e rapidamente que sinto um frio na barriga.

— Você... você está vindo *para cá*? — ele pergunta.

Quero me afundar no colchão a ponto de ser engolida. Os olhos de Levi se voltam para os meus, seu olhar um misto de pedido de desculpa e choque.

— Sim, claro que sei onde... posso encontrar você lá. Mas você deveria ter ligado antes de sair — ele diz, virando as costas para mim abruptamente. — Não, não quero... tá. Tudo... bem. Manda mensagem quando estiver perto.

Ela diz algo mais no celular, palavras que não consigo ouvir, mas cujo ritmo reconheço. Palavras que desejo dizer para ele, que ainda queria ter a coragem de dizer mesmo agora.

Mas, mais alto do que a coragem, fala o bom senso. A lembrança de que Levi tem todo um mundo que construiu fora de mim, fora desta cidade. Que sou uma noite num mar de milhares de noites que ele passou com ela. Que sou algumas semanas de diversão em comparação com anos em que ele construiu as bases de uma vida da qual não faço parte, que nunca vou ter como entender completamente.

Ele desliga o celular e o coloca na mesa de cabeceira, sem tirar a mão do aparelho.

— Ela está no ônibus vindo para cá agora — ele diz.

Sei exatamente de qual ônibus ele está falando. No ensino médio, nós o chamávamos de Ônibus Bêbado. A linha direta entre Benson Beach e Nova York, em que estudantes menores de idade e universitários ficavam indo e voltando em uma hora e meia de trajeto entre as cidades.

Na única vez que o pegamos juntos, eu, Levi, Dylan e Annie, fomos ver uma peça na Broadway. Enchemos o bucho de fatias de pizza de um dólar e levamos dois fardos de cerveja dentro do ônibus, tomando tudo antes de chegar em casa. Repousei a cabeça no ombro de Levi pela segunda metade do trajeto, já sabendo que ele deixaria, um momento que parecia ao mesmo tempo roubado e conquistado.

E agora ainda estou estagnada entre esses dois sentimentos, sem saber o que somos. Sem saber o que vem agora.

— Certo — consigo dizer. — Bom… boa sorte.

Sua testa se franze de novo, os olhos esmiuçando meu rosto.

— Também não quero que ela venha.

— Tudo bem — digo, tensa, e tento ser sincera. — Você passou anos com ela. Eu e você fomos… ontem à noite foi só uma noite.

A boca de Levi se entreabre e, por um momento, ele não diz nada. Por um momento, ficamos os dois suspensos no tempo, Levi boquiaberto pelas minhas palavras e eu determinada a não abrir mão delas, como se fossem minha única armadura.

— Não foi "só" uma noite para mim. Você sabe disso. — O tom de Levi não se resolve, dividido entre insistência e mágoa.

Fico quieta, tentando não deixar isso me afetar.

— Também sei que a gente disse que deixaríamos tudo fora da jogada. Só quero que você saiba que pode… fazer o que quer que precise fazer.

— O que quer que eu precise fazer — ele diz, a voz inerte. Pedindo para eu me explicar.

— Nós dois falamos muitas coisas ontem, só isso — digo, um nó na garganta. — Não quero que pense que estou cobrando nada de você.

— É só que… — Levi solta uma risada tensa, passando a mão no cabelo, sacudindo a cabeça entre os dedos. — O que você quer, June?

Lembra a pergunta que ele me fez ontem à noite, para a qual eu tinha uma resposta imediata. Para a qual eu deveria ter uma agora. Quero Levi. É claro que quero Levi. Mas querer Levi ontem à noite era simples; querer Levi agora que Kelly está de volta na jogada vem com um risco que não sei se consigo correr.

— Quero que você seja feliz — digo, e é verdade. Mas a verdade por baixo dessa é que, se a felicidade dele estiver com Kelly, quero saber agora. Quero que isso se resolva. Quero uma ruptura clara. E, se jogar Levi nos braços dela vai fazer isso acontecer mais rápido, é o melhor para nós.

Os olhos dele se suavizam, como se ele estivesse vendo tudo isso se desenrolar no meu rosto.

— Estar com você me faz feliz — ele diz. — Se você me falar para ficar aqui, eu fico.

Não posso. Não posso ser o motivo da escolha de Levi em relação a Kelly. O que quer que ele decida, quero que tenha total controle para decidir.

Aponto a cabeça para a porta e consigo abrir um pequeno sorriso.

— Está tudo bem. Ela veio até aqui — digo, sem nenhuma grosseria. — Mas a decisão é sua.

Levi me examina por um momento. Depois se afunda no colchão, envolvendo a mão na minha nuca, e me puxa para dar um beijo na minha testa. Ficamos assim por alguns segundos, Levi apertando os dedos no meu cabelo, eu me entregando ao calor dos seus lábios.

— Vou me encontrar com ela para conversar. Me avisa quando tiver terminado na Orla do Chá — ele diz ao me soltar. — A gente ainda precisa medir nosso trecho da praia para a empresa de aluguel de cadeiras de casamento.

Faço que sim. Mal estou presente quando Levi volta a vestir suas roupas, quando coloca o celular no bolso de trás, quando se abaixa e diz: "Até mais". Ele sai pela porta e continuo sentada no colchão, os lençóis amontoados ao meu redor, sentindo tanta coisa ao mesmo tempo que queria poder me anestesiar e não sentir mais nada.

Em vez disso, coloco uma roupa e ando até o prédio do outro lado da rua, subo outra escada em espiral. Bato na porta do apartamento de Sana.

Ela está com os olhos vermelhos, exausta, mas totalmente desperta quando abre, o notebook apoiado no quadril. Ela dá uma olhada em mim e diz:

— Puta merda, odeio falar "eu avisei". Não se atreva a me fazer falar "eu avisei".

Mantenho a compostura apenas o suficiente para dizer:

— Tudo bem. Eu falo. Você me avisou.

Sana deixa o notebook em cima da mesa ao lado da porta e me dá um abraço tão apertado que sinto como se ela estivesse tentando manter todas as minhas peças no lugar.

— Se ajuda — ela diz na curva do meu pescoço —, tenho uns sessenta por cento de certeza que vai dar tudo certo.

Solto uma risada e ela me aperta ainda mais forte. A onda de gratidão por ela é tamanha que poderia me derrubar, mas, mesmo assim, não consigo evitar o pensamento que surge espontaneamente, como uma sombra constante que me acompanhará enquanto eu estiver viva: *Queria que Annie estivesse aqui.* Queria que ela estivesse aqui para me falar para aguentar firme. Para me lembrar quem sou. Para me situar daquele jeito intenso e intransigente dela.

Talvez essa seja a coisa mais assustadora sobre perder Annie. Momentos assim, quando percebo que não a tenho mais, mas ainda tenho o que preciso. Momentos assim, em que a vida segue sem ela porque existem outras pessoas em quem posso confiar, outras pessoas que confiam em mim. Momentos em que sofro tanto por mim como por ela, porque nunca quis imaginar um futuro em que não estivéssemos nas linhas de defesa uma da outra.

— Entra — diz Sana, fazendo carinho na minha cabeça. — Tenho Pringles e Red Bull e a playlist de "hardcore para ouvir no trabalho" do Aiden para nos fazer companhia.

Eu a solto com um sorriso lacrimejante e um aceno, deixando que ela me puxe para dentro. Talvez tudo esteja, na falta de uma palavra melhor, o mais *instável* possível. Mas pelo menos tenho um refúgio aconchegante e cheio de cafeína onde me sinto acolhida.

CAPÍTULO DEZESSETE

— *Mateo, não!* — Dylan grita de horror, lançando-se com heroísmo na direção do noivo.

Mateo fica paralisado, ainda segurando o bebezinho de cerâmica que pegou da cornija da lareira dos nossos pais. A pessoa que nossos pais contratam para faxinar entre um hóspede e outro de Airbnb estava ocupada hoje, sobrando para mim e Dylan, além de um Mateo procrastinador que tem uma pilha de trabalhos cheios de números de telefone e arrobas de Instagram que ele não tem o menor interesse de corrigir hoje.

— É frágil? — Mateo pergunta, os olhos arregalados por trás dos óculos. Ele e minha mãe são tão ligados pelo amor por podcasts de história e brechós que tenho quase certeza que a ideia de fazer qualquer coisa que a chateasse provocaria dor física nele.

— Antes fosse — diz Dylan, desconsolado, mantendo distância do bebê de cerâmica. — É mal-assombrado, isso sim. Se você jogasse essa coisa direto no sol, ela voltaria depois com esse sorriso medonho intacto.

Mateo encara o boneco sem entender nada.

— É um neném.

Reviro os olhos, tirando o boneco das suas mãos cuidadosas e o colocando de volta na cornija. Tecnicamente, essa faxina está ocupando o pouco tempo livre que tenho para pensar em ideias melhores de longo prazo para a Orla do Chá. Mas, uma vez que o estado de repouso do meu cérebro agora é "pânico sobre Kelly pôr os pés aqui em Benson", é improvável que eu seja muito produtiva. Por isso, estou seguindo o conselho que Sana me deu quando saí do seu apartamento uma hora atrás. Não vou pensar muito nisso. Na verdade, não vou pensar nada nisso.

Visto que olhei o celular umas quinze vezes nos últimos dois minutos, é mais fácil falar do que fazer.

— Dylan teve um pesadelo em que isso ganhou vida quando era mais novo e tentou jogá-lo fora — explico para Mateo.

Os olhos de Mateo se abrandam, virando-se para meu irmão com aquele mesmo olhar apaixonado que ele tem desde a adolescência.

— Ah. Tadinho do Dylan.

Bufo.

— Ele tinha quinze anos. Aliás, olha o passarinho.

Mateo vira a tempo de eu abrir a câmera do meu celular e tirar uma foto rápida.

— Por quê?

— Seus alunos me deixaram entrar na conta dos "Coletes do Professor Díaz dão um CALOR!!!" — confesso finalmente. — Acho que eles não viram esse, então estou pagando minha estadia.

O queixo de Mateo cai.

— Para alguém que literalmente vive se esquivando de paparazzi a torto e a direito, pensei que você seria um pouco mais sensível à santidade dos meus coletes de sexta.

Esse, aliás, tem uma estampa sutil de cometas e dinossauros tricotados num azul-marinho e verde-real que ele decidiu combinar com um camisa de botão de manga curta. Parece um desperdício para ele gastar o dia todo dentro de casa, trocando lençóis e relembrando as mágoas de Dylan contra uma estatueta vagabunda.

Dylan chega perto e coloca o braço livre ao redor dos ombros de Mateo, a boca meio cheia de uma barra de cereal que roubou da despensa.

— Deixa meu noivo em paz, sua monstra.

— Ele era meu melhor amigo antes de você se ligar que queria trocar saliva com ele — lembro Dylan com um olhar incisivo.

— Hummm. — Mateo dá um beijo rápido na bochecha de Dylan e me lança um olhar apaziguador, mas continua a reorganizar a cornija. — Deve ter sido bom ter autonomia fora da família Hart, mas não consigo lembrar como era.

Para ser justa, Dylan é tão intensamente envolvido na família Díaz quanto Mateo é na nossa. Dylan primeiro conquistou o amor deles com seu apetite sem fim e apreço por toda a culinária da família de Mateo, assegurou esse amor com sua capacidade incrível de levantamento que colocou em prática em todos os casamentos, festas de quinze anos e chás de bebê na última década e o imortalizou pedindo Mateo em casamento no enorme quintal dos pais dele para que os primos Días pudessem voar imediatamente com tanto vinho e bolo em cima dos dois que eles bem que poderiam ter se casado ali mesmo.

— Aliás, por favor, me diga que esse medo irracional de bebês de cerâmica não é uma manifestação real de medo de crianças — diz Mateo. — Porque, como a gente conversou, minha mãe está esperando pelo menos três netos.

Dylan parece ofendido.

— Só três? Não dá nem para formar nosso time de futebol. — A ternura desse momento é ligeiramente minada pelo olhar de esguelha de Dylan contra o objeto de cerâmica antes de dizer: — Sem falar que imagino que nenhum dos nossos filhos vá ser possuído por Satanás como essa coisa é.

Dylan usa o braço que ainda está pendurado sobre os ombros estreitos de Mateo para puxá-lo para o seu lado, um gesto tão inato e íntimo que sinto uma pontada inesperada no coração. Me pergunto onde Levi está agora. O que ele e Kelly estão dizendo um para o outro. Me pergunto tanto que olho o celular de novo, porque sou doida por uma tela vazia.

Exceto que ela não está vazia. Tem uma mensagem de Griffin. Só perguntando para saber daquele especial! Daria até para encaixar a gente no estúdio de Nova York no sábado que vem. Eles reservariam um hotel para você e tudo!

Reviro os olhos e guardo o celular no bolso, voltando para o trabalho.

— É esquisito que estranhos durmam aqui, hein — diz Dylan quando chegamos ao quarto que sempre deixamos por último.

O quarto de Annie está em grande parte exatamente como ela

deixou: paredes rosa-chiclete, uma coleção enorme de conchas do mar, CD-ROMs antigos de The Sims e tudo mais. Mas as cômodas foram esvaziadas para os hóspedes, então tudo que valia a pena guardar agora é mantido num armário trancado no closet.

— Pois é — concordo, o peito apertado demais para dizer qualquer outra coisa.

— E estranho que as coisas continuem seguindo sem ela. — Dylan estende a mão e pega um dos troféus de debate dela, um dos muitos em que escreveram nosso sobrenome errado como "Heart". Annie nunca os corrigia. Gostava mais assim. — Ainda mais agora. Eu com Mateo. Você com Levi.

Dou uma risada ofegante. Dylan se vira para mim e diz:

— Aposto que isso deixaria Annie feliz.

Minha garganta se aperta com um sentimento de culpa. Fiquei tão enrolada nos meus sentimentos por Levi que esqueci que existem outras pessoas em nosso fogo cruzado. Que, se nossa relação não der certo, Dylan pode descobrir que mentimos esse tempo todo. Que, se der, isso não teria deixado Annie nada feliz. Que, anos atrás, Annie estava tão determinada a não deixar que eu e Levi tivéssemos algo que saiu no berro com ele.

Nem tive tempo para processar essa história ainda. Não sei como encaixar isso em mim. Talvez porque não ache que a raiva de Annie tenha muito a ver comigo: ela só queria que Levi estivesse na Califórnia com ela, e eu era uma pedra no caminho.

Mas eu também era irmã dela. E acho que é por isso que não consigo mergulhar muito a fundo nessa discussão, não consigo chegar à base dela. Sei que ela só tinha dezessete anos quando falou isso, mas em algum momento seus planos com Levi eram tão importantes que ela não ligou para os meus sentimentos para poder segui-los. Nem para os sentimentos de Levi.

— É. Talvez — digo.

Dylan coloca o troféu de volta. Não há nada de reverente nem cuidadoso no ato, o que não deixa de ser uma forma de respeito, concluo.

Estou sempre pisando em ovos com tudo, mas ele trata a ideia de Annie da mesma forma como a tratava quando ela estava aqui.

— Mas preciso admitir — diz Dylan. — Apesar de todas as merdas, o que rolou entre você e Levi é… legal.

— Legal? — digo, erguendo as sobrancelhas.

— Sabe… é legal ter todo mundo aqui de novo.

Afofo um dos travesseiros na cama de Annie.

— Você sentia falta do seu amiguinho Levi, hein? — brinco.

Pela primeira vez, Dylan não abre um de seus sorrisos tranquilos.

— Senti sua falta também, mana.

Apoio os joelhos na beira do colchão, repentinamente insegura.

— Mas já faz um tempo que estou aqui.

Mateo bate de leve no batente.

— Ei, Cassie disse que podemos dar uma passada na confeitaria para ver um dos modelos do bolo se quisermos.

— Posso finalizar aqui — ofereço.

Dylan vira a cabeça para mim.

— A gente mal teve tempo de colocar o papo em dia. Tem certeza de que não quer vir também?

Há um momento em que quase digo sim. Cassie vive falando de marcar uma reunião para conversar sobre expansão ou pelo menos outras maneiras como poderíamos modificar a Orla do Chá. Talvez seja pela forma como tudo na minha vida se agitou recentemente, mas a ideia não me dá mais o mesmo frio na barriga dos últimos dois anos.

Então meus olhos passam por um porta-retratos: eu e Annie com vestidos de frufru rosa de princesa no meu aniversário de seis anos, as duas tomando suco de maçã em xícaras extravagantes, nossos cabelos emaranhados no alto da cabeça de tanto correr pelo quintal.

Percebo que estou brava com ela. Pelo que ela disse para Levi naquele dia. Pelo que aquilo desencadeou. Mas, mais do que isso, pelos anos depois disso quando ela ainda o tinha como amigo e eu não.

Sei que essa parte foi culpa minha e não dela. Mas estou brava mesmo assim, e culpada por estar brava, e tão embrulhada nisso tudo que não consigo me permitir nem pensar em fazer nada drástico com a Orla do Chá agora. Seria quase uma retaliação se eu fizesse isso com essa raiva dentro do peito.

— Acho melhor ficar aqui hoje — falo para Dylan.

Ele hesita por tanto tempo que me leva a erguer os olhos. Mas, a essa altura, ele já está a caminho da porta, me deixando sozinha no quarto de Annie. Eu me sento na beira da cama, respirando fundo, tentando deixar a raiva passar. Tentando preencher o espaço que ela ocupa com as coisas boas, porque coisas boas nunca faltaram, e a Orla do Chá sempre vai estar no centro delas.

Não sei identificar o momento em que decidimos abrir uma casa de chá na cidade; lembro só que era um tópico que nos acompanhou a vida toda. Éramos de acordar cedo, e, toda manhã, minha mãe fazia uma chaleira enorme que durava o dia todo, deixando que roubássemos goles quando éramos pequenas e que tivéssemos nossas próprias xícaras quando era descafeinado. Tínhamos umas canecas verde-água gigantes que meu pai comprou para minha mãe de aniversário, e me lembro de segurar a minha com as mãos meladas de waffle ou bolo de café nas manhãs de fim de semana, sentada numa cadeira grande demais no alpendre, ouvindo o mar e observando os vizinhos indo e vindo da praia.

Minha mãe sempre dizia que seria bom ter uma casa de chá à beira-mar. Que era uma pena que o lugar mais perto que servia um chá razoável e bolinhos ingleses gostosos era na cidade grande. Isso tornava aquelas visitas anuais de Natal à cidade ainda mais especiais; sempre íamos à Casa de Chá Russa para o chá de fim de ano enquanto Dylan e meu pai saíam sozinhos. Mas era uma daquelas ideias que sempre fantasiávamos, indo e voltando como uma onda preguiçosa em nossas mentes até finalmente parar de ir e vir e simplesmente ficar: poderíamos fazer nós mesmas.

Eu não tinha a menor intenção de cobrar isso de Annie, afinal, Stanford abriu um mundo de oportunidades que eu não faria nada para limitar. Mas ela insistiu em falar sobre isso o tempo todo em que estava lá. Planejando esquemas de cores, inventando cardápios, ficando de olho em localizações privilegiadas de Benson Beach. Queria um lugar tranquilo e agradável onde pudesse escrever. Queria deixar sua marca no lugar que chamávamos de lar.

— Vou fazer e pronto —, ela me disse ao telefone um dia. Eu estava em algum lugar no alto da Noruega, contemplando fiordes sob um sol forte à meia-noite. Ela acabara de se formar e estava de volta a Benson. — O lugar vai estar aqui esperando por você quando você voltar.

Era nosso sonho, mas também era minha rede de segurança. Uma certeza de que eu poderia ir tão longe quanto precisasse e ainda teria uma vida esperando por mim. Um trabalho. Uma irmã. Um lar.

Entendo agora que Annie não estava me dizendo que havia um lugar para mim, e sim me pedindo para voltar e tomar conta dele.

As garotinhas na foto ainda estão me observando. Viro as costas para elas na direção do closet de Annie, agora vazio de todas as coisas que eu pegava emprestado e nunca devolvia. Sem tomar essa decisão consciente, tiro a chave da mesa de cabeceira e vou até as gavetas cheias de coisas dela.

Dylan colocou tudo aqui nos dias seguintes ao funeral, então não sei o que esperar. Em sua maioria, são brinquedos antigos de quando éramos crianças. Sua mantinha de bebê. Alguns projetos de arte de quando era pequena. Uma medalha de finalista de uma corrida de cinco quilômetros da cidade que Dylan a convenceu a participar quando ela estava no último ano e ele no segundo, depois da qual ela lhe disse ofegante e muito incisiva:

— Nunca. Mais.

A gaveta seguinte é mais do mesmo, além da programação da formatura que a indica como a segunda oradora, quando ela fez um discurso de dois minutos sobre como não era qualificada para passar nenhum conhecimento, só boa vontade, discurso esse que ficou famigerado por acabar com as palavras: "Boa sorte aí, pessoal. O único conselho que posso dar é: tentem não fazer merda".

Sorrio ao lembrar da cara absolutamente escandalizada do diretor enquanto meus pais tentavam abafar o riso na plateia. Era uma frase que ela proferia com frequência e prazer, mas definitivamente não pensavam que ela sairia falando isso com dezenas de câmeras de celular apontadas para ela. Mas Annie era assim: dizia o que precisava ser dito, quer você quisesse ouvir, quer não.

Vejo a programação em cima de uma pilha de papéis soltos, não antes de ver o nome de Levi num deles. Sei exatamente o que os papéis são antes de decidir tirá-los da gaveta. São as páginas perdidas de quando Levi começou *Os caçadores do céu*. Annie deve tê-las imprimido quando estávamos todos no ensino médio, e ela e Levi viviam trocando suas páginas para criticar.

O engraçado é que passei as duas últimas semanas me esforçando para ler o manuscrito de Levi sobre Nova York, e mal cheguei à metade. Mas este aqui, eu me sento no carpete e devoro de uma só vez. Ele me espanta com memórias antigas. Me encanta com todos os detalhezinhos, o diálogo irreverente entre os personagens, o jeito particular de Levi ver o mundo e como interagimos com esse mundo.

Mas também me dói. Está inacabado. É apenas o potencial de algo, uma história que, com o cuidado e o foco certo, poderia ser transformada em algo icônico. Uma história que não seria apenas prova do talento de Levi para escrever, mas de sua capacidade de ver dentro do coração das pessoas.

Talvez seja uma história que Levi nunca venha a escrever, mas é uma de que ele merece lembrar. Portanto, quando volto a empilhar as páginas, não as guardo novamente na gaveta, mas as coloco embaixo do braço, olhando de relance para o retrato enquanto saio do quarto, para as duas meninas sorridentes de vestidinhos de princesa.

— Ele precisa disso — digo à pequena Annie, e só me resta acreditar que a Annie mais velha também sabia disso.

CAPÍTULO DEZOITO

Quando entro na Orla do Chá, tenho pelo menos sete leões para matar, sendo o maior deles o fato de que, graças ao atraso de um fornecedor, estamos sem bolinhos Ex Vingativos. E os fregueses que vieram especificamente para comprá-los não estão levando isso numa boa. Depois de uma breve troca de ideias em pânico, mando uma das funcionárias de meio período para a loja da esquina comprar uma caixa de praticamente qualquer cookie que ela conseguir encontrar. Nós os picamos grosseiramente, assamos na forma de bolinhos ingleses e os batizamos de "o Levi".

Em outras palavras, era um cookie gigante fingindo ser um bolinho.

Penso que ele pode entrar a qualquer momento, e vai ser um jeito irreverente de quebrar a tensão da manhã de hoje. E, embora se passem horas sem que Levi apareça, o Levi é vendido tão perigosamente rápido que a dona da loja da esquina passa para ver o que é que estamos fazendo com nossos múltiplos ataques a todo seu estoque de Oreos, Chips Ahoys e Nutter Butters.

— Algo diabólico — informo, dando para ela um bolinho gigante e *frankensteiniano* por conta da casa.

Sana entra e fica encantada — "É tão feio e tão delicioso!" —, tirando uma foto imediatamente para a conta do Instagram da Orla do Chá. Nem isso invoca Levi, mas traz um fluxo inesperado de clientes no fim da tarde. Estamos correndo tanto que mal paro para respirar, o que é bom. Pela velocidade com que o dia passa, não tenho nem um segundo para gastar me preocupando com Levi e Kelly.

Ou melhor, até Kelly estar bem na minha frente, do outro lado do caixa, com um sorriso cordial no rosto.

— Você deve ser June — ela diz, estendendo a mão.

Abro a boca para responder alguma coisa, mas meu cérebro ainda está ocupado processando a presença dela para chegar ao passo seguinte. Ela é linda. Disso eu sabia, claro, por todas as fotos dela e Roman Steele estampadas pela internet inteira, mas saber isso é completamente diferente de vê-la pessoalmente. Seu cabelo castanho-mel está em ondas soltas na altura dos ombros, a pele praticamente sem poros, os olhos verdes arregalados, mas penetrantes. Está usando um vestido branco leve e um par de sandálias gladiadoras; é muito mais refinada do que qualquer pessoa aqui, mas parece em casa.

Seu sorriso se alarga um pouquinho só, e puta merda. Quero que ela goste de mim. Não é à toa que seja tão boa em vender imóveis. Existe um universo em que ela seria capaz de me convencer a lhe entregar as chaves da Orla do Chá agora mesmo.

— Oi, sim — digo, pegando a mão dela. — E você é Kelly.

E está na minha loja. Olhando para os meus bolinhos. Falando comigo. Sem Levi por perto.

Há algo de objetivamente agressivo na situação toda, mas não é o que ela emana. Está, acima de tudo, curiosa. Não tanto como se estivesse me medindo e mais como se realmente quisesse me conhecer.

— Pensei em dar uma passada e comer alguma coisa enquanto Levi está ajudando o pai na oficina — ela me diz. — Além disso, ouvi falar muito sobre você.

— Também — respondo, ainda desconcertada para dizer algo mais. Estou com uma estranha sensação extracorporal, como se estivéssemos no nosso próprio reality show agora.

Ela se debruça para espiar a vitrine.

— Aah, esse é o Levi?

— Ah, é… — Vejo uma ruguinha em sua testa ao notar os contornos do cookie. — É uma piada — explico.

— Sei — ela responde, com aquele sorriso ainda no rosto quando volta os olhos para mim. — Faz sentido. Nunca vou entender a aversão daquele homem a um bom doce — ela diz. Seu tom é ao mesmo tempo cúmplice e possessivo. Como se estivesse admitindo que nós duas o conhecemos profundamente, mas não se sentisse nem um pouco ameaçada por mim.

Aliás, estou começando a achar que esse talvez seja todo o objetivo dessa visita casual.

— Se é uma homenagem a Levi, vou ter que levar um para ele — ela diz, radiante.

Sinto um friozinho de decepção na barriga. Metade do sentido do bolinho era poder ver a reação dele.

— E desperdiçar um bolinho tão bom? — brinco sem muita convicção, na esperança de fazer com que ela mude de ideia.

Ela pisca para mim. Literalmente pisca, com tanta naturalidade que coloca todas as meninas fofas que já estrelaram comerciais de pasta de dente no chinelo. Depois diz:

— Ah, vai por mim. Já estou acostumada a acabar com as sobremesas de Levi.

Meus olhos se arregalam e os dela continuam fixos nos meus, sem se abalar. Ela pega a bolsa para pagar.

— Ah, não se preocupa — digo. Enquanto coloco o bolinho na sacola, algo dentro de mim cresce para afrontá-la, virando aço. — Levi já é nosso melhor cliente.

Isso pode ser verdade apenas porque ele passa a maior parte do tempo aqui, mas o sorriso dela fica estático.

— Ah, agradeço em nome dele — ela diz, pegando a sacola da minha mão. — Eu diria o que achamos, mas não pretendo ficar muito na cidade.

As palavras que ela não diz são quase mais claras do que as que diz: ela acha que não vai demorar para convencer Levi a voltar para Nova York. E agora que fui submetida à sua combinação de beleza estonteante e determinação inflexível, não tenho tanta certeza de que não consiga.

Meu estômago está embrulhado quando fecho a loja à noite. Não recebi nenhuma notícia de Levi. Olho o celular talvez pela gazilhonésima vez e me dou conta de que não é só por pavor. É por saudade. Criamos um ritmo de conversas na Orla do Chá, trocando mensagens com notícias e piadas rápidas, e o dia parece completamente desequilibrado sem isso.

Respiro fundo. A noite de ontem não mudou nada entre nós. Nos fortaleceu. Nos uniu de uma forma como nunca tinha acontecido. Parte de mim só quer confiar nisso com a mesma facilidade que senti ao acordar hoje cedo. Mas uma parte maior está apavorada porque, de repente, há muito mais a perder.

Mas, agora, não tenho nenhum controle sobre a situação. O que controlo é medir a área da praia na frente da Orla do Chá para poder entender a questão do aluguel de cadeiras antes do prazo final, que é amanhã. Tiro a fita métrica da gaveta do escritório e desço para a praia.

Dá trabalho sem uma segunda pessoa, mas não chega a ser impossível. Estou bem embaixo do calçadão terminando o último trecho quando escuto uma risada trazida pela brisa suave. Ergo a cabeça e vejo o contorno de duas pessoas à beira da água sob a luz fraca. Mesmo de longe, reconheço Levi num instante: a leve curva da sua postura desleixada, as linhas esguias do seu corpo. Kelly está ao lado dele, o contorno dela tão indistinto que ela só pode estar apoiada nele.

E Levi está deixando. Levi está andando de braços dados com ela, fazendo-a rir, sendo banhado com ela pelo pôr do sol. Levi está parecendo uma metade de um casal perfeito, como se eu pudesse tirar uma foto agora e vendê-la como um cartão-postal, como uma vida toda. Não existe ninguém no mundo que olharia para eles agora e não iria querer um pouco do que eles têm.

Desvio os olhos, que estão ardendo. Não é só que eles estão tão próximos, não é só porque combinam tanto. É que estão tão perdidos um no outro que Levi não deve nem ter noção de que está na frente da Orla do Chá.

Continuo embaixo do calçadão até muito depois que eles passam, completamente imóvel. Espero até tudo desabar. A mágoa. A humilhação. A primeira rachadura de um coração prestes a se partir.

Mas estou simplesmente oca. Como se ontem à noite eu tivesse me aberto e criado tanto espaço para tudo — os sentimentos que rejeitei, a dor que estava determinada a ignorar, a esperança que me parecia frágil demais para tocar — que não sei lidar com esse vazio, agora que deixei tudo isso entrar.

Então me dou conta de que acabou. Talvez não eu e Levi, mas essa nossa pequena farsa. Os Ex Vingativos existiam para que Levi pudesse reconquistar Kelly, para eu poder fortalecer a Orla do Chá. Agora, Kelly está aqui, e a Orla do Chá está perto de ganhar o dinheiro de que preciso para adiantar os três meses de aluguel.

Perto, mas ainda não chegou lá. Até onde sei, meus truques acabaram, pelo menos qualquer um que funcionasse a curto prazo. Não posso fazer mais um momento viral cair no meu colo para poder alcançar a reta final.

Até que me dou conta de que não é bem assim. Na verdade, esse é um problema com uma solução concreta. É um problema que posso resolver.

Tiro o celular do bolso e abro minha conversa com Griffin. Consigo fazer o especial no sábado. Que horas?

Sua resposta é imediata. IRADO. Vou te mandar os detalhes assim que receber. Tudo bem se for ao vivo?

Na verdade, isso é até um ponto positivo. Quanto antes conseguirmos uma última onda de clientes, melhor. Imagino que, se eu e Levi tivermos terminado de mentirinha até lá, o programa já vai me ajudar a atrair mais pessoas.

Claro, respondo.

Obrigado obrigado obrigado, June. Sério. Te devo uma!!!

Apoio a testa numa viga embaixo do calçadão, soltando o ar lentamente. Pensei que talvez eu fosse me sentir melhor me comprometendo com isso. Remediando algo que precisava ser remediado. Mas aquela parte vazia de mim se preenche de novo, meu coração latejando, meu peito em carne viva. Espero que não tenha acabado de verdade. Espero que esse dia todo tenha sido um pontinho bobo e exagerado. A esperança é tão imprudente que não existe espaço para nenhum outro sentimento, e me agarro a ela como um balão, fazendo o possível para não a apertar demais a ponto de estourar.

CAPÍTULO DEZENOVE

cordo na manhã seguinte com uma dor de cabeça latejante de tanto me revirar de um lado para o outro, além de várias mensagens de Levi.

Desculpa. Perdi a noção do tempo. Obrigado por mandar as medidas, diz a primeira. Ele deve ter me visto marcar isso como resolvido no nosso documento compartilhado para o casamento.

Penso que a próxima vai ser algum tipo de tranquilização ou explicação sobre Kelly, sobre "perder a noção do tempo", mas, em vez disso, ele diz: Ainda quer rever as fotos para os slides do ensaio hoje?

Encaro a tela, as palavras me acordando mais rápido do que meu despertador. Reunir nossa metade das fotos para a apresentação de slides que as famílias estão montando como uma surpresa para Mateo e Dylan é uma tarefa que estamos adiando por motivos que nenhum dos dois precisa dizer em voz alta. Muitas das melhores memórias do nosso grupo têm Annie no centro. Mas os próximos hóspedes do Airbnb chegam amanhã, então, se não formos hoje, só conseguiríamos entrar na outra semana.

Aliás: "O Levi"? *August* Hart. Você tem muito que se explicar.

Meus lábios se curvam para cima, mas a satisfação é fugaz. Não tem mais nenhuma outra mensagem e, de repente, o silêncio sobre a situação com Kelly está gritando nos meus ouvidos. Eu deveria simplesmente perguntar o que está rolando, mas não tenho coragem. Parece carência demais. Como se fosse algum tipo de teste da nossa confiança e, se eu ceder agora e perguntar, significa que sou eu que estou questionando. Significa que sou eu que não confio.

Então entendo o que estou sentindo agora: não é apenas pavor da situação. Estou brava com ele. Ele passou anos me afastando, e isso parece a versão mais discreta de um afastamento. A última coisa que quero fazer agora é rever fotos antigas com ele. A última coisa que quero agora é relembrar a última vez que estivemos à beira de algo e ele fugiu.

Sonolenta, digito uma piada em resposta para quebrar a tensão, na esperança de induzi-lo a se explicar, mas estou aflita demais para terminar. Em vez disso, escrevo um curto: Não se preocupa. Eu cuido das fotos.

Levi começa a digitar a resposta imediatamente. Que horas você vai?

Largo o celular. Ainda nenhuma explicação sobre Kelly. Nem mesmo sobre onde ele está agora. O que deve significar que ela ainda está cidade, talvez até no apartamento dele. Talvez até na cama dele.

Eu me sento, e a ideia de mandar uma cobrança raivosa me atravessa. Conheço Levi. Sei que não é isso que está acontecendo agora. Mas também estou furiosa por estar tão às escuras em relação a isso tudo que ele está me permitindo imaginar coisas. Eu poderia não ter o direito de saber o que estava rolando entre ele e Kelly quando estávamos só fingindo ter um relacionamento, mas, depois de tudo que dissemos um para o outro, depois de tudo que fizemos, parece quase cruel.

Sei que não é por mal. Ouço a palavra na minha cabeça, *instável*, e lembro que é isso que ele é agora. Que é isso que nossas vidas inteiras são agora. E posso abrir espaço para isso. Só não contava com o que poderia acontecer se ele estivesse instável em relação a mim.

Ele não dá as caras na Orla do Chá, mas está esperando por mim na frente da casa dos meus pais quando vou até lá. Minhas sobrancelhas se erguem de surpresa, e só então percebo que vim o caminho inteiro de cara fechada. Ele está apoiado numa viga do alpendre, a cabeça baixa. Seus olhos se erguem para encontrar os meus. Há um remorso neles, e algo mais. Uma cautela reservada que me faz querer ficar plantada e não deixar que ele diga uma única palavra.

— Está aqui faz tempo? — pergunto.

Ele encara meu olhar.

— Não quero que você tenha que rever aquelas fotos sozinha.

Eu concordo e, por um momento, todo o resto desaparece. Cai a ficha da tarefa diante de nós e, ao sentir o peso dela, fico grata por não ter que bancar isso sozinha.

Mas, assim que entramos, parece que de repente estamos numa peça. As indicações cênicas nos mandam descer para o porão empoeirado, tirar do armário dos fundos as fotos que minha mãe categorizou por ano. Mandam nos sentar no sofá e começar a esparramá-las organizadamente em cima da mesa de centro. Não nos dão nenhuma fala até eu finalmente criar coragem para dizer:

— Kelly ainda está aqui?

— Não, voltou para casa algumas horas atrás — ele diz com calma.

A palavra *casa* toca um acorde dissonante. Não sei se ele quis dizer a casa dela ou a *deles*.

Ele se ajeita no sofá, virando-se para mim.

— Desculpa por ela ter aparecido assim — ele diz. — Foi... você sabe que foi inesperado. E foi no... pior momento possível.

Dá para ver que ele quer falar mais, mas não posso passar mais nenhum segundo em dúvida.

— Vocês vão voltar? — pergunto de um fôlego só.

Suas sobrancelhas se erguem, o rosto tão imediatamente acometido pela pergunta que percebo que nem tinha passado pela cabeça dele que eu perguntaria isso.

— Não. June. Desculpa — ele diz, não apenas com a sinceridade de antes, mas uma convicção genuína. Ele vira e *olha* para mim, realmente olha para mim pela primeira vez desde que entramos na casa, e deve enxergar a incerteza, o pavor, a frustração. — Ai, June.

Ele envolve um braço ao redor dos meus ombros e encosto a cabeça em sua clavícula. O alívio é tão vertiginoso que consigo sentir o mais leve tremor na minha voz quando digo:

— Não recebi notícias suas o dia todo. Não sabia o que pensar.

— É só que... ontem foi um turbilhão — ele diz, usando a mão ao redor de mim para apertar meu ombro. — Tinha muitas coisas que ela queria dizer e... coisas que eu também precisava dizer. Ficamos juntos por muito tempo.

— Eu sei — digo, mas não com a compreensão que quero demonstrar. Há algo de cortante na minha voz, algo em que estou oscilando desde que ele atendeu a ligação dela.

— June — ele diz, encostando as palavras no meu cabelo. — Tudo que falei ontem foi sincero.

Fico ali por mais um momento, os olhos fechados, tentando assimilar as palavras. Mas estou nervosa demais. Na defensiva demais. Eu me desvencilho dele devagar, encarando seus olhos preocupados.

— Mas é como você disse — falo com cuidado. — Vocês ficaram juntos por muito tempo. E, até poucos dias atrás, você estava tentando fazer dar certo. E então ela aparece, exatamente como você queria, pedindo para voltar... era por isso que ela veio aqui, certo?

— Sim — Levi responde, baixando os olhos. Ele pega minhas mãos e as segura nas dele, o toque levíssimo. — Eu disse que superei. E é verdade, June. Eu e Kelly vínhamos nos afastando fazia tempo. Acho que eu só estava tão abalado por todas as outras mudanças na minha vida que fiquei apegado à nossa relação. Tenho quase certeza de que também é por isso que ela veio. Por medo de todas as mudanças. — Ele aperta minha mão com delicadeza, como se estivesse gravando as palavras em mim. — Mas não sinto mais a mesma coisa. Minha relação com Kelly... acabou.

— Mas... — digo. Porque sei que existe um *mas*. Mesmo que eu acredite em todas as palavras que saem da sua boca, vi isso em seus olhos à porta. Ouvi no silêncio do último dia.

A mão de Levi deixa de apertar as minhas.

— Vou voltar para Nova York por um tempo. Só para resolver as coisas.

Fico tão imóvel quanto ele, como se estivesse vendo algo surgir no canto da minha visão e me preparasse para o impacto.

— Por exemplo?

— O apartamento. Meu emprego. — Levi desvia os olhos de mim de novo, de volta à pequena pilha de fotos que estávamos vasculhando.

— E... para ser sincero, para terminar o livro. O prazo está chegando, e não avancei muito.

Solto as mãos devagar, colocando-as de volta no meu colo. Levi deixa as dele apoiadas nas minhas coxas, como se estivesse esperando que as minhas voltassem para ele.

— Acho que nosso plano não ajudou muita coisa — digo, tentando manter o tom descontraído.

Levi se vira para mim abanando a cabeça com veemência.

— June. Cada segundo dos Ex Vingativos foi mais ridículo que o outro, mas você precisa saber que eu não trocaria nenhum deles por nada neste mundo.

O nó de pavor no meu peito relaxa um pouco, o suficiente para eu sentir um sorriso relutante contrair meus lábios. Levi parece aliviado ao ver isso.

— O que eu quero dizer é... toda vez que tento escrever aquele manuscrito, o tom está todo errado. Como se estar aqui em vez de onde ele é ambientado estivesse me atrapalhando — ele explica.

A sombra do sorriso desaparece, minha testa se franzindo de preocupação.

— Basicamente, estar aqui, onde você é feliz, em vez de lá, onde não é?

Lá está a mesma expressão que ele tinha na porta quando cheguei, de quem vai pedir desculpa. De quem também não quer que isso seja verdade. E isso me faz sofrer por ele, tanto pelo Levi na minha frente como pelo Levi que escreveu aquele primeiro manuscrito. Aquele que estava tão determinado a enfrentar tudo sozinho.

— Onde você vai ficar? — pergunto.

— Tem um quarto de hóspedes no apartamento que a gente usava de escritório, então vou ficar lá. — E, pela minha expressão preocupada, ele acrescenta: — Kelly trabalha até tarde. A gente mal vai se ver.

Mas não estou preocupada com Levi perto de Kelly. É pelo fato de ele estar *escolhendo* estar perto dela. Porque, depois de tudo que dissemos um para o outro, todas as promessas implícitas que pensei termos feito na outra noite, ele está decidindo estar num lugar onde não estou.

— Quanto tempo você vai ficar? — pergunto, a garganta seca.

— Duas semanas, três no máximo, dependendo dos preparativos que eu fizer para a mudança. — Ele diz as palavras rápido, como se as viesse ensaiando na cabeça desde que tomou a decisão. — Vamos estar a apenas uma hora e meia de distância. Ainda vai dar para nos ver. E depois eu volto.

— Então você vai em breve — concluo.

Ele hesita por um momento e diz:

— Vou amanhã.

Isso machuca mais do que eu estava esperando, tanto que estou piscando como se tivesse sido soprada por uma rajada de vento forte. Recuo no sofá, para longe dele.

E quase dou risada.

— Acho que vejo você no fim de semana — digo.

— É? — Levi pergunta, um ânimo na voz.

— Vou fazer aquele especial com Griffin. — Dou um sorriso com os lábios fechados e digo: — Você não se importa se eu usar toda a história dos Ex Vingativos para estourar a loja mais uma vez, certo?

Agora, são os olhos de Levi que estão turvos de preocupação.

— Claro que não — ele diz mesmo assim. E solta uma risada. — Tecnicamente ainda somos os Ex Vingativos, não?

Somos, mas de repente não quero que sejamos. Quero que sejamos apenas June e Levi, como deveríamos ter sido desde o começo. Quero que tenhamos um alicerce suficiente para Levi não ter coisas para resolver em Nova York e eu não ter todas essas dúvidas girando na minha cabeça.

— Sim — digo. — Acho que sim.

Levi chega perto, tanto que fico louca para ele se aproximar ainda mais, ao mesmo tempo que sinto que preciso manter uma parte de mim distante.

— O que levou você a decidir fazer o especial? — ele pergunta.

— Parte é para conseguir um último pico de movimento para a Orla do Chá. Mas a outra é só para... encerrar um ciclo. — É só agora que digo isso em voz alta que me dou conta do quanto quero isso. Um ponto final à "era Griffin". Uma tela em branco para eu poder começar do zero o que quer que venha na sequência, quer Levi seja parte disso, quer não. — É como o que você falou sobre Kelly. Ficamos juntos por muito tempo. Vai ser uma ruptura clara. — Viro a cabeça para ele. — Pelo menos, uma em que eu não esteja chorando feito um gêiser no microfone.

Ele acena, tenso, aceitando, mas claramente ressabiado. Consigo ouvir a relutância na sua voz quando ele se contenta em dizer:

— Só… toma cuidado.

Dou um tapinha no joelho dele, leve e rápido.

— Você também.

Vasculhamos o rosto um do outro nesse momento, e vejo uma confiança inabalável. Uma compreensão mútua. Nos conhecemos bem demais para sentir qualquer outra coisa. Talvez isso baste para superarmos essa fase, talvez não. É a primeira ocasião na minha vida em que tenho medo da esperança, sabendo quanta possibilidade existe do outro lado, mas continuo com ela mesmo assim.

Começamos a mexer nas fotos então. As primeiras caixas são fáceis de procurar — versões fofinhas de mim, Annie e Dylan, nossos pais nos desfilando por Benson com as bochechas reluzindo de filtro solar e cereais enroscados no cabelo. Parece loucura pensar que meus pais estavam cuidando de três crianças com menos de quatro anos de idade quando não eram muito mais velhos do que eu sou agora.

Separamos algumas fotos engraçadinhas de Dylan bebê para a apresentação de slides — uma das minhas favoritas, em que Dylan está no colo de Annie e eu estou sentada do lado dela olhando para ele como se fosse um alienígena — e deixamos as fotos de bebê para trás. Levi começa a aparecer nelas não muito depois, primeiro em fotos só com Annie, depois em fotos com o resto dos Hart enquanto o absorvíamos discretamente em nosso caos.

Levi para em uma e a levanta da mesa. Ele e Annie juntos na turma do jardim de infância, vestidos como a boneca de pano Raggedy Ann e o Homem-Aranha e segurando um par de sacos de doces. Annie está com um braço de babados ao redor dos ombros de Levi, e seu sorriso dentuço é tão largo embaixo da máscara que quase dá para ouvir a risada infantil prestes a escapar dele.

— Vocês eram tão próximos — digo baixinho.

A voz de Levi sai rouca enquanto ele encara a foto como se estivesse ao mesmo tempo naquela memória e em cem outras.

— Pois é.

— Temos cópias dessa. Fica com ela.

Levi acena e separa a foto das outras antes de continuar, consideravelmente mais devagar agora. Trabalhamos nisso em relativo silêncio, algo respeitoso e compartilhado, como se estivéssemos tentando evitar cair em dois poços diferentes. As memórias de Levi sobre Annie, e as minhas.

Sinto como se o presente estivesse suspenso, como se entrássemos e saíssemos do passado. Os anos do primário cheios de tinta na cara e excursões, o desfile do Dia da Independência dos Estados Unidos e os longos dias de praia no verão, pés na areia e cabelos úmidos e embaraçados. Os anos de pré-adolescência cheios de aparelhos e bailes da escola, Annie em seu clube de debate, Levi carregando seu teclado AlphaSmart que usava antes de conseguir comprar um notebook barato, eu e Dylan nas arquibancadas nas nossas primeiras provas de atletismo. Há poucas fotos do ensino médio — a maioria de férias em família e formaturas, porque àquela altura estávamos começando a salvar tudo on-line.

A última caixa é uma bagunça, mas uma bagunça encantadora. Está abarrotada de polaroides da câmera antiga de Dylan superexpostas à luz do sol, onde estamos todos num parque de diversões no verão antes de eu fazer dezessete anos, um verão perfeito. O verão antes de eu me apaixonar por Levi; estávamos todos simplesmente coexistindo tranquilamente nas órbitas uns dos outros como fazíamos quando éramos crianças, mas com a liberdade de adolescentes que tinham acesso a um carro. Rio de uma imagem particularmente profética que Annie deve ter tirado de um Mateo minúsculo pré-estirão de crescimento, fixando os olhos sonhadores num Dylan distraído que estava ocupado roubando batata de uma travessa nas mãos de Levi.

— Não acredito que eles esperaram até a faculdade para ficar juntos. — Rio, separando a foto para a apresentação de slides, sabendo perfeitamente que Mateo vai me fazer pagar por isso. — Mateo era *gamado*.

— Não sei se adiantaria muito ele ter se tocado antes. Dylan não parecia interessado em ficar com ninguém antes da faculdade. — Levi sorri para a próxima foto, de todos exaustos e suados num banco, Mateo olhando *de novo* para Dylan. — Mas sim. Ele era gamado.

Nossa risada passa com a foto seguinte. Eu e Mateo dormindo no banco de trás. A cabeça de Mateo está apoiada na janela, mas a minha está no ombro de Levi, e os olhos de Levi estão em mim.

— Lembro desse dia — diz Levi com um carinho inequívoco.

— Eu também. — Bato um dedo na minha cara adormecida e digo: — Um dia, você e esse menino vão conquistar fãs estranhamente fervorosos na internet.

— Hum — Levi diz. — Um dia, vocês vão fazer *muito* mais do que isso.

Sua mão pousa na minha coxa, a pressão dos seus dedos perscrutadora, cautelosa. Chego mais perto, e é tão tentador me entregar ao calor que desabrocha em meu peito agora, à vibração doce logo abaixo da minha pele que começa exatamente onde sua mão está.

Mas a dor de tudo que parece mal resolvido agora fala mais alto. O medo de que Levi volte para Nova York, caia em si e mude de ideia. De que isso não passe de uma repetição da última vez que partimos o coração um do outro.

— Um dia, vocês vão ter um monte de arrependimentos — digo para a foto.

— Ei — diz Levi, roçando o nariz na minha têmpora. Ele fica encostado, seu hálito quente na minha bochecha. — A gente vai ficar bem. Essas semanas vão passar voando. Vou voltar, e as coisas na Orla do Chá vão se resolver, e vamos dar para Mateo e Dylan a melhor festa de casamento que essa cidade já viu e passar vexame na pista de dança.

Viro o rosto para ele, e Levi me beija devagar e intensamente.

Ele me beija como se fosse um pedido de desculpa e uma promessa. Retribuo o beijo, apavorada, porque não consigo evitar beijá-lo como se estivesse me despedindo.

São das palavras de Levi que estou lembrando enquanto gravo este momento no coração, tentando me agarrar em algo ao mesmo tempo que me preparo para abrir mão: *Vamos deixar toda a parte de me mudar fora da jogada. Vamos deixar tudo fora da jogada, na verdade. Vamos dar um passo de cada vez. Eu e você.*

De repente parece que estamos dando esses passos numa corda bamba, e sou a única disposta a olhar para baixo.

Nós nos afastamos, mas a mão de Levi continua firme no meu queixo. Eu me apoio nela, saboreando a sensação enquanto faço uma pergunta que pode ser nosso fim:

— Se você ficar, vai fazer o quê? — pergunto. — Escrever como planejou?

— É o que quero — ele diz.

Eu me desvencilho dele, depois reviro a bolsa aos meus pés. Meus dedos param nas páginas que coloquei ontem com cuidado dentro de uma pasta grossa, que mantive guardada desde então. Não sinto como se estivesse dando para ele um manuscrito velho, e sim entregando o último pedaço do meu coração.

— Encontrei isso nas coisas de Annie — digo, entregando as primeiras cenas de *Os caçadores do céu*.

Vejo o reconhecimento transparecer em seu rosto enquanto ele folheia as páginas. E também algo mais: uma saudade. Uma nostalgia. Perpassam seu rosto tão rápido que seria fácil ignorar se eu também não tivesse sentido.

— Qualquer coisa que você escrever vai ser um sucesso. Tenho certeza — digo com firmeza, com sinceridade. — Mas pensei que você deveria ficar com isso. Não apenas pela sua escrita. Mas porque é seu.

Ele lê, absorvendo tudo, tanto as palavras digitadas quanto os comentários rabiscados nas margens. Alguns dele e outros de Annie. Não é só uma história, mas o registro de um momento no tempo.

Quando ergue os olhos, ele me abre um sorriso lacrimejante e grato. Do tipo que aperta meu coração.

— Obrigado — ele me diz. E coloca as páginas ao lado da foto de Annie com reverência. — Estava lembrando de partes ultimamente, mas... isso é muito mais do que pensei que teria de volta. — Ele solta um riso constrangido. — E é bom saber que tive outras ideias em algum momento. Ando tão focado em terminar esse manuscrito que nem sei o que começar depois dele.

— Se um dia quiser revisitar uma ideia antiga, sei que tenho ainda mais guardadas no meu cérebro — digo, batendo na têmpora.

— Eu adoraria — ele diz com carinho. — Mesmo se eu não voltar para elas. Mas quero acreditar que vou voltar um dia.

Uma melancolia paira entre nós, deixando os dois em silêncio, perdidos em nossos próprios pensamentos. Eu me pergunto se estamos no mesmo lugar agora, zanzando pela nossa floresta antiga, a luz do sol atravessando as árvores, as cigarras zumbindo sob nossos pés, o mundo um infinito vasto pronto para criarmos o que quiséssemos.

Depois de alguns momentos de silêncio, eu o cutuco com o cotovelo e digo:

— Quem sabe um dia você até escreve algo em que eu esteja, hein?

Digo isso como um jeito irreverente de avisar que ainda reconheço todos os personagens. Annie também reconhecia. Está na primeira página em tinta roxa: *Você pretende pedir os direitos de vida de mim e Dylan ou não??*

Mas a expressão de Levi se fecha. Seus olhos continuam nos meus, a culpa neles tão intensa que é quase como se sua linha de raciocínio se infiltrasse na minha cabeça. Como se acendesse uma luz e expusesse algo que eu provavelmente devesse ter notado há tempos.

— Ah — digo.

Porque parece uma piada cósmica. Fiquei tão focada em imaginar por que eu não estava em *Caçadores do céu* que nem pensei em me procurar em outro lugar.

— A menina por quem o personagem principal se martiriza tanto no seu livro de Nova York... Que ele ama, mas sente que precisa deixar para trás, terminar pelo bem dela. — Fecho os olhos, sentindo um sorriso triste se abrir no meu rosto. — Sou eu, não?

Quando abro os olhos de novo, o sorriso de Levi é igualmente melancólico.

— Eu só estava... processando, à minha maneira — ele diz. — Sentia tanto a sua falta. Você não faz ideia.

Mas é claro que faço. Passei os mesmos anos sentindo falta dele, cada versão dele que conseguia imaginar. O Levi que era meu melhor amigo. O Levi por quem me apaixonei no ensino médio. O Levi que existe agora, porque não existe nenhuma versão de Levi que eu não tenha desejado loucamente, que eu não quisesse ao meu lado. Quando você ama alguém assim, esse sentimento vira parte da sua alma. Algo inevitável. Algo permanente. Algo que nunca teve um começo claro e nunca vai ter um fim.

Deveria ser um momento bombástico admitir para mim mesma que sou apaixonada por Levi. Mas não é. É calmo e brando e seguro. É parte de mim há tanto tempo que ela não sabe não ser.

Não, não é o amor que me amedronta. É o que poderia acontecer com ele. Faço uma inspiração rápida e vacilante antes de dizer:

— O meu palpite é que eles não têm um final feliz.

Ele faz exatamente o que estou torcendo para ele fazer. Ele se aproxima para colocar os braços ao redor de mim, para me abraçar com tanta firmeza que me afundo no seu calor, inspirando seu cheiro como se pudesse guardar essa sensação no peito depois que nos separarmos.

— É só uma história, June — ele diz. — Podemos fazer nosso próprio final.

Concordo com a cabeça em seu peito, mas aí é que está. Não quero um fim. Quero um começo. E agora, com Levi partindo de manhã, com a dúvida girando em meu coração, com tanta coisa mal resolvida entre nós e o passado que estamos abandonando, sinto que ainda estou prendendo o ar, esperando a história começar.

CAPÍTULO VINTE

No fim das contas, existem certas vantagens em deixar seu ex-namorado te humilhar e fazer você de alvo de chacota nacional, porque, meses depois, você pode receber um prato de cortesia de minicroissants e moranguinhos cortados em formatos fofinhos ao lado de um bilhete que diz *"Bem-vinda a Nova York, June!!"*. Sem falar na vista absurda e deslumbrante do centro de Manhattan de um dos últimos andares de um hotel chiquérrimo pago do bolso dos mesmos produtores de reality show que deram um zoom de alta definição em você secando ranho da cara com a própria manga.

Sinto uma calma estranha enquanto espero à janela e contemplo o mar de prédios que atravessam o horizonte ensolarado. Em poucos minutos, um carro vai vir para me levar para o estúdio. Em poucas horas, a entrevista vai estar finalizada. E, não muito depois, o capítulo Griffin da minha vida vai estar encerrado. Posso não ter muita certeza do que a página seguinte reserva, mas, agora, isso já é o bastante.

De uma coisa eu sei: eu e Levi vamos nos encontrar mais tarde e tomar uma para comemorar no bar do hotel, depois fazer uma comemoração definitivamente mais picante no quarto. Amanhã, vamos sair para correr no Central Park, assistir a uma matinê e comer uma fatia de pizza rápida por um dólar antes de eu pegar o ônibus de volta para casa. Mas minha esperança é não voltar a fazer o que venho fazendo desde que Levi foi embora uma semana atrás, que é basicamente sentir que estou enfiada num limbo, parte com Levi e parte não.

Não ficamos exatamente sem nos falar essa semana. Ligamos um para o outro de manhã e depois que a Orla do Chá fecha. Trocamos links de memes e vídeos engraçados no TikTok sobre os Ex Vingativos que continuam espalhados por aí. Começamos a trocar e-mails sobre o Jogo de Galeria, em que mandamos fotos de quadros de museu aleatórias com um emoji de cama e um ponto de interrogação e o outro responde com um visto ou *X* gigante.

Estamos totalmente no presente um com o outro, mas é bem isso, estamos apenas no presente. Nenhum de nós falou nada sobre o futuro. Não faço ideia de quando Levi vai voltar ou onde pretende morar, não tenho noção se posso convidá-lo para um show que vai rolar na cidade daqui a alguns meses, nenhuma ideia real de como vai ser nossa relação daqui para a frente. O casamento é em um mês e, depois disso, existe apenas um cinza turvo e imprevisto.

Mas todas essas são conversas muito mais fáceis de ter cara a cara. Eu só preciso sobreviver à entrevista sem fazer nada vagamente memeficável, e vamos ter todo o tempo do mundo para passar tudo a limpo.

— Você está espetacular, hein?

Griffin me cumprimenta no estúdio em Midtown com um sorrisão animado, o cabelo escuro levemente penteado com gel, o rosto já maquiado para as câmeras. Eles o vestiram com um terno azul-marinho elegante e bem ajustado e uma camisa branca de botão, combinando com a barra do vestido floral verde-escuro que botaram nas minhas mãos assim que o carro que eles mandaram me buscar me deixou aqui. Eu o encaro detrás dos dois maquiadores que cuidam rapidamente do meu rosto — "Não se preocupa, querida, o rímel é à prova d'água", um deles me disse com uma piscadinha — e respondo Griffin com um "Obrigada" inexpressivo.

Ele continua esperando por um momento como se eu fosse responder ao elogio. Como não falo nada, ele passa o peso de um pé para o outro por um segundo, constrangido, antes de dizer:

— Ei, valeu de novo por topar isso. Você é uma amigona.

A palavra "amigona" soa tão ridícula saindo da boca dele depois de termos passado literalmente uma década juntos que eu bufaria se não houvesse alguém passando pó no meu rosto. Mas, com esse bufo interrompido, vem uma forma estranha de alívio. Griffin está aqui, no mesmo ambiente que eu pela primeira vez desde que terminou comigo, e não sinto... nada. Nem nostalgia, nem mágoa, nem mesmo raiva. Nada além de vontade de rir.

Uma onda serena de confiança me atravessa, uma armadura invisível. Qualquer nervosismo que eu ainda tivesse sobre a entrevista, sobre enfrentar Griffin uma última vez, desaparece.

— Claro — digo, despreocupada. — Vai ser bom dar um desfecho para o público.

Algo se acende e se apaga no sorriso treinado de Griffin. Uma surpresa rápida seguida por uma decepção inequívoca. Seguro o riso de novo: está na cara que ele achou que encontraria uma June completamente diferente. Ou talvez nem fosse uma June diferente. Talvez achasse que encontraria a velha June, a versão de mim que cedia fácil até demais, que aplacava e tolerava porque preferia que ele me pressionasse do que se afastasse de mim.

Mas aquela June não existe mais. Ele sabia disso antes de terminar comigo. Eu me mudei de volta a Benson Beach e, de repente, não era mais a June de Griffin, mas a June que estava aprendendo a administrar a Orla do Chá, que dizia não para os caprichos dele, que estava crescendo e mudando sem ele. Ele sabia que não conseguiria lidar comigo tentando alcançar o meu melhor, então terminou comigo de uma maneira que pudesse me colocar no meu pior.

Mas ainda estou aqui. Mais forte do que nunca. E basta um olhar para seu rosto apreensivo para ver que isso o está deixando doido.

— Me avisa se precisar de alguma coisa — ele finalmente se contenta em dizer, o sorriso de volta ao rosto.

Abro um sorriso tenso em resposta.

— Estou bem, mas obrigada.

Vê-lo saindo com o rabo entre as pernas é tão satisfatório que já é um desfecho por si só. Agora o que quer que aconteça nessa entrevista vai ser só a cereja do bolo.

Meia hora depois, estou sentada numa poltrona de veludo luxuosa em que me colocaram, cruzando os tornozelos com delicadeza, sentada exatamente na postura "relaxada, mas confiante" para a qual Sana me treinou a semana toda. Ela ainda está atolada no que quer que esteja tentando escrever para o *Fizzle*, mas me colocou em contato com um amigo que tem *media training* e, juntos, elaboramos um roteiro para praticamente qualquer situação em que o *Business Savvy* possa me enfiar.

Faço uso desse roteiro logo de cara quando Archie, o apresentador extremamente animado de *Business Savvy*, se senta numa cadeira a poucos metros de onde eu e Griffin estamos sentados e finge um sobressalto teatral com um barulho que sai pelos alto-falantes.

— Meu Deus — diz Archie, com uma olhada na direção da tela atrás de nós. Ele se volta para a câmera e diz com irreverência: — Como é que isso foi parar aí?

Sou eu, claro. Menina Chorona. Chorando sem parar no meu sofá e soluçando "eu só... eu só..." como se fossem as duas únicas palavras que conheço, meu rosto tão inchado e sujo de rímel que pareço o tomate mais trágico do mundo.

Mas estou pronta para isso. Sana me fez assistir ao vídeo dez vezes toda noite como se fosse uma terapia de exposição. É como se eu estivesse assistindo a um vídeo de tinta secando.

— Não faz isso com ela, Archie, poxa — diz Griffin, de repente se fazendo de sério e protetor. — Que desnecessário!

Eu me acomodo na poltrona e sorrio. Está claro que isso foi uma armação para me abalar e fazer Griffin parecer um cavalheiro por me defender. Armação essa que saboto assim que Griffin se vira para mim com uma expressão de solidariedade fingida e percebe que não apenas não estou abalada, como estou achando graça.

Ele abre a boca para falar alguma outra coisa que deve ter ensaiado, mas o interrompo, me dirigindo a Archie.

— Não, não, Archie, continua passando — digo alegremente. — Estou tentando conseguir um patrocínio da Kleenex aqui.

Archie solta uma risada, surpreso.

— Esse é o espírito!

O vídeo termina e Griffin limpa a garganta.

— Nossa, June — ele diz, apertando uma mão na outra e se sentando na beira do assento para olhar melhor para mim. — Sei que já pedi desculpa por aquele dia, mas é sério. Vou me sentir horrível pelo resto da vida por ter feito você passar por aquela situação.

Pelo canto do olho, consigo ver a câmera dando zoom em seu rosto arrependido, a outra girando para gravar o meu. Sorrio com tranquilidade, me sentindo menos numa entrevista e mais num show de marionetes engraçadinho, vendo Griffin tentar não se enrolar nos próprios cordões.

— Ah, não se preocupa, amigão — digo, incisiva, adorando a maneira como seus olhos faíscam de irritação. — Graças a você, sempre vou ter uma história para contar.

Ele acalma a expressão de novo, recompondo-se no mais perfeito retrato de arrependimento.

— É que fico muito mal com a ideia de ter magoado você depois de tudo que a gente passou junto.

— Certo — diz Archie. — Vocês foram um casal por... quanto tempo?

Griffin bufa e abana a cabeça, como se os anos tivessem passado bem debaixo dos seus olhos.

— Nossa. É difícil dizer, desde que somos amigos. Sempre estivemos juntos.

Dez anos, eu poderia responder com tranquilidade. Namoramos por dez anos. E, embora fosse satisfatório por um momento jogar essa bomba em *Griffin* ao vivo na televisão, também não quero admitir.

— Tenho certeza que sim. E, pelo que eu soube, vocês dois já estavam se afastando antes de o programa começar — diz Archie, com uma autoridade que não deixa espaço para contestação. — Mas vocês ainda são bons amigos, certo?

Sana me avisou que eles muito provavelmente teriam toda uma narrativa elaborada para favorecer Griffin, mas esse é um golpe baixo até para ele. Em retrospecto, não era nem para termos ficado juntos.

Mas nosso afastamento não tornava mais aceitável que ele saísse por aí me traindo.

— Claro — digo, virando-me para Griffin com um sorriso de olhos duros. — A gente se dá bem.

Uma veia na têmpora de Griffin se contrai, como se eu estivesse perto do limite. Encaro seu olhar com firmeza. Um aviso de que, se ele for longe demais, estou mais do que disposta a ir também.

— Mas, apesar disso, você ficou com um amigo em comum, Levi Shaw, para se vingar de Griffin — diz Archie, recostando-se e erguendo as sobrancelhas com um sorriso.

Solto uma risada brusca e pasma.

— Tenho muitos motivos para estar com Levi, mas posso jurar que nenhum deles é para me vingar de Griffin.

— Não. Não, claro que não — diz Griffin, com uma tranquilidade excessiva. — Foi tudo por diversão, certo, June?

Conheço esse tom meloso. É Griffin em seu habitat natural, Griffin mais Griffin do que nunca. É o mesmo tom que ele usou inúmeras vezes quando estava me pedindo coisas sem realmente pedir, sabendo muito bem que conseguiria o que queria.

O que significa que, o que quer que ele pretenda dizer na sequência, está planejando ter exatamente isso.

Griffin se vira para o apresentador, e parece quase em câmera lenta a maneira como se inclina, como o sorriso calculado se abre nos seus lábios.

— Quer dizer, saca só: Levi e June só estão fingindo namorar.

Sinto meu corpo todo ficar tenso antes que as palavras tenham tempo de ser processadas. Apesar de todas as possibilidades que Sana repassou comigo, não previmos essa nenhuma vez. Nem enquanto acontece, não consigo acreditar. Como se minha força de vontade fosse capaz de fazer Griffin retirar o que disse, engolir o que quer que esteja se preparando para dizer na sequência.

Archie arqueia as sobrancelhas com uma surpresa tão cômica que isso não tem como não ser encenado.

— É mesmo?

— Sim. Cresci com eles, então soube de cara — diz Griffin, com aquele mesmo sorriso agradável que parece feito de cera como um boneco Ken.

A adrenalina está passando agora. Griffin está achando que vou ficar abalada como fiquei da última vez, mas a última vez foi um ataque surpresa. Desta vez eu vim preparada. Talvez não para *isso*, mas preparada o bastante para lidar com isso.

Digo com um tom irônico e firme.

— Ai, caramba. Isso é novidade para mim. É bom alguém contar para Levi.

— Ah, fala sério, June — Griffin diz alegremente, virando-se para mim. — Tudo bem. Agora todo mundo sabe que não tem ressentimento. Somos todos amigos.

Archie se inclina para nós, os olhos brilhando.

— Então essa história toda de Ex Vingativos... foi mentira ou não foi?

— Bom, primeiro de tudo, nós nunca nos chamamos assim — começo, mas Griffin não me deixa ir além.

— Ah, sei de fonte segura que é sim — ele diz. — Eu e June somos de uma cidade pequena, afinal.

— Sabe o que dizem sobre segredos em cidade pequena — diz Archie, com um aceno para a câmera.

Griffin se vira para mim com o que deve pensar ser uma expressão afável.

— E as pessoas acabariam descobrindo uma hora ou outra — ele diz. — Ainda mais agora que Levi voltou a morar com Kelly e tudo. Vocês se divertiram, e tudo ficou para trás. Só estou feliz que podemos rir disso no fim.

Inspiro fundo para dizer poucas e boas para Griffin, mas Archie me interrompe com a autoridade harmoniosa de alguém que já viu um bom número de pessoas perder a cabeça ao vivo na televisão.

— Bom, pessoal, as coisas estão saindo do controle aqui; vamos ver o que mais conseguimos descobrir sobre os Ex Vingativos quando voltarmos.

Fico paralisada na poltrona, encarando Griffin. A fúria em mim é tão abrasadora que sinto que poderia explodir todas as luzes do estúdio apontadas para nós agora. Estou tentando decidir com quem estou mais furiosa: com Griffin, por me atirar aos lobos outra vez, ou comigo mesma, por ser burra a ponto de deixar que isso acontecesse, quando alguém começa a tirar meu microfone.

— Quê... a entrevista não acabou — digo.

— A sua parte acabou — diz a produtora com firmeza.

— Não — respondo, recuando. — Mas tenho mais para dizer...

— A sua parte acabou — ela repete, os olhos brilhando em alerta. Entendo na hora que essa é uma briga que vou perder. Mesmo se me permitirem continuar no ar, é impossível que eles não tenham um plano B para me deixar ainda pior.

— Certo — digo.

Griffin já saiu andando. Assim que meu microfone é tirado, saio à caça dele, mas não preciso. Ele já está no canto, os olhos encontrando os meus tão rapidamente que fica claro que ele quer um confronto. E ele vai ter.

— Isso foi desnecessário — digo. — E uma mentira deslavada.

— June, não minta para mim — ele diz, toda a falsa simpatia sumindo. É quase um alívio escutar isso; pelo menos agora podemos cortar o papo furado e ter uma conversa de verdade. — Kelly me contou a história toda.

Solto uma risada tensa.

— Kelly? Quando é que você conversou com Kelly?

Griffin está ao mesmo tempo furioso e convencido, e nenhuma das duas coisas cai bem nele.

— Ela entrou em contato comigo na semana passada. Jantamos. Ela contou tudo sobre o planinho de vocês para manchar minha imagem antes mesmo de a gente pedir a bebida.

— Ai, meu Deus. — Rio para valer desta vez, dando um passo para trás, incrédula. — Você acha mesmo que é tudo sobre você, não?

A cara de Griffin fica vermelha como uma beterraba.

— Por que mais você faria isso, então, June? Fazia *anos* que você não falava com Levi e, de repente, aparecem como dois pombinhos?

— E como exatamente isso mancha a *sua* imagem, Griffin? — pergunto, mas, assim que as palavras saem da minha boca, tudo se encaixa. O resto da risada passa. — Não mancha. Você sabe muito bem que foi você mesmo quem fez isso. É só que você odeia Levi. Você me deu o fora, mas não quer que eu seja feliz com um cara que você odeia.

— Não — Griffin responde, cortante. — Não quero que você arme uma para cima de mim com um cara que você odeia.

Agora que o estou vendo assim, despido de todas as suas gentilezas, seu charme encenado, fico quase assustada por não ter visto a gravidade disso antes. Poderia haver um universo em que eu estava disposta a continuar ignorando isso, em que ainda estaria estagnada tentando ser a namorada que eu nunca poderia ser por mais que tentasse.

Não importa. Neste universo, não tenho nenhum segundo para desperdiçar com ele.

— Vou ser clara: nunca foi sobre você. E não importa como ou por que começou, eu e Levi estamos juntos agora. — Chego perto só o bastante para fazer as palavras entrarem e se fixarem. — Eu diria para você superar, mas não pretendo rever você nunca mais.

É só então que Griffin começa a perder parte da bravata. É só então que fica claro que ele ficou esse tempo todo esperando que eu cedesse como antigamente, até desabasse como desabei quando terminamos. Agora estou inabalável, e Griffin não sabe como lidar com algo que não consegue abalar.

— Não sei por que você está tão esquentadinha por causa disso — diz Griffin. — Cá para mim, você e Levi manipularam a gente, e agora a gente manipulou vocês em resposta.

Sinto uma mão em cima do meu ombro.

— Srta. Hart, seu carro chegou.

No caminho rápido para hotel, descubro o grau em que Griffin nos "manipulou". Uma matéria sobre os Ex Vingativos serem mentira já chegou à internet; os produtores de *Business Savvy* já deviam tê-la plantado havia pelo menos uma semana. Há fotos de Levi entrando e saindo do prédio, uma em que está com dois copos de café na mão, outra com Kelly sorrindo ao seu lado. Há citações de dois veículos diferentes confirmando que compraram nossas fotos da mesma fonte. E o resto do especial basicamente detalhou as evidências para o público ao vivo depois que eles voltaram do comercial.

Estou anestesiada por isso tudo enquanto leio, o celular explodindo com pessoas ligando uma após a outra: Levi, meus pais, Dylan, Levi de novo, números que nem conheço. Uma mensagem de Sana aparece, a única que me dou ao trabalho de ler: Te comprei uma passagem para o ônibus das 18h se conseguir chegar a tempo.

Espero que Sana esteja preparada para eu dar um beijo na boca dela assim que o ônibus entrar em Benson Beach.

Pego a mochila e a bolsa que trouxe às pressas, desesperada para não ficar nem mais um segundo na cidade. Mas, quando saio do elevador para o enorme saguão, paro de repente.

Lá está Levi, de costas para mim, numa conversa acalorada com a recepcionista. A visão dele é como uma turbulência, uma correnteza impetuosa que não sabe que forma assumir. Sinto um alívio incrível. É a parte inata de mim que vê Levi e se sente imediatamente à vontade. Mas há também outra coisa logo abaixo. O que me fez ignorar suas ligações no carro, que me deixou tão disposta a pegar aquela passagem de ônibus que Sana comprou sem nem avisar para ele. Algo que começou como raiva, talvez, mas pode ser algo mais profundo. Pode ser algo pior.

Quando começamos esse plano, a única coisa que prometemos um para o outro foi ser sinceros. E Levi não foi. Não ligo que ele tenha contado para Kelly. Não ligo nem que ela tenha nos dedurado. Mas Levi não me contou que tinha contado para ela, o que significa que isso só poderia ter sido motivado por uma coisa. Ele não estava contando para ela para esclarecer as coisas. Estava contando porque uma parte dele, por menor que fosse, não queria que o que ele tinha com Kelly acabasse. E ele não me contou por vergonha.

Posso estar errada. Quero desesperadamente estar errada. Mas, estando ou não, não posso ter essa conversa com ele agora. É uma ferida recente demais, aberta demais. Se conversarmos sobre isso agora, sinto que muito mais coisa vai ser puxada das profundezas. Coisas que eu preferiria manter escondidas porque tenho medo de que, assim que as dissermos em voz alta, vai estar tudo acabado antes mesmo de começar.

O melhor que posso fazer agora é voltar para casa. É o que digo a mim mesma, pelo menos, quando me viro para sair do saguão do hotel e escuto a voz de Levi atrás de mim:

— June.

Um dos meus passos vacila, mas continuo andando.

— June, espera — Levi chama.

Ergo a mão para chamar um táxi, que para com uma velocidade espantosa. Abro a porta assim que Levi me alcança, os olhos transbordando de preocupação, de remorso.

— June — ele diz uma última vez, e faço que não com a cabeça. Considero seriamente pedir desculpa, mas não peço. Se eu disser uma palavra para ele, muitas outras virão, e não posso ter essa conversa agora. Fecho a porta do táxi, digo para o motorista me deixar no cruzamento do ponto de ônibus, e vejo o rosto arrasado de Levi desaparecer.

CAPÍTULO VINTE E UM

Quando eu era pequena, tive uma fase muito agressiva de escalar árvores. Havia uma árvore grossa bem no meio da nossa floresta com um emaranhado de galhos que subiam cada vez mais alto, tão alto que, ao chegar lá em cima, dava para ver os limites da cidade toda: o pequeno núcleo da praça principal de Benson Beach que dava para o calçadão, que se abria nas ruas estreitas cheias de casas descombinadas além dele. A faixa de areia em contraste com o incrível e intenso azul do oceano que se estendia até o céu ainda mais azul. Eu chegava ao topo e sentia o vento no rosto, invadida por um tipo estranho de pavor e adrenalina: o medo da altura que havia subido, mas a satisfação de tê-la subido. O medo de o mundo ser tão maior do que eu pensava e a expectativa de tudo que ele reservava. O medo de saber que eu teria que descer e o consolo de saber que, por mais que demorasse, Levi sempre estaria me esperando pacientemente lá embaixo.

Pensei muito nessa fase de escalar árvores ao longo dos anos. Eu a usava para justificar muitas das coisas perigosas que Griffin me convencia a fazer. *Eu vivia fazendo coisas que me assustavam*, eu pensava comigo mesma. *Subia naquela árvore mesmo morrendo de medo. Por que isso é diferente?*

Entendo agora exatamente por que era diferente. Era uma escolha minha. Minha árvore para escalar, meu medo para sentir, meus limites para testar sem ninguém que os forçasse para lá ou para cá.

Estou pensando naquela árvore quando o sol nasce na manhã seguinte à entrevista e abro a porta do meu apartamento para ver Levi já sentado com o olhar alerta em seu alpendre, claramente me esperando descer.

Ele me encontra no meio do caminho entre a Orla do Chá e o condomínio, seus olhos vermelhos por falta de sono, parecendo tão esgotado quanto eu. Sua expressão é uma variação daquela que ele fez antes de o táxi sair: marcada por um remorso sincero e um nervosismo logo abaixo dele, suave em seus olhos, mas tenso em seu maxilar.

Penso o que ele deve estar achando da minha cara. Reservada, provavelmente. Exausta. Confusa.

Mas, mais do que tudo, estou aliviada por ele estar aqui. Porque, quando estamos perto o bastante para ver tudo transbordando nos olhos um do outro, por um momento, enxergamos a essência. A parte que somos apenas nós sem o ruído do resto do mundo. Eu me apoio nele, encostando a cabeça em seu ombro, e seus braços me envolvem com tanta firmeza que fecho os olhos, tentada a ficar aqui para sempre. Fingir que ontem não aconteceu, que não estou me preocupando com o que vem depois.

— Desculpa, June — ele diz, a voz baixa no meu ouvido. — Se eu fizesse alguma ideia de que Kelly diria alguma coisa, eu nunca teria contado para ela.

Então por que contou?

Sei que preciso perguntar, mas não tenho coragem. Não ainda. Sacudo a cabeça em seu peito, erguendo os braços para apertar as mãos nas costas dele, para me afundar na sua firmeza. Quero só isso agora. Não quero a tempestade no horizonte. Quero ficar aqui, bem no olho dela, pelo tempo que for possível.

— Não importa — digo. — Pelo menos não no grande esquema das coisas.

Levi recua, mantendo as mãos na minha cintura.

— Claro que importa. É culpa minha que Griffin tenha jogado aquela bomba em você.

— Não — respondo. — Foi culpa minha por estar lá, isso sim. Pensei que eu estava indo com a farinha, mas ele já tinha vindo com um *belo* de um bolo.

Arrisco um pequeno sorriso, mas Levi não retribui.

— Queria conversar com você depois, mas você simplesmente... fugiu — ele diz.

Dou um passo lento para trás, criando distância entre nós. Se minha intenção é impedir essa conversa, não estou me saindo muito bem até agora.

— Desculpa. Eu só precisava sair de lá.

— Você sabe que eu teria vindo com você — ele insiste.

— Sei. — Eu já sabia, mas sei ainda mais agora: ele deve ter pegado o ônibus do fim da noite, o que faz jus ao nome de Ônibus Bêbado. — Está tudo bem, Levi. A gente está bem — eu digo, porque talvez seja melhor não examinar com muita atenção. Se eu não perguntar por que ele contou para ela, ele não precisa me dar uma razão que possa nos abalar.

Ele não responde com nenhum aceno nem nenhuma pergunta. Respira fundo como se estivesse se armando de coragem e diz:

— O que você vai fazer agora?

Baixo os olhos para os meus tênis, mal lembrando que devo ter amarrado os cadarços. Acordei tão envolta por mensagens e ligações e links para artigos sobre nós que era a única atitude que ainda fazia sentido.

— Eu ia correr — digo.

— Está bem — ele responde. E começa a me seguir pela praia sem nem calçar os sapatos.

Quando chegamos à parte em que a areia macia dá lugar à areia úmida e dura sob nossos pés, consigo ver que ele está criando coragem para quebrar o silêncio. Quebro antes dele.

— Que tal assim — digo. — Disputamos corrida até o próximo píer. E, se eu vencer, nunca mais falamos sobre o que aconteceu ontem.

Arrisco outro sorriso, meus olhos descendo para seus pés descalços. Mesmo a toda velocidade, ele nunca me venceria sem tênis. Afundo os pés na areia, já sentindo o alívio da competição antes mesmo de começar. O alívio de essa conversa acabar antes mesmo de começar.

Mas Levi estende o braço e coloca a mão ao redor do meu punho de um jeito gentil, mas firme.

— Quero conversar sobre o que aconteceu.

Mantenho o sorriso o mais intacto possível no rosto.

— E estou dizendo que não tem o que conversar — digo descontraidamente.

Levi não me solta. Apenas traça o polegar na pele macia do meu punho, dando um passo para perto.

— Já corremos de muitas coisas, June. Não quero mais correr.

Ele está certo. Por mais que eu não consiga aceitar no meu coração, sei no meu corpo. Estou exausta de uma forma que vai além de músculo, vai além de osso. Estou correndo dos meus sentimentos desde que essa história começou. *Literalmente* correndo toda vez que eu e Levi tínhamos uma conversa que parecia profunda demais, reveladora demais; desafiar Levi para uma corrida quando uma conversa fica séria demais está na cartilha de June desde que éramos crianças.

Solto o punho da sua mão e começo a andar devagar pela praia até ele me acompanhar. Está tranquilo hoje, como sempre é perto do fim do verão. Um calor firme que está prestes a virar.

— O que você quer que eu diga? Que estou com vergonha? — Ergo a cabeça para ele. — Já aconteceu com a gente antes. Vamos superar.

Levi fica em silêncio por alguns passos. Pensativo. A espera é como andar de novo naquela corda bamba, sem saber se nossas próximas palavras vão me jogar para baixo ou me endireitar.

— No começo disso tudo dissemos que a nossa única regra de verdade é que seríamos sinceros um com o outro — diz Levi. — E isso implica tudo, June. Você está chateada. Sei que está porque fica me afastando. Me expulsando. — Ele sacode a cabeça. — Não quero varrer a sujeira para debaixo do tapete. Se estiver brava, fique brava. Fale comigo.

Olho fixamente para os nossos pés, nossos ritmos desencontrados se igualando, e sinto se formar entre nós a tempestade que eu estava evitando. Que estava no horizonte muito antes da entrevista de ontem, que vem ganhando velocidade desde que Levi chegou à cidade.

Não consigo mais evitar. Paro na praia e me viro para Levi.

— Por que você contou para Kelly sobre o nosso trato? — pergunto.

Levi acena como se estivesse esperando por essa pergunta, como se estivesse aliviado por eu tê-la feito.

— Queria a chance de conversar com ela sobre isso. Com alguém que compreendia a situação toda e me compreendia — ele diz.

Fecho os olhos por um momento porque essa não é a resposta que estou buscando.

— Mas você não contou para mim que contou para ela. Também quero que a gente seja honesto, Levi. E acho que existe um motivo por que você não me contou. Acho que... parte de você ainda queria que aquela porta com ela continuasse aberta.

Estou torcendo para ele negar. Torcendo para ele ficar irritado e começar a listar os motivos por que estou errada e, mesmo que eu não acredite, pelo menos parte dessa dor cortante passe.

Em vez disso, ele solta um suspiro resignado.

— Talvez por um momento — ele admite. — Eu estava apavorado. Não sabia como você se sentia sobre aquela noite na sua casa.

As palavras me atravessam como uma corrente fria, gelando meus ossos. Uma armadura contra o calor imediato do pânico, das palavras sibilando sob minha pele: *Você estava certa.*

— Eu falei como me sentia — digo com uma calma estranha. — Falei naquele estacionamento como me sentia. Isso nunca mudou.

— Mesmo assim você me botou para fora na manhã seguinte. — Seu tom não é acusador, só baixo e um pouco triste. — Como está fazendo agora.

Não nego. Pela primeira vez, eu me permito sentir tudo. Ergo os olhos para ele, para seus olhos cansados e ansiosos, e saio da corda bamba.

— Sei que você não tinha controle sobre a presença de Kelly aqui, mas, quando ela estava, você não me mandou nenhuma mensagem. — Ainda não sinto que estou caindo. Minha voz é firme, serena; sobre essa parte, tive muito tempo para pensar. — Não fazia ideia do que estava acontecendo entre vocês ou o que aquele silêncio significava. Logo depois, você falou que voltaria para Nova York, onde está morando com ela de novo. E isso... conversamos sobre isso tudo. Sei que você tem coisas para resolver. Eu entendo.

Seus olhos estão aflitos, como se ele quisesse muito me interromper, se explicar. Mas ele já me deu explicações. O que preciso agora é que ele entenda o que elas fizeram comigo e por que não consigo evitar me fixar nelas agora.

— Mas essa semana toda não falamos uma palavra sobre nada além disso — digo, e é então que sinto o gelo de pavor. O receio de que, ao expressar esses medos em voz alta, vou transformá-los em realidade. — Nem quando voltaria, nem onde moraria, nem o que faria. Nem o que seria de nós. E, para mim, isso é você se afastando. Você caindo em si. E, se meu afastamento acelerar esse processo, então é melhor para nós dois.

Eu me sinto quase vazia sem as palavras guardadas dentro de mim. Como se todo esse tempo elas tivessem me mantido equilibrada, me mantido em pé para que nada disso conseguisse me derrubar. Sem elas, estou oca de novo, como se eu tivesse dado uma parte de mim e Levi pudesse decidir preencher o espaço com o que quisesse.

— Tem razão — ele diz, voltando os olhos para a areia. — Acho que eu vinha evitando falar sobre o futuro. Voltei para Nova York e simplesmente... me fechei. Foi como uma avalanche. Acho que só me toquei quanto tempo tinha passado. Como as coisas estavam mudando de repente. Que realmente não faço ideia do que fazer depois, porque faz tanto tempo que não tenho tempo para escrever nada além daquele manuscrito que nem sei se tenho alguma outra ideia. Era mais fácil tentar me focar em arrumar tudo no dia a dia do que no que vinha depois.

— Porque você ainda não tem certeza — digo, e as palavras são quase suplicantes. Como se eu precisasse que ele entendesse isso sobre si mesmo para eu não ter que estar o tempo todo em guarda por causa disso.

— Não é isso — Levi diz. — Só estou tentando me ajustar. É como você mesma disse: está tudo acontecendo muito rápido.

— Exato — digo, e sinto começar a transbordar de novo o pânico crescente, o calor. A frustração. — Eu sabia disso. Ainda sei. Você me falou lá atrás que tinha certeza, que não importava se estava indo rápido demais, mas está na cara que importava *sim*.

— Importava no sentido que... que sim, existem coisas que vou demorar para me acostumar — diz Levi. — Mas isso não muda o que *quero*, June. O que sei que quero, o que ainda quero.

E lá vem de novo: a palavra quero, a espada de dois gumes. Porque querer uma coisa não é o mesmo que se comprometer com ela. Entender a realidade dela. E tenho medo de que Levi ainda não entenda.

Desta vez, escolho as palavras não só para afastá-lo, mas para levá-lo ao limite. Talvez até para machucá-lo. É o fundo de tudo que estou me esforçando para não espiar, todos os medos que tentei impedir que viessem à tona, mas agora puxo todos eles pelas horríveis raízes.

— Você não sabe o que quer, Levi — digo, meu maxilar tão tenso que sinto meu corpo todo doendo por isso. Aponto para a praia com o braço. — Você viveu metade da sua vida nos termos dos outros. Começou a escrever aquele manuscrito de Nova York porque alguns universitários tiraram sarro de você. Ficou num relacionamento por anos para seguir o plano de Kelly. Deixou Annie aterrorizar você a ponto de nem *olhar* mais para mim na adolescência. Não me venha me dizer o que quer, porque acho que você não faz a menor ideia.

O rosto de Levi está tão arrasado que sei que atingi o alvo e mais um pouco. Finalmente consegui. Finalmente cheguei ao fundo da verdade dolorosa que continuaria em silêncio até nos destruir um dia. Apertei o botão de autodestruição, nos transformei numa explosão rápida em vez de uma decadência lenta.

Ele baixa os olhos por um momento, engolindo em seco. Sinto a tensão crepitante e pútrida das palavras entre nós, mas não faço nada para retirá-las. Espero. Observo as consequências trágicas e espero.

Quando Levi ergue a cabeça, ainda vejo a mágoa riscada em seus olhos, os filetes cinza em contraste com o azul. Mas essa mágoa não é como a minha. Não é cheia de arestas furiosas. É suave e triste. Eu me sinto murchar antes mesmo que ele abra a boca, antes mesmo que dê uma verdade sua.

— Acho que você também tem medo — ele diz baixo. — Medo da mudança. Medo de fazer qualquer coisa diferente com a Orla do Chá. Medo de fazer coisas que te fariam feliz agora que Annie se foi.

O nome de Annie esvazia o resto da minha raiva, tirando-a de mim até eu sentir como se não tivesse nada a que me segurar. Existe apenas a verdade nua e crua de suas palavras. Como consegui evitar essa verdade mesmo a usando como uma segunda pele desde o momento em que soube que Annie morreu. Como Levi sabe exatamente como falar isso em voz alta, porque sente isso também. A culpa que é não apenas seguir em frente sem Annie, mas crescer sem ela. A culpa de ficarmos mais velhos e termos revelações e experiências que ela nunca vai vivenciar.

E agora uma parte tão grande da culpa é estar com Levi, sendo que nós dois sabemos que houve um tempo em que ela não queria que ficássemos juntos. E a dor de saber que nunca vamos poder contar para a versão dela que iria querer isso.

Levi dá um passo na minha direção, se aproximando o suficiente para eu poder apoiar a cabeça em seu ombro de novo facilmente, para eu poder apoiar o resto de mim também. Mas ainda estou em conflito demais para ser parte dele. Dividida entre encarar a verdade de suas palavras e querer fugir delas.

— Você tem medo. Sei que sou parcialmente culpado por isso, porque você está certa: tenho muitas coisas para entender. E, se não sou muito bom em falar sobre elas, se fiz você sentir que estou afastando você… parte do motivo é porque não consigo elaborar o passado sem sentir vergonha dele. — Ele baixa a voz, virando a cabeça para olhar melhor nos meus olhos. — Especialmente por como demorei para fazer as pazes com você.

Parece tão estranho para mim agora que, até poucas semanas atrás, mal nos falávamos. Que consegui sobreviver por tanto tempo com poucas mensagens trocadas por ano sendo que agora ele tem mais de mim do que nunca dei a ninguém, que nunca imaginei que poderia dar. Que agora estou aqui, encalacrada entre esse êxtase de viver o amor como nunca antes, somado ao pavor de saber que posso perder isso.

— Mas não é só remediar o passado. É todo um futuro. — Sinto o ardor do que estou dizendo crescer nas bochechas, mas não existe outra forma de verbalizar. Eu e Levi nunca vamos cruzar essa linha pela metade. É parte do motivo por que atravessá-la é tão avassalador.

— Um dia, você pode mudar de ideia.

— Você acha que não tenho medo de que um dia você acorde e faça o mesmo? — Levi pergunta. — Que ninguém tem esse medo? Eu e você sabemos que nada na vida é garantido. — Ele se empertiga mais, endireitando-se ao dizer: — E você está certa. Vivi minha vida nos termos dos outros. E é isso que mais me apavora, June. Todo o tempo que passou me apavora. A ideia de perder mais tempo me apavora, ainda mais sem você.

— E tenho medo de você se arrepender disso — digo de um fôlego só. Antes que ele possa negar, acrescento o pavor reservado e egoísta que está transbordando logo abaixo desse: — E tenho medo de que seja culpa minha.

Levi abana a cabeça, mas há uma paciência no gesto. Uma calma.

— Por que seria culpa sua?

Faço uma inspiração que parece sacudir meu corpo todo.

— A questão é que também vivi minha vida nos termos dos outros. Só consegui encerrar esse ciclo ontem — falo. — Então sei exatamente como você está se sentindo agora. E você está fazendo todas essas mudanças tão rápido que tenho medo de virar o que Griffin foi para mim ou Kelly foi para você e decidir as coisas por você.

A pior parte é que sei que sou capaz disso. Eu o guiei algumas vezes na direção de *Caçadores do céu*, e apoiei seu outro manuscrito, mas sei a facilidade com que justificaria fazer mais pressão. Perguntei vezes e mais vezes se ele quer mesmo ficar aqui, sabendo que, se fosse o contrário, acho que eu nunca conseguiria me mudar para Nova York por ele. Depois de tantos anos abrindo mão de coisas demais por Griffin, odeio a ideia de Levi abrir mão de coisas demais por mim.

Mas Levi apenas abana a cabeça de novo e, desta vez, não é apenas um gesto calmo, mas firme.

— Você não está decidindo nada por mim. Eu sabia antes mesmo de voltar para Nova York que meu lugar não é mais lá. Mesmo assim, passei uma semana tentando escrever aquele manuscrito deprimente e odiei cada segundo. — Seus olhos queimam com um calor mais brando, tão envolvente que sou atraída para mais perto, que não consigo desviar os olhos. — Tudo o que eu queria era estar em *casa* — ele diz, a voz quase embargando na palavra. — Eu queria estar correndo nesta praia. Queria estar perto dos meus pais. E, mais do que qualquer coisa, queria estar com você, comendo pizza gelada no seu sofá, sendo esmagado no seu carro para ir para mais um encontro ridículo, trabalhando lado a lado nos fundos da Orla do Chá o dia todo.

Minha respiração se prende na garganta. Parece outra versão do futuro que eu via para nós, aquele que só me permitia imaginar por alguns momentos antes de desistir. Mas esse é presente. Uma base sólida. Algo em que podemos criar raízes se cairmos no lugar certo.

— Quero isso também — digo. — Mas, pela maneira como tudo está mudando agora... ainda não chegamos lá.

Ele fica quieto por um momento, vasculhando meu rosto. Fico bem parada, observando-o contemplar cada parte de mim, observando uma decisão tranquila se resolver nele.

— Que tal assim — ele diz finalmente. — Desta vez deixamos tudo na jogada.

Meu lábio se curva, e estou à beira de um riso murmurado, quase exasperado, quando as mãos de Levi apertam minha cintura. Há uma firmeza, uma veemência em seu toque que vibra pelo meu corpo, firmando-me como uma âncora, pulsando em mim como uma necessidade. Quando meus olhos encontram os dele, não vejo apenas o azul-oceano. Vejo um certo tipo de infinito. Como se estivesse de novo no alto daquela árvore, contemplando a expansão interminável de azul, assombrada, ansiosa e apavorada.

Ele se abaixa de modo que nossas testas se encostam. Estou sem fôlego, meus olhos arregalados nos dele, sentindo as palavras antes que ele as diga. Como se as ouvir em voz alta fosse apenas o maremoto de uma corrente que senti a vida toda.

— Eu te amo, June. — Ele diz simplesmente, sinceramente, mas com a voz mais profunda que já ouvi. Como se a estivesse tirando do sangue nas suas veias, da medula dos seus ossos. Algo que faz parte dele tanto quanto cada partícula que o mantém vivo. — É a única certeza que tenho. A única que sempre vou ter.

Ele encara meu olhar e, nessas palavras, vejo muito além dessas últimas semanas, além de manuscritos e correrias matinais e da cerimônia de casamento. Vejo uma vida. Vejo manhãs preguiçosas de fim de semana num alpendre com canecas entre as mãos. Vejo Levi digitando numa mesa de canto da Orla do Chá, trocando sorrisos rápidos comigo ao caixa durante a correria de almoço. Vejo corridas na praia e garrafas de Blue Moon, livros e cookies gigantes fingindo ser bolinhos ingleses, risos e mágoas e compreensão. Vejo uma casa com quartos extras que vão se preencher um a um, vejo contornos indistintos de crianças com olhos brilhantes e cabelos encaracolados, parte Levi e parte eu. Vejo alvoradas e poentes entrando e saindo do mesmo horizonte que nos viu crescer, para então nos ver envelhecer.

Fecho os olhos e deixo a sensação se instalar em mim. É um calor que não queima. Eletricidade que não arde. Já é parte de mim também, mas agora está despertando e se espreguiçando nessa realidade nova, tentando respirar por conta própria quando ainda estou me esforçando para tomar fôlego.

Levi não me espera dizer o mesmo, nem mesmo quando abro os olhos de novo. Ele deixa uma mão na minha cintura e usa a outra para envolver meu queixo, o polegar roçando minha bochecha.

— Quando eu terminar de arrumar as coisas na cidade, vou ficar em Benson Beach — ele diz. — Vou ficar aqui e vou amar você, independentemente do que formos um para o outro. E, se precisar de tempo, posso dar isso a você também, June.

É só então que meus olhos começam a arder. Pela maneira como ele fala exatamente o que preciso ouvir. Pela maneira como me entende tão profundamente neste momento que significa mais do que aquelas palavras jamais poderiam significar por conta própria. Pela maneira como preciso desse tempo mais do que qualquer coisa agora, não para ter certeza sobre Levi, mas sobre mim. Que vou conseguir amá-lo como ele me ama, sem duvidar dele, sem afastá-lo. Sem magoá-lo para me proteger.

Agradeço com a cabeça, dando um beijo no rosto dele. Eu me demoro ali, absorvendo o seu calor, sua segurança. Ele dá uma apertadinha na minha cintura, na minha bochecha, e solta, voltando para o calçadão de onde viemos. Olho para a praia, na direção da fileira de píeres e para a floresta depois deles. Não ergo os pés para correr. Fico onde estou, sentando-me na areia e abraçando os joelhos junto ao peito, de frente para a maré.

CAPÍTULO VINTE E DOIS

Posso estar tendo um dos períodos de vinte e quatro horas mais tumultuados da minha vida, mas a internet está em festa. Ontem, os Ex Vingativos eram os queridinhos das redes sociais e, agora, estamos sendo jogados sem um pingo de cerimônia na fogueira de memes para queimar.

Há uma trend no Twitter indicando que não sou mais a Menina Chorona, mas a recém-batizada Menina Mentirosa. Um vídeo da mesma especialista em linguagem corporal de antes, apontando no TikTok todas as "evidências" de que eu e Levi nos odiamos secretamente, uma das quais era ele coçar o nariz. Um artigo sai com uma manchete ameaçadora — O que mais os Ex Vingativos estão escondendo? Pessoas do seu passado revelam tudo! — que na verdade não entrega muito, considerando que ninguém na cidade realmente falaria mal de nenhum de nós pelas costas, além de uma citação dizendo que Levi parecia "retraído" no ensino médio e que meus "bolinhos eram secos" (Sinceramente, isso é muito mais ofensivo do que quem quer que tenha comentado pra que essa confusão por causa dessa idiota afinal???).

Sei que é bem pior do que isso, mas poucos minutos depois que volto da praia, Sana praticamente arromba minha porta e tira meu celular e meu computador da minha mão antes que eu mergulhe mais.

— Eu dou conta — digo, me afundando no sofá. — Estou bem.

— Não, não está. — Ela aponta o polegar para o próprio apartamento atrás dela. — Tenho uma vista linda do mar da minha janela, sabe. Com lugares na primeira fileira para o showzinho de término que você e Levi estavam dando na praia hoje cedo.

Faço uma careta.

— A gente não terminou.

— Ah. Bom, foi um baita de um espetáculo emocional para duas pessoas falando sobre o clima.

Ela começa a revirar minha geladeira e localiza imediatamente a caixa de pizza e tira duas Blue Moons.

— São oito da manhã — argumento, categórica.

Ela abre as duas como se não me escutasse.

— Sana, preciso descer para a Orla do Chá em uns dez minutos.

— Ah, Junezinha querida, você não vai a lugar algum perto daquela pocilga de gremlins da internet agora. Eles estão formando uma bolha na porta. Não uma fila, veja bem. Uma bolha.

Eu me empertigo tanto no sofá que as molas guincham embaixo de mim em sinal de protesto.

— É *aí* que eu preciso descer, então. A gente só está com quatro pessoas na equipe.

— Mateo e Dylan estão cuidando disso.

— Merda — murmuro, passando a mão no alto do rabo de cavalo.

Mal falei com eles. Só mandei mensagens no caminho de volta de Nova York avisando que estava bem e voltando para casa. Nem tive a chance de explicar a situação para eles e, a esta altura, nem sei como. "Estávamos fingindo ficar e depois meio que estávamos ficando e depois fomos expostos publicamente e agora estamos num limbo autoimposto" não soa tão bem quanto "os Ex Vingativos". Ainda mais porque tudo se resume à mesma coisa: *eu menti*.

— Ei. Você basicamente organizou o casamento todo deles este mês — Sana argumenta. — Eles dão conta de alguns bebedores de chá desordeiros por um dia enquanto parte da poeira baixa.

Em vez de dar a fatia de pizza na minha mão como um humano normal, ela a enfia na minha boca como se eu fosse um caixa eletrônico. Mordo enquanto pego a pizza da mão dela, fazendo cara feia, e ela deixa uma Blue Moon aberta na mesa de centro à minha frente, tomando um gole da outra.

— Ah. Nossa. Que gostinho de… faculdade — ela diz, piscando.

Eu me rendo, dando um gole cauteloso na minha bebida. Meu cérebro não sabe o que pensar disso além de ceder à completa e absoluta anarquia. Dou outro gole, mais generoso desta vez, e me arrependo imediatamente. O líquido desce queimando, o gosto me levando de volta àquela noite que eu e Levi passamos no bar uma semana atrás. Aquela noite que passamos enroscados nos lençóis da cama que consigo ver da porta aberta do meu quarto. Até a pizza ridícula me faz pensar nele afundado neste sofá e, de repente, sinto como se tudo no mundo voltasse direto a Levi, Levi, Levi.

Coloco a pizza e a cerveja na mesa, me acalmando. Sana cutuca meu joelho com o pé.

— Me conta o que aconteceu.

Então eu conto. Começo pela entrevista ("Desgraçado do caralho", Sana murmura), passo para minha grande fuga ("O Ônibus Bêbado nunca deixou ninguém na mão", diz Sana, erguendo a cerveja) e me aprofundo nos detalhes da conversa toda com Levi, até a parte em que ele disse que me amava, e mesmo assim eu estava apavorada demais para dizer o mesmo.

Quando termino, Sana dá um gole na Blue Moon sem tirar os olhos da mesa de centro enquanto reflete. Quando volta a olhar para mim, penso que ela vai falar que estou sendo ridícula. Para eu descer e resolver a situação com Levi agora mesmo, antes que seja tarde demais. Ela só acena e diz:

— Acho que vocês estão certos. Vocês precisam de um tempo.

Aceno, arranhando o rótulo da minha garrafa.

— É?

— Sabe, eu *shippo* vocês mais do que ninguém, não me entenda mal. Mas sim. Ele está indo depressa. Você está indo devagar. Vocês dois têm bons motivos para isso. Mas acho que um tempo é a única forma de vocês chegarem a um acordo.

— Obrigada — digo. Não faz eu me sentir melhor, mas agora é a única coisa que me impede de me sentir ainda pior.

Ela estreita os olhos.

— Você está sendo estranhamente indiferente sobre essa coisa toda.

Ergo as sobrancelhas para ela.

— Você sabe que não é minha primeira humilhação pública.

— Estou falando sobre essa confusão toda com Levi.

Desvio o olhar porque, quanto mais falamos sobre isso, menos "indiferente" eu me sinto. Como se, agora que o choque da conversa passou e o peso dela está se instalando, eu ficasse agitada de repente. Apreensiva. Esmiuçando tudo que dissemos, cada palavra assumindo um peso, voltando-se contra mim como pedras dentadas.

Nesses poucos momentos de silêncio, minha garganta já está tão apertada que sei que é apenas uma questão de tempo até tudo bater: a humilhação de ontem à noite, a dor da manhã de hoje, a raiva que sinto por tantas coisas. É como um vulto ameaçador, uma onda prestes a me derrubar por trás.

Engulo em seco, pensando se a ficha vai cair antes ou depois de Sana sair. Estou torcendo para aguentar firme até lá. Por mais que o consolo dela signifique muito agora, o que quer que esteja crescendo dentro de mim parece algo que preciso enfrentar sozinha.

— Sobre o que, a propósito, tenho opiniões — Sana continua. — Toda uma tese, aliás.

Mas, antes que Sana possa se aprofundar, ouvimos uma batida à porta. Trocamos olhares desconfiados. Todos que conhecemos que teriam autorização emocional para bater sem mandar mensagem antes estão ajudando na Orla do Chá agora. Eu me levanto devagar, estreitando os olhos pelo olho mágico, e faço com a boca "*Merda*".

— Só um segundo! — Grito antes de abrir a porta, depois viro para Sana e murmuro: — É *Nancy*.

— Isso sim tem gostinho de faculdade — ela diz, debruçando-se sobre a mesa de centro para esconder as cervejas.

Dou uma olhada no espelho, ainda com a roupa de corrida, o cabelo preso num rabo de cavalo, a cara de quem não dormiu — e decido que até que pareço mais humana do que zumbi. Coloco um chiclete na boca por precaução, virando para confirmar que Sana apagou as evidências da nossa festinha universitária matinal antes de abrir a porta.

— Oi — ela diz, parecendo muito mais composta do que eu num dos seus muitos vestidos espalhafatosos, as pulseiras cintilando sob o sol em seu punho. Meus olhos chegam a seu rosto e sinto aquela apreensão em mim começar a se agitar junto com algo novo. O que quer que seja, esta não é uma visita casual. — Tem um minuto, Junezinha?

— Sim — digo, limpando a garganta. — Sim, claro.

Volto um olhar acabrunhado para Sana, que bate uma continência antes de sair. Deixo Nancy entrar, sem jeito, enquanto fecho a porta com força demais atrás dela.

— Quer um chá? — pergunto.

Nancy está parada na área da cozinha, os olhos fixos em mim.

— Não, obrigada. Na verdade... é uma visita rápida.

Ainda falta uma semana para o vencimento do aluguel de agosto, mas digo mesmo assim:

— Tenho certeza de que vamos bater os três meses hoje. Você viu as pessoas lá fora, né? Falta muito pouco. Consigo pagar amanhã.

Se as palavras saem rápido demais, o silêncio que cai na sequência é totalmente lento demais. Sinto que se estende entre nós como se uma parte do meu próprio corpo fosse puxada com ele. Não sei exatamente o que ela vai dizer, mas, antes mesmo que diga, consigo sentir o mal que vai me fazer.

— Não precisa fazer isso — ela fala. — Na verdade, é por isso que estou aqui.

— Ah? — é tudo que consigo dizer.

Nancy inspira fundo.

— Você sabe que respeito muito o quanto você está trabalhando. E sei que as últimas semanas não foram fáceis, com todas essas... coisas de internet acontecendo — ela diz, fazendo um gesto vago no ar na frente dela. — E é inteligente da sua parte estar usando isso a seu favor. Mas, June, a gente conversou sobre isso. E não estou vendo nenhum sinal de que isso vá funcionar como um modelo de negócios para a Orla do Chá a longo prazo.

Minha garganta fica tão seca que sinto como se toda a umidade tivesse sido sugada do ar da praia.

— Certo. Mas eu, hum... estou pensando em algumas ideias. Explorando alguns eventos com a comunidade local. — Meu coração está pulsando nos meus ouvidos. — E você... você viu os bolinhos novos, certo? Como você disse, estamos reformulando as coisas de novo, chamando a atenção das pessoas.

Ela acena com prudência. Estou tão acostumada a Nancy sendo espalhafatosa e enérgica que isso me desestabiliza ainda mais, visto que ela claramente está odiando tanto quanto eu ter essa conversa.

— Chamando a atenção de estranhos — ela me corrige. — Pessoas que vêm para a cidade para um showzinho e não voltam mais. Isso não resolve o problema aqui em casa, June. Todo esse tumulto está fazendo seus clientes assíduos se sentirem indesejados. O lugar está tão lotado que faz duas semanas que não consigo esperar na fila por um bolinho.

Sinto a pizza se revirar no meu estômago. Parando para pensar, não vi Nancy o mês todo. Nem nenhum dos amigos dos meus pais que costumam passar para comer bolinho e fofocar, nem nenhum dos meus próprios amigos de escola ou faculdade que passam para comer bolinho e fofocar ainda mais.

— Mas isso já vai ficar pra trás. Ontem foi meio que o grande... finale, por assim dizer — digo, fazendo uma careta pela palavra que meu cérebro escolheu. — Tudo vai se acalmar.

Sua expressão é solidária, mas sua voz é firme.

— Lembro que a gente teve uma conversa muito parecida na última vez que a Orla do Chá teve um grande pico como esse. Que você resolveria isso assim que tudo se acalmasse.

Pela primeira vez em muito tempo, me sinto uma criança de novo. Como se voltasse a ser a antiga June e não passasse de um monte de ossos inacabados e Nancy não fosse apenas a proprietária, mas um mar de adultos responsáveis por mim.

— Mas falamos três de meses de aluguel, e eu consegui — digo, minha voz soando ridícula nos meus ouvidos.

— Você ofereceu três meses de aluguel, mas eu falei de um plano bem definido para tornar a Orla do Chá mais sustentável. Mais do que o dinheiro, quero que os empreendimentos no calçadão tenham impactos benéficos a longo prazo na nossa comunidade… não só durante o auge da temporada turística ou em momentinhos como este, mas o ano todo.

Ela faz uma pausa para eu absorver isso, mas não consigo. Aproveito o silêncio para perguntar:

— O que posso fazer?

Antes que seja tarde demais. Não pode acabar assim, não depois do atropelo que foi aprender a administrar a Orla do Chá sozinha, não depois de anos fazendo de tudo para o negócio não afundar, não depois de todo esse verão permitindo que a internet deixasse minha vida pessoal em frangalhos para tentar salvar o lugar. Não depois das promessas silenciosas que fiz a Annie de proteger a loja, mantê-la do jeitinho que ela deixou, como se isso significasse manter um pedaço dela aqui também.

— Você tem algumas opções — Nancy diz com cautela, como se não estivesse esperando que a conversa chegasse tão longe. — Você poderia considerar fechar a loja. Talvez tentar algo novo.

Preciso parar de respirar por um momento para que meus olhos não se encham de lágrimas.

— Ou mudar a Orla do Chá para outro lugar — ela diz. — Se estiver aberta à ideia, posso te passar alguns contatos.

Suas palavras são como um zumbido distante no meu ouvido porque nenhuma é a que quero ouvir. Nenhuma é manter a Orla do Chá original intacta, nossa visão de casa de chá à beira-mar, o sonho que eu e Annie construímos e deixei escapar por entre os dedos como a areia embaixo dela.

Ela estende o braço e coloca a mão no meu ombro, dando um aperto, um fantasma dos seus abraços impetuosos de costume. Não a culpo. Devo estar a um bom abraço de desmoronar.

— Vou deixar você pensar — ela diz. — Vê se não some. Vou ter o maior prazer em ajudar no que puder.

Aceno em estupor. Ela sai, e quero ficar furiosa com ela. Quero um impulso concreto, como jogar uma almofada, ou gritar com meu reflexo no espelho, ou ir para a praia e correr por quilômetros e quilômetros. Quero conseguir desabar e chorar um rio como fiz quando era a Menina Chorona, um alívio rápido, brutal e horrendo.

Mas a dor que penetra lá fundo não é estridente. É culpa e angústia e é tão, tão silenciosa que tudo que consigo fazer é ficar parada e deixar que ela se infiltre em mim, uma gota horrível por vez. É entender que não há nada de que ter raiva porque só existe uma pessoa culpada e, por mais que eu atirasse coisas, gritasse ou corresse, eu não teria como me separar de mim.

Volto a me sentar no sofá, ouvindo os sons distantes da Orla do Chá abrindo lá embaixo. Fecho os olhos e tento memorizar seu ritmo, guardá-lo enquanto ele ainda existe. Mas não reconheço as vozes. Não encontro nenhuma cadência recorrente no tilintar constante e quase violento dos sinos da porta. Se eu descesse agora, não conheceria nenhum rosto. E aos poucos vou entendendo por que a ficha não está caindo de uma vez. Posso ter perdido a Orla do Chá hoje, mas a verdade é: a Orla do Chá que eu estava tentando guardar já não existia mais.

CAPÍTULO VINTE E TRÊS

Desistir da Orla do Chá é como um funeral que vai indo e voltando ao longo de dois dias torturantes. Aviso os funcionários primeiro, numa reunião e por ligações em que consigo manter a compostura, embora sinta como se estivesse apodrecendo por dentro. Ligo para todos os nossos fornecedores locais para interromper as entregas. Contrato um depósito nos arredores da cidade para guardar mesas, cadeiras e banquetas, o equipamento de confeitaria e as mesas metálicas de preparação e nossa batedeira gigante, xícaras, travessas e colherinhas minúsculas. Num momento particularmente mórbido, até concebo um bolinho inglês chamado Morte à Orla do Chá apenas misturando todos os ingredientes que restaram nos fundos numa massa para não desperdiçar nada antes de partir.

Agora, porém, estou num limbo estranho entre o fim e o desfecho. Estou encaixando tudo sozinha, pouco a pouco, a cada noite, mas nada foi levado ainda. Não contei nada para ninguém. Estou estripando o lugar de dentro para fora, mas tecnicamente ainda estamos abertos por alguns dias, assando bolinhos ingleses no meio de um naufrágio.

Por volta da meia-noite do terceiro dia encaixotando o que consigo sem atrapalhar muito o fluxo, derrubo uma xícara sem querer. Fico olhando para os cacos estilhaçados no piso de linóleo rosa-claro. Annie deve ter me mandado umas cem cores quase idênticas antes de decidir. Eu me agacho, apoiada numa das cadeiras verde-mar em que eu e ela pintamos flores num Natal em que eu estava em casa. E olho para essa xícara — não tem nada de especial; apenas mais uma dentre as dezenas de outras idênticas, cor-de-rosa com flores, penduradas na parede — e, assim que meus dedos encostam na asa quebrada, começo a chorar.

Não são as grandes lágrimas soluçantes que eu estava esperando. Não são nem as lágrimas tristes de culpa que vêm ardendo no fundo dos meus olhos desde que Nancy deu a notícia. As lágrimas são silenciosas e isoladas e destinadas apenas a mim e Annie. Às duas garotas pequenas que tinham ideias grandes e pensavam ter todo o tempo do mundo para realizá-las.

Passei esse processo todo tentando não pensar em Annie. Não consigo deixar de imaginar que ela ficaria desapontada e brava. Mas acho que talvez a verdade seja pior: ela não ficaria. Ela saberia que dei duro. Saberia o quanto esse lugar significava para mim também. Não estou triste porque decepcionei Annie; mas sim porque Annie não está aqui para eu decepcionar.

Eu me sento no chão em silêncio por um momento, segurando a asa quebrada. Na minha cabeça, nesses últimos anos, Annie permaneceu estática. Como ela era é como ela sempre vai ser. E, quanto mais o tempo passa, mais difícil é aceitar que ainda estou mudando. Que sempre vou estar. E que, a cada uma dessas mudanças, uma parte de mim quer olhar por sobre o ombro e perguntar o que Annie acha. A mesma parte que passa o polegar sobre o telefone, que ainda pensa nela como a minha *primeira ligação* quando acontece alguma coisa para abalar meu mundo.

Antigamente, eu sentia que precisava dela antes de tomar qualquer decisão. Não necessariamente por sua aprovação. Era só que eu me sentia melhor em relação ao meu mundo quando Annie sabia os contornos dele. É disso que sinto falta agora, em meio às dores crescentes de mudanças tão rápidas. Quero tanto saber o que ela pensaria sobre tudo que aconteceu com Levi. Saber o que ela teria feito com a Orla do Chá se estivesse no meu lugar.

Mas, quando faço essas perguntas agora, não existe nenhuma versão de Annie que poderia respondê-las. Nem a Annie de dezesseis anos que estava focada em Stanford com Levi. Nem a Annie de vinte e três que abriu a Orla do Chá do zero. Nem a Annie de vinte e nove que ela seria, que nunca conheci, que poderia me surpreender, assim como me surpreendo comigo.

Não estou enrolando por medo de perguntar a Annie. Estou enrolando por medo de seguir em frente.

Coloco a asa quebrada ao lado dos outros cacos e volto a me levantar, parando um momento para olhar ao redor do espaço num dos seus últimos momentos intocados. É no silêncio que finalmente sinto. Sob a angústia, sob a culpa, há uma tristeza branda em mim. Que começou como um anseio e agora está terminando como uma dor funda. Que não tem nada a ver com Annie e tudo a ver comigo.

São muitas as coisas que eu queria fazer com este lugar. Queria fazer dele um espaço para encontros da comunidade em que os locais pudessem confiar e que os turistas pudessem explorar. Queria testar bolinhos malucos e absurdos e ver a reação das pessoas com meus próprios olhos em vez de ficar sabendo a milhares de quilômetros de distância. Queria estabelecer uma presença aqui tão firme que me deixasse confiante a ponto de recriá-la em outros lugares, dando a cada um seus próprios toques e peculiaridades. Queria que a Orla do Chá tivesse seu próprio tipo particular de magia.

A magia não foi embora. Ainda consigo senti-la vibrando sob meus pés, como se estivesse apenas esperando para eu me apoderar dela, para eu lembrar que ela estava aqui. Mas fiquei tão ocupada me apegando ao passado que perdi de vista o presente, que agora parece estar se esvaindo, tornando o futuro mais nebuloso do que nunca.

Respiro fundo e boto para fora uma a uma todas as perguntas que eu queria fazer a Annie. Deixo que voltem a se infiltrar na magia sob mim, escorrer embaixo do calçadão, mergulhar no mar. Espero sentir como se faltasse algo dentro de mim, mas ela continua lá, como sempre vai estar. O amor não se vai. Apenas as partes que ainda estou exigindo desse amor, sendo que tudo que ele quis nesses últimos dois anos era se instalar dentro de mim. Aceitar que Annie se foi.

Aceitar que preciso fazer minhas próprias escolhas agora. Que preciso viver com elas. Que tenho o *direito* de viver, e que devo começar a viver nos meus próprios termos para fazer isso valer.

Volto ao escritório enquanto as perguntas começam a brotar do chão de novo, assumindo uma forma nova. Desta vez, não estão perguntando para Annie. Estão perguntando para mim.

O que você quer fazer?

Fecho os olhos e sinto a neblina do futuro. É emocionante e assustador como as coisas podem tomar forma, mudar e tomar forma de novo. Como esse fim pode dar lugar a muitos novos começos. Como tenho o direito de fazer essa escolha.

Tiro o celular do bolso e acho o e-mail de Cassie e, quando as formas voltam a mudar, me sinto banhada por uma paz que não sentia há muito, muito tempo.

CAPÍTULO VINTE E QUATRO

—Hum, June? Tenho quase certeza de que esse travesseiro começou a vida como um bolinho.

Eu me ergo tão rápido que a cadeira de rodinha escaparia debaixo de mim se Dylan não estendesse a mão e a parasse abruptamente. Quando olho dentro dos olhos franzidos de Dylan e vejo como a luz mudou nas janelas, entendo que devo ter capotado em algum momento entre ler a resposta muito rápida de Cassie ao meu e-mail de madrugada, encaixotar as últimas bandejas e pesquisar todas as cozinhas industriais num raio de quase vinte quilômetros.

Dylan tira com cuidado da escrivaninha a metade amassada de bolinho amanhecido em cima da qual eu estava dormindo e diz:

— Certo. Você precisa de um cochilo de verdade.

— Não — digo, esfregando os olhos. Vários farelos incriminadores caem no meu colo. — Tenho coisa demais para fazer.

— É, imaginei. Porque tive que ficar sabendo que a Orla do Chá estava fechando por Mateo, que ficou sabendo por outro professor, que ficou sabendo por um dos alunos, que ficou sabendo por sabe-se lá quem — diz Dylan numa rara reação possivelmente passiva-agressiva.

Passo a mão no meu cabelo assustadoramente emaranhado. As notícias voam aqui em Benson, mas parece que voam mais rápido a cada dia.

— Merda.

O plano sempre foi contar para todo mundo hoje, mas esse plano foi atropelado pelo plano *novo*, que está em tamanho estado de fluxo que pensei em esperar até estar resolvido antes de falar alguma coisa. Ou isso ou simplesmente comecei a roncar numa pilha de carboidrato antes de pensar em qualquer pessoa.

— Pois é. Sana está uma fera, por sinal, então cuidado — diz Dylan com sinceridade.

Ele coloca a mão dentro da mochila e tira uma das barras de proteína infinitas que ele sempre tem à mão. Estou com tanta fome que comeria a mochila toda.

Dylan se apoia na escrivaninha, chutando a cadeira de rodinhas.

— Por que você não falou nada? Estava pensando em encaixotar e carregar tudo isso sozinha? — Ele aponta para o peito, usando uma camiseta que Mateo deu para ele que diz TREINE OU NÃO TREINE, TENTATIVA NÃO HÁ.

Arranco um pedaço da barrinha com os dentes de trás, preparando o corpo para a confusão de algo com nutrientes.

— Eu estava, é só que… eu queria deixar tudo em ordem.

— Ou você estava evitando a gente.

Pisco, acordada o suficiente para reconhecer que essa é a segunda vez num minuto que Dylan chama minha atenção. Ele tem todo o direito de fazer isso, mas estou tão desacostumada que é como ver um cachorrinho aprender a latir.

— Ou isso — admito. Solto o ar. — Desculpa. É que tudo meio que explodiu. Eu já estava me sentindo péssima por ter mentido para você e Mateo sobre toda a história com Levi e nem falamos disso ainda.

Dylan começa a mexer na gaveta da escrivaninha, sem conseguir ficar parado nem se sua vida dependesse disso.

— June, sem ofensa a vocês ou seu delicioso bolinho Ex Vingativo, mas nenhum de nós dá a mínima por terem mentido sobre namorar.

Examino seu rosto.

— É só que você parecia muito empolgado com a ideia — digo, as palavras soando bobas agora que realmente as articulo. Talvez a questão não fosse não querer que Dylan soubesse que estávamos mentindo. Talvez desde aquela época uma parte de mim estivesse torcendo para que não fosse mentira, e Dylan acreditar me dava a sensação de ser verdade.

— Sim, claro que fiquei — diz Dylan. — Eu sentia uma baita falta de vocês.

Nós dois ficamos quietos. Baixo os olhos para o meu colo cheio de farelos, sentindo a vergonha tingir minhas bochechas.

— Desculpa — digo baixinho. — Parte da culpa é minha por Levi ter ficado tanto tempo longe.

Dylan faz que é bobagem, e pela primeira vez me pergunto o quanto ele sabia sobre a situação. Quando éramos menores, eu constantemente me sentia como um meio-termo entre Annie e Dylan: éramos sempre eu e Annie ou eu e Dylan ou nós três, mas nunca só os dois. Passa pela minha cabeça o quanto isso pode ter mudado comigo longe por tanto tempo. Sinto uma culpa brusca por nunca ter perguntado.

— Não estou preocupado com Levi. É só que… sinto muito, muito a falta dele. — Ele não tira os olhos dos tênis, o maxilar tenso como quase nunca vejo. Dylan pode ser um cara direto, mas não é de entrar em questões tão profundas. — Sei que você voltou. E sei que a gente se vê toda semana. Mas, mesmo assim, é como se… às vezes você fica tão envolvida tentando fazer tudo sozinha que esquece que estou aqui.

Escuto as palavras que ele não está dizendo, que me machucariam mais do que Dylan está disposto a fazer: que fico tão envolvida em tentar viver sem Annie que não dou valor a Dylan. Dylan, que ainda está aqui. Dylan, que é a única pessoa que perdeu exatamente o que perdi, cuja dor tem os contornos mais próximos da minha.

Faz quase dois anos que voltei, e me dou conta de que esta é uma das primeiras conversas sérias que temos. Talvez a questão não seja que Dylan de repente se tornou alguém que não se importa em chamar minha atenção. Talvez seja que Dylan também está mudando e eu estava tão distraída pelas coisas ao redor que não notei o que estava acontecendo bem diante dos meus olhos.

— Sabe, essa história toda de você e Levi planejarem o casamento… eu estava torcendo para ser uma chance de nos vermos mais — diz Dylan. — E sei que estamos todos ocupados, então também é culpa minha. Mas o que estou dizendo é que quero que a gente consiga fazer parte de tudo na vida um do outro. Inclusive das complicações. Como a Orla do Chá. Ou o que quer que esteja rolando entre você e Levi.

Estendo o braço e coloco uma mão no seu joelho. É estranho. Toda minha vida, Dylan era meu irmão caçula, e isso fazia de mim e Annie suas protetoras. Mas, assim como muitas coisas mudaram nos últimos tempos, sinto outra coisa se esvair. A dinâmica entre nós não é mais de irmão mais novo e irmã mais velha. É de irmãos adultos que precisam igualmente um do outro. Ser os protetores um do outro.

— Gosto dessa ideia — digo com um sorriso suave.

Dylan sorri e acena em resposta, os olhos um pouco turvos. Ele deixa a questão para lá rapidamente, com o alívio de alguém que fez o que veio para fazer e está satisfeito com os resultados.

— Por falar em Levi, você ouviu notícias dele nos últimos tempos? — ele pergunta.

Dou uma olhadinha para o celular.

— Sim. A gente tem trocado mensagens enquanto ele cuida da mudança.

— É, a gente também — diz Dylan. Ele franze a testa. — Mas um dia desses ele só me mandou uma foto aleatória de uma pintura da cidade que ele e Kelly estavam decidindo com quem deveria ficar, com um emoji de cama e um ponto de interrogação.

Tento e não consigo segurar o riso.

— É por aí mesmo.

Ele cutuca outra vez a cadeira com o pé.

— Não cheguei a perguntar para ele, mas está mesmo tudo certo entre vocês?

— Sim — respondo. — É só que tem muitas coisas acontecendo agora. Mas ninguém vai ficar num impasse de silêncio por dez anos, se é o que você quer saber.

Dylan sorri.

— O que eu queria mesmo saber era se vocês vão conseguir posar para as câmeras sem um fazer o outro tropeçar no dia do meu casamento.

Ergo o queixo, olhando nos seus olhos.

— Dylan Hart, prometo que o seu casamento vai ser a melhor festa que essa cidade já viu. Se fizermos tudo direitinho, eu e Levi podemos até ter um futuro numa empresa conjunta de planejamento de casamentos.

O sorriso de Dylan se suaviza.

— Que o dia vai ser bom eu já sei. Todas as pessoas que amo vão estar lá.

Meus olhos se enchem de lágrimas.

— Você é muito coração mole, maninho.

Ele se empertiga.

— O coração é mole, mas os músculos são durinhos — ele me lembra, apontando para as caixas meio cheias espalhadas pelos fundos. — Me deixa ajudar com isso.

Por tanto tempo, a Orla do Chá pareceu uma responsabilidade só minha que é natural dizer que não precisa. Mas está ficando claro que os problemas da Orla do Chá não eram só que ela estava estagnada. Eu também não queria fazer o esforço de pedir a ajuda de ninguém. Não só da minha família, mas de pessoas como Cassie ou Nancy, que poderiam ter me aproximado de outros empreendedores da região. Eu estava tratando a Orla do Chá como uma ilha, mas ela está muito literalmente numa praia movimentadíssima. Cheia de pessoas que estão do meu lado.

— Certo — digo. — Mas a questão é que... a Orla do Chá só está meio que fechando as portas.

Dylan inclina a cabeça.

— Então Nancy só está... meio que despejando você?

— Ah, não, eu estou sendo enxotada — confirmo. — Tudo isso ainda precisa ser tirado daqui logo.

Dylan salta da escrivaninha como se fosse começar a levantar caixas agora mesmo, sem nem saber para onde levá-las.

— Mas antes, hum... uma pergunta — digo, erguendo uma mão para interrompê-lo. — Você dirigiu o ônibus do time de atletismo algumas vezes para ir e voltar de provas, certo?

— Sim, claro. Por quê?

Inclino a cabeça para ele.

— O que você acharia de dirigir um *food truck* enorme?

Os olhos de Dylan se iluminam.

— Você vai transformar a Orla do Chá num bolinhomóvel?

Parece surreal dizer isso em voz alta pela primeira vez, como se eu estivesse dando vida à ideia.

— Vou tentar — digo. — Só para ver se rola. — Assim consigo manter os funcionários em tempo integral e continuar com o negócio funcionando enquanto buscamos outro lugar.

Não é uma solução permanente e está longe de ser o que eu sonhava para a Orla do Chá. Mas é uma faísca que tenho certeza de que consigo transformar numa chama, se tiver a chance. Que é toda minha desta vez, porque a estou começando do zero com minhas próprias mãos. Estou fazendo o que Annie fez tantos anos atrás e reconstruindo este lugar, um passo de cada vez.

— Certo — diz Dylan, pegando o celular. — Posso reunir as tropas. O que precisamos fazer?

Durante a hora seguinte, tenho uma lista relativamente coesa, e nós quatro planejamos nos espalhar pela cidade como os Vingadores da Orla do Chá. Dylan vai ficar aqui e ajudar a encaixotar o que ainda está nos fundos. Vou encontrar Cassie para conferir o *food truck* que ela só usa para eventos de casamento no fim de semana e, depois, uma cozinha industrial não muito distante onde posso alugar um espaço para assar bolinhos. Sana vai adaptar nosso logo em letreiros que daria para colocar no veículo e começar a fazer panfletos anunciando o novo *food truck* e como acompanhar sua localização pelo site da Orla do Chá — uma estratégia que elaboramos para não sermos cercados pelo resto dos curiosos sobre os Ex Vingativos ao postar no Instagram. Mateo vai investigar as programações da universidade e da comunidade para ver se existem bons lugares em que podemos pedir licença para estacionar o *food truck* durante eventos.

Ao meio-dia, meu cérebro está praticamente girando com a magnitude de tudo que precisa ser feito, mas existe uma eletricidade nisso, uma demanda pulsante. Fico quase espantada pela intensidade.

Mesmo quando a Orla do Chá estava estável, eu sempre sentia como se estivesse me esforçando demais para gostar de verdade do lugar. Agora que estou finalmente me permitindo me divertir com ela, agora que todas as regras antigas foram jogadas pela janela, sinto o mesmo tipo de entusiasmo visceral que sentia quando eu e Annie a fantasiávamos quando éramos pequenas.

— Você contou para o Levi? — Dylan pergunta quando saio da Orla do Chá. — Tenho certeza de que ele adoraria ajudar.

— Ele tem toda a mudança para resolver agora. E deve estar dando os toques finais no livro — digo. — Sem falar que já vai estar tudo encaminhado quando ele voltar. Até lá eu conto.

Dylan solta um "Hummm" baixo.

Embora ele tecnicamente não tenha dito nada, sei que ele está certo.

Fecho a porta do escritório quando ligo. Levi atende no primeiro toque, e o som da voz dele desperta algo no meu peito, como se eu conseguisse sentir suas vibrações familiares em meu coração. Quase esqueço por que estou ligando. Só quero ouvir sua voz de novo.

— June?

— Ei. Oi — falo. — Certo, primeiro quero dizer que está tudo bem.

— Lá vem — ele brinca, mas consigo ouvir a preocupação na sua voz mesmo assim.

— Certo. Está tudo… bem. Vai ficar. Eu só queria que você soubesse que o contrato da Orla do Chá não vai ser renovado. Mas tudo bem — digo rápido, antes que Levi possa intervir. — Tenho todo um plano. Vamos encontrar um lugar novo. Está tudo sob controle. Só queria avisar para que você não desse de cara com uma cafeteria e achasse que vendi minha alma para o diabo ou coisa assim.

A resposta de Levi é tão rápida que tira o ar do meu peito.

— Posso pegar o próximo ônibus.

Fecho os olhos e me permito sentir o consolo das suas palavras, mesmo que não pretenda aceitar.

— É tudo só uma questão de logística daqui para a frente — falo.

— Não estou falando só por uma questão de logística, June — ele diz baixo. — Estou falando por você. Quer que eu vá? Porque, se quiser, eu vou.

Quero sim que ele esteja aqui. O som da voz dele já me faz morrer de saudade, como se eu pudesse atravessar quilômetros e puxá-lo para mim pela mais pura força de vontade.

Mas, por baixo desse desejo, há uma estabilidade que nunca senti antes quando pensava estar apaixonada. A confiança de que, seja agora ou depois, ele vai voltar. A segurança em mim mesma de que posso ser uma pessoa por inteiro sem Levi e tomar todas essas decisões com uma confiança só minha.

Passei a maior parte da vida adulta correndo atrás desse tipo de confiança, e só agora sinto a profundidade dela entre nós e me dou conta de que isso não é algo que se fisga. É algo que se constrói.

— Quero que você finalize as coisas aí — digo com firmeza. — Enquanto vou finalizar aqui. Essa história toda com a Orla do Chá é como você reescrevendo seu manuscrito: essa é a minha reescrita.

Há um momento de silêncio antes de Levi dizer:

— Se mudar de ideia, pego o próximo ônibus.

Sinto outro tipo de confiança agora. A confiança de Levi em mim, não só de que sei do que preciso agora, mas que vou falar a verdade para ele. E o respeito que ele vai ter por essa decisão de uma forma ou de outra.

Aperto o celular mais perto da orelha.

— Eu sei — digo baixo.

Ele deve sentir que preciso ir porque diz:

— Boa sorte.

— Você também — digo. — E aliás… não importa qual quadro horrível você pendure em cima da cama. Você tem passe livre comigo.

Muitas coisas estão prestes a mudar, mas a satisfação que sinto de fazer Levi rir nunca passa.

Começo a revirar os armários de metal empoeirados no fundo do escritório, investigando-os a fundo pela primeira vez desde que assumi a Orla do Chá. Em algum lugar dessas gavetas, sei que Annie guardava um fichário grande cheio de todas as receitas que criou para as ideias de bolinho que eu mandava. Ainda quero fazer novos, mas agora que estamos começando do zero, agora que estamos começando nos meus próprios termos, não sinto mais a mesma dor que sentia com a ideia de trazer os antigos de volta. Quero misturar o passado com o futuro. Um amálgama do que era e do que vai ser.

Demoro só alguns minutos para encontrar o fichário. Embaixo dele está toda uma confusão de papéis soltos que estou planejando ignorar, exceto que reconheço aquela letra perfeita e caprichada, e meus olhos se fixam ali e não conseguem mais desviar.

É de Levi. Tiro os papéis, todos enrugados e vincados nos cantos, e passo os olhos por eles. É um apanhado de ideias para histórias. Algumas são só palavras soltas, outras desenvolvidas em alguns parágrafos. Algumas com nomes de personagens e ambientações, outras apenas com um sentimento. O tipo de coisa que ele deve ter feito numa aula um dia e passado para Annie para ver se alguma das coisas chamava a atenção dela.

Talvez nenhuma dessas ideias seja útil para Levi mais para a frente, mas a lembrança vai ser. Ele esteve cheio de ideias um dia. Se ele se abrir para elas, pode voltar a estar. E, se quiser alguém com quem conversar sobre elas, como fazíamos quando éramos crianças, estou aqui para absorver cada palavra.

Guardo as páginas dentro do fichário, sua antiga magia com a minha. Depois as folheio e começo a ler as receitas de bolinho uma a uma, uma mais ridícula que a outra. Tiro algumas para começar, as que mais moram no meu coração — o bolinho Minha Rosa Senhora com sabor de água de rosas inspirado pela vez que colhi flores cercadas por hera venenosa e acabei com uma erupção cutânea durante todo o tempo que estava visitando Annie em Stanford. O bolinho Bonjour, Madame, com presunto, ovo e gruyère, da vez que comi um *croque madame* depois de um voo de madrugada para Paris e aparentemente tive toda uma conversa caríssima sobre ele com Annie da qual até hoje não me lembro. O bolinho Risco de Fuga, de pretzel com pasta de amendoim, de quando Annie fez uma viagem comigo a Amsterdá e precisamos correr pelo aeroporto como se estivéssemos num filme de ação. Um mapa de lugares onde estivemos e memórias que gravamos no coração. Um caminho longo de volta para casa.

Absorvo as receitas, parando apenas por um momento quando me dou conta de todo o trabalho que Annie dedicou a essas criações malucas que eu inventava. Mas, assim que penso isso, ouço suas palavras claras como a luz do sol, como se ela estivesse esperando por este momento em que estou dando meus próprios passos: *Tenta não fazer merda.*

CAPÍTULO VINTE E CINCO

Ao longo das últimas semanas, descobri que existem pouquíssimas situações em que consigo olhar para Levi sem que meus pensamentos vaguem numa direção proibida para menores. Mas nem isso me prepara para o que pode ser a coisa mais sexy que meus olhos já contemplaram: Levi Shaw sovando massa de bolinho, as mangas arregaçadas até os antebraços, as mãos e a camisa cobertas de farinha, tão profundamente concentrado que seus dentes estão roçando o lábio inferior.

Faz duas semanas que estou esperando para ver Levi, imaginando o que poderíamos dizer ou fazer quando chegasse o momento. Mas eu não estava prevendo encontrá-lo aqui e, de repente, toda a imaginação saiu voando pela janela, substituída por um alerta mental de que deve haver leis contra a maioria das coisas que quero fazer com Levi agora num espaço de cozinha industrial compartilhado.

— Oi — digo.

Levi ergue os olhos, o nariz manchado de farinha, os olhos brilhantes sob a luz do sol matinal que começa a entrar pelo vidro.

— Você chegou — ele diz, retribuindo um sorriso que percebo já estar estampado no meu rosto.

Atravesso a cozinha devagar, sentindo aquela atração entre nós tensionando de desejo.

— Como você entrou? — pergunto.

A ligação que fiz para ele sobre a Orla do Chá pareceu ter quebrado uma barreira invisível que nos mantinha apenas trocando mensagens desde nossa conversa na praia. A partir daí, nos falamos pelo telefone quase toda noite, fazendo companhia um para o outro enquanto arrumávamos e cozinhávamos e colocávamos as coisas em ordem. Ontem à noite, ele disse que me encontraria no *food truck* assim que seu ônibus chegasse, então a última coisa que estou esperando ver é Levi aqui, a uma mera fração de produzir seu próprio pornô soft-core de confeitaria.

— Peguei o primeiro ônibus. Dylan disse que vocês estavam tirando o dia para colocar a massa em ordem, então... — Ele aponta para o fichário de receitas aberto, que agora tem um calendário de rotação de bolinhos fixado na capa. — Pensei em ir adiantando.

Chego perto, vendo a massa perfeitamente repartida em porções prontas para serem assadas ou congeladas para o resto da semana.

— Onde foi que você aprendeu a fazer isso?

— Passei semanas fingindo escrever nos fundos da Orla do Chá. Aprendi alguns truques. — Suas bochechas coram. — Ou talvez eu só gostasse de ficar olhando você assar bolinhos.

Continuo a olhar para ele, dividida entre uma ternura e um calor súbito e ardente no fundo do meu ventre. Antes que eu decida o que fazer com isso, Levi me puxa e me dá um abraço apertado. Inspiro calor, açúcar mascavo e Levi, e sinto um aperto no peito que finalmente começa a relaxar enquanto meu coração acelera nas costelas, palpitando tão rápido que essa pulsação se espalha por todo meu corpo.

— Estava com saudade — digo com o rosto no seu ombro.

Ele aperta os dedos nas minhas costas.

— Estou feliz de estar em casa.

A palavra *casa* vibra em minha pele, espalhando outro calor mais brando através de mim. Sei que suas coisas estão no depósito. Que ele ainda vai ficar no apartamento alugado até encontrar algo mais permanente. Então casa para ele não é um lugar; casa para ele é aqui, nos braços um do outro.

Sou banhada por isso, uma maré calma e fria. Ele voltou. Eu sabia que voltaria. Mas uma coisa é saber; outra completamente diferente é ele abraçado a mim, sólido e firme e inteiro, e entender sem nenhuma outra palavra que ele está aqui para ficar.

Nós nos soltamos, nossos braços ainda ao redor um do outro, e ergo a cabeça para olhar direito para ele. Memorizei cada curva e ângulo desse rosto, cada sorriso e contração e particularidade, a ponto de saber as expressões que existem para mim e mais ninguém. Como a que ele tem agora: um tipo profundo e sólido de contentamento na curva dos lábios, um calor constante atrás dos olhos azuis. Satisfação e desejo e tanto amor que eu seria dominada por sua magnitude se não sentisse o mesmo.

Sei que ainda temos muito sobre o que conversar, muito para resolver. Mas confio que vamos dar um jeito. Mais importante, confio que vou tentar. Se essas últimas semanas me mostraram alguma coisa é o quanto minha vida se abriu agora que estou olhando para frente em vez de me apegar ao que deixei para trás. Agora que estou vivendo por mim, pela minha paixão e pelas pessoas que amo, e não apenas para sobreviver.

Por isso, não me preocupo com as palavras, o trabalho ou o que vem pela frente. Por um momento, há apenas nós: duas pessoas que superaram uma tempestade e saíram juntas do outro lado. Duas pessoas capazes de suportar muitas outras, quando elas vierem. Duas pessoas feitas para durar.

Eu me ergo e dou um selinho nos lábios de Levi, que se intensifica num beijo profundo e perscrutador que realmente tem gosto de casa. Ele me encosta na mesa de metal até eu me sentar em cima dela. Minhas pernas o envolvem enquanto ele corta a distância entre nós, colocando uma mão na minha nuca para me estabilizar enquanto o beijo se intensifica, duas semanas de desejo e saudade acumulados e transbordando de nós ao mesmo tempo. Estou meio consciente de onde me encontro e meio atordoada pela necessidade de tocar cada parte dele em que eu conseguir pôr a mão, percorrer todas as partes dele de que senti falta enquanto ele estava longe.

Lá fora, a porta de um carro se fecha, seguido pelo *bip bip* indicativo de um alarme. Nós nos afastamos, os dois sem ar, vasculhando o rosto um do outro. Os dois vendo o calor do nosso desejo e o que está se encaixando em algum lugar por baixo disso. A compreensão. A confiança. Ainda mais sólidas agora do que duas semanas atrás, fortificadas não apenas por uma história em comum, mas um futuro em comum.

Levi mantém a mão na minha nuca por mais um momento, os olhos ardendo com tudo isso de uma vez.

— Não quero nunca mais passar tanto tempo sem te beijar de novo — ele diz devagar.

Saio de cima da mesa, dando outro beijo nos seus lábios, encaixando as peças de novo.

— Me parece uma boa ideia.

Os olhos de Levi se abrandam nos meus, os dois suspensos na promessa silenciosa das palavras.

Alguns momentos depois, a porta se abre, e outro confeiteiro entra do estacionamento com um aceno simpático. Eu e Levi estamos levemente corados, a conversa mais profunda que ainda queremos ter pairando entre nós, um marca-página deixado para depois.

Depois. Aquela mesma calma me banha de novo, agora que sei que temos tempo. O tempo que Levi me deu, e o tempo que se estende diante de nós até perder de vista.

Levi trabalha na sua fornada enquanto começo a separar os ingredientes, os dois passando o minuto seguinte cruzando os olhos e tentando não rir como adolescentes que quase foram pegos se beijando no corredor. Estou prestes a perguntar para Levi como foi o final da mudança quando ele se antecipa perguntando:

— Como foi o jogo de futebol americano ontem?

Coloco uma cartela gigante de ovos na mesa.

— Posso afirmar com certeza que ainda não entendo bulhufas de esportes, mas entendo que carboidratos quentinhos são a única coisa capaz de unir dois times rivais — falo. Esgotamos todo nosso estoque de bolinhos Risco de Fuga antes do fim do segundo tempo, e tantos adolescentes tiraram foto do código QR que Sana colou no ônibus que tenho quase certeza de que finalmente conquistamos a geração Z.

Levi passa atrás de mim para pegar outra assadeira, roçando a mão na minha lombar.

— Que filme esportivo inocente e familiar você inspirou! Alguém começou a cantar do nada?

— Quem sabe na próxima? Já fomos convidados para voltar em todos os jogos da temporada.

Os olhos de Levi são descaradamente orgulhosos.

— Olha só você conquistando Benson Beach.

Não faz nem duas semanas que começamos a usar o que Dylan apelidou de "Orla do Chá Móvel" pela cidade, mas já ficamos conhecidos. Nos dias de semana, ficamos em lugares onde conseguimos tirar licenças rápidas: perto da praça da cidade, no estacionamento do calçadão ou no portão da universidade. Ao fim do dia, às vezes vamos para eventos comunitários como jogos de futebol americano e a grande exposição de arte que o Museu de Artes de Benson Beach fez. Certa noite, até perguntamos para a Games on Games se poderíamos arriscar nossa sorte no estacionamento durante a noite de quiz e vendemos tantos Bonjour, Madame que o dono brincou que abandonaria a cena de bares e abriria uma loja de bolinhos ingleses também.

É literalmente caos sobre rodas, mas amo cada segundo. Amo os dias em que estou pilotando o *food truck* e posso conversar com rostos conhecidos ou novos. Amo parar para explorar todos esses jogos e eventos e sentir que voltei a fazer parte das correntes que reverberam pela cidade. Amo quando alguém aparece e faz uma pergunta que eu não ouvia há tanto tempo, que faz algo dentro de mim vibrar de orgulho: "Quais são os especiais de hoje?".

E, mais do que tudo, amo que foi um trabalho em equipe a cada passo do caminho. Que já existem memórias de pessoas que amo em cada esquina do *food truck*. O desenho de bolinho com braços e pernas de palitinho que Mateo fez de brincadeira e acabamos por colocar em todos os panfletos que as pessoas podem pegar com seu pedido. O banco de motorista do caminhão que agora cheira permanentemente ao pós-barba de Dylan. A vitrine de onde tirei uma foto verdadeiramente icônica de Sana abaixando para dar um beijo no seu agora namorado Aiden enquanto entregava um bolinho para ele.

E agora Levi está aqui fazendo bolinhos com as próprias mãos, parte deste meu novo mundo que está se abrindo a cada dia. Que parece maior e mais cheio de potencial do que nunca, mesmo quando eu estava vendo o mundo mais do que ninguém que eu conhecia. Que me faz sentir mais eu do que não me sentia em anos. Minha vida está mais instável do que nunca, mas nunca me senti mais estabilizada.

— Ah, aliás. Agora que você está aqui... queria te mostrar uma coisa que encontrei. — Abro o fichário no final, onde guardei as anotações de Levi. — São superantigas, mas Annie tinha tudo guardado no fundo da Orla do Chá.

Levi as encara, confuso.

— Nem lembro de ter escrito isso. — Ele folheia as páginas devagar, os olhos se fixando em algumas das ideias com confusão ou alegria. Ele abana a cabeça e, quando volta a olhar para mim, existe uma energia brilhante no azul dos seus olhos. — Que loucura! Acho que anotei todas essas no mesmo dia.

Aponto para seus textos.

— E isso só mostra como seu cérebro é infinito — digo. — Sei que você estava com medo depois que finalizou aquele manuscrito, mas aí é que está. Você está cheio de ideias.

— Faz muito tempo — diz Levi, com um traço de dúvida na voz.

— Também faz muito tempo que você se permitia ter essa mentalidade — digo. — Você só precisa de tempo para entrar nela.

Os olhos de Levi permanecem nas páginas, e sinto minhas palavras fazendo efeito, embora demore um momento para ele falar:

— Ou talvez eu só precise começar a trabalhar nesse... — Levi tenta decifrar a própria letra. — "*Mens@agem para você*, mas é uma trama de fantasmas."

Fico na ponta dos pés para dar uma olhada na página que eu não tinha visto.

— A única coisa mais picante do que rivais apaixonados são rivais mortos-vivos apaixonados — digo.

O lábio de Levi se curva. Mas não é mais aquele meio-sorriso. Apenas um sorriso suave e sincero. Passa pela minha cabeça que faz semanas que não vejo o meio-sorriso.

— Obrigada, June. Não por ter guardado essas minhas, hum...
ideiazinhas da adolescência — ele diz, com certa timidez. Então abaixa
a voz. — Mas por me lembrar delas. E por acreditar em mim.

Sinto a emoção deste momento em dobro: além de acreditar em
Levi, também sei o quanto isso significa para ele.

— Claro — digo. — Quanto antes expandirmos o universo literário de Levi, melhor. Falando nisso, estava para te perguntar: aquele
editor te retornou?

— Ah. — Levi volta a colocar as páginas em cima da capa do
fichário, coçando a nuca. — Então... eu não mandei o manuscrito.

Eu o encaro.

— Mas você terminou.

— Sim, mas aí...

Ele sacode a cabeça, soltando uma risada esbaforida.

— Quando comecei a escrever, já senti que tinha alguma coisa
errada. Achava que era porque precisava ser reescrito. Mas me liguei
que o problema não era a escrita, era só que... não era eu. — Ele olha
para mim e diz: — Pelo menos, não mais.

— Então você vai deixar por isso mesmo?

Ele considera a pergunta cuidadosamente.

— Para mim parece que... se aquele livro vender e eu tiver que me
dedicar a escrever outros livros como ele... não vou ter uma carreira muito
longa, porque vou ser infeliz a cada segundo que passar escrevendo.

Levi olha para mim com uma expressão irônica, como se estivesse
esperando um "eu avisei". E não vou mentir: parte de mim está um
tanto aliviada por essa reviravolta. Mas uma parte muito maior está
preocupada porque não sabe o que isso significa para Levi.

— Bom — acabo por dizer —, fico contente que não é mais você.
Porque parecia solitário.

— Era — ele concorda. — Foi bom que eu tenha tido isso para
aguentar a barra na época. Mas acho que nunca passou disso, uma
válvula de escape para superar tudo aquilo. — Ele baixa o queixo para
olhar nos meus olhos. — Não quero mais fugir da minha vida.

— O que você está pensando agora? — pergunto. — Sabe, em termos de escrita.

A expressão irônica de Levi evolui para um sorriso.

— Você está prestes a virar uma mulher muito convencida.

— Você experimentou meus bolinhos? Já sou uma mulher muito convencida.

Levi se aproxima, apoiando as mãos na mesa de metal para se equilibrar, uma eletricidade suave nos olhos que já sinto vibrar em mim também.

— Li as anotações sobre *Caçadores do céu* que você encontrou. E depois que terminei o outro manuscrito, me sentei e li de novo. Depois abri o notebook e simplesmente... — Ele sacode a cabeça, rindo consigo mesmo. — Era como se as palavras estivessem se derramando na página. De tão rápido que eu digitava.

Um sorriso se abre tão depressa que parece que minha cara vai rachar ao meio.

— Não vou ficar convencida. Vou ficar insuportável.

Ele retribui o sorriso, mas ergue as mãos e diz rápido:

— Não se empolgue. Estou indo mais devagar agora. Tem muitas coisas que não lembro. E muitas que com certeza preciso reformular. — Ele faz uma pausa, refletindo por um momento. — Mas não é como quando empaquei com o outro manuscrito. É uma empacada gostosa. Como se antes eu sentisse que só existia um caminho a seguir, e o problema era esse. Mas agora é como se... existissem muitos caminhos para escolher. É uma boa mudança de ares.

Aceno, o sorrisão no meu rosto se atenuando num sorriso de lábios fechados. O que quer que esteja crepitando no fundo dos seus olhos agora, eu também sinto. Sinto desde que o *food truck* caiu na estrada e comecei a ter uma visão privilegiada da reação das pessoas aos velhos bolinhos especiais.

— É engraçado — digo —, porque, estranhamente, é o que sinto com os novos bolinhos. Como se houvesse tantos novos caminhos que eu poderia seguir com eles, mas tem tanta coisa acontecendo que eu poderia usar como inspiração que nem sei por onde começar.

Levi chega tão perto que estamos com os ombros encostados e ele me dá um empurrãozinho.

— Podemos trocar ideias, então. Ajudar um ao outro.

Fico em silêncio por um momento. Depois digo com cuidado:

— A gente poderia fazer isso na floresta, como nos velhos tempos.

Levi pisca e, abruptamente, seu tom muda de provocante para sincero.

— Tem algum tempo livre hoje? — ele pergunta.

Minha vibração de adrenalina é tão absurda que sinto como se tivesse roubado algo da infância.

— Acho que trazemos o *food truck* de volta para o estacionamento umas três.

— Me manda mensagem — diz Levi. — Vou encontrar você.

Bem nesse momento, Sana entra na cozinha, o cabelo preso em seu coque, arrasando com o avental novo em que ela mesma bordou GOSTOSÃO DOS BOLINHOS no bolso da frente. Ela para assim que vê Levi.

— Ah, ele não tem permissão de estar aqui. — Ela aponta para Levi com a palma da mão aberta. — É objetivamente sensual demais, e a gente está sem tempo para fotografar um calendário de preparação de bolinhos agora. Cai fora.

— Não é uma má ideia — digo, olhando para Levi de cima a baixo. — Ele pode até pegar seu avental emprestado.

— Nem pensar, *September* — ele diz, as pontas das orelhas ficando vermelhas.

Sana aponta o polegar para o estacionamento.

— Mas, sério, você precisa correr. Dylan está lá na frente para te dar uma carona para sua casa.

Levi faz uma careta.

— Próxima coisa para resolver: arranjar um carro. — Ele olha para mim, incisivo. — De preferência um que não seja de uma casa de LEGO.

— Seu desrespeito pelo Bugaboo não tem limites — digo.

Ele se aproxima e dá um beijo rápido na minha têmpora.

— Vejo você à tarde.

Sana ergue as sobrancelhas e mal espera a porta se fechar atrás de Levi para perguntar:

— Hum? Detalhes, imediatamente! Aliás, preciso reforçar isso: como ele se atreve? Só existe espaço para um gostosão dos bolinhos na sua vida e esse cargo já está ocupado.

— Não se preocupe, acho que você está segura. Aliás, o que traz você aqui tão cedo? — pergunto.

— Queria ajudar. E roubar um bolinho. Mas principalmente perguntar sua opinião sobre o rascunho do artigo que vou mandar para o *Fizzle* — ela diz, com uma timidez atípica.

Meus olhos se arregalam.

— Está finalmente pronto?

Ela ergue uma mão, gesticulando que mais ou menos.

— Está quase.

Neste momento, meu celular se acende em cima da mesa, o nome de Griffin aparecendo na tela. Faço uma careta de vômito e estou prestes a mandá-lo para o correio de voz quando Sana estende o braço e pega minha mão.

— Espera. Atende — diz Sana. — Quero ouvir o que ele tem para dizer.

Viro a cabeça para ela.

— Por quê?

— Para fins de pesquisa para o artigo. — Sana pega o próprio celular e começa a gravar, depois me abre um sorriso rápido de consternação. — Por favor.

Dou de ombros, deslizando para atender a ligação e apertando o botão de viva-voz. Griffin não espera um segundo antes de entrar no que parece ser um discurso muito bem-preparado.

— Sei que você está brava comigo agora, mas você sabe que fiz aquele especial por *você*, certo? Pela Orla do Chá. Para você continuar ganhando mais clientes.

— É mesmo? — digo, me virando para Sana, as duas erguendo as sobrancelhas imediatamente.

— Se tivesse me deixado explicar em vez de sair correndo daquele jeito, você entenderia que eu estava fazendo aquilo pelo seu bem — diz Griffin. — Eles querem você na próxima temporada do programa, sabe.

Sana precisa enfiar a cara na curva do cotovelo para abafar o riso. Continuo falando, só para matar a curiosidade de Sana. Considerando toda a ajuda que ela dedicou à Orla do Chá, devo muito mais do que isso a ela.

— Eu me diverti tanto no programa, que tentador — digo.

— Olha… você pode acreditar ou não. — Griffin solta uma respiração performática. — Mas gosto de você, June. Mais do que Levi com aquele namorinho de mentira idiota, enrolando você *exatamente* como fazia no ensino médio.

Sei que ele está escavando o fundo do poço agora, porque nunca em nosso relacionamento ele admitiu o xodozinho evidente que eu e Levi tínhamos um pelo outro no ensino médio. Ele realmente deve estar disposto a passar por cima do orgulho para reconhecer isso agora.

— E nossa relação era boa, June — Griffin insiste. — Ainda é, se… sabe. Se você estiver disposta.

Sana faz com a boca o que desconfio ser "*A audácia desse homem!!!*" enquanto chego perto do celular e digo com a voz agradável:

— E essa mudança de atitude repentina não tem nada a ver com o fato de que a internet odeia você por jogar meu nome na lama de novo?

Não me dei ao trabalho de pesquisar, mas Sana teve o maior prazer em encher minha caixa de mensagens com *tweets* e artigos nas duas últimas semanas. Depois do choque inicial da entrevista, a narrativa escapou bem depressa das mãos de Griffin — meu comentário favorito alternou entre literalmente por que ele não consegue deixar a menina chorona em paz?? deixa ela namorar de mentira aquele gostoso em paz????? e quase certeza que griffin pisaria na cara de deus para conseguir mais atenção. Isso não impediu que eu e Levi fôssemos julgados, mas ver o plano de Griffin sair pela culatra com certeza tornou isso um pouco mais fácil.

Griffin espera um momento para responder, e praticamente consigo ouvir seus dentes rangendo pelo telefone.

— Eles que me odeiem. A única opinião que importa é a sua.

— Azar o seu — digo com tranquilidade —, porque acho que você é uma piada.

— June, estou tentando dizer que eu te *amo* — diz Griffin, veemente. — Sempre amei e sempre vou amar.

Deveria doer que essa seja na verdade a primeira vez que Griffin me diz essas palavras em voz alta, mas tudo que quero fazer é rir. Exceto que, quando a ficha cai, não estou rindo: estou caindo na gargalhada.

— Ai, meu *Deus* — ofego. — Ai, meu Deus. Lisel te deu um fora.

Há um momento de silêncio antes de Griffin dizer, tenso:

— A gente terminou.

Olho para Sana, que acena para mim. O que quer que ela quisesse desta ligação, deve ter conseguido.

Sinto uma leveza estranha, sabendo que as próximas palavras que direi a Griffin serão as últimas.

— Vou desligar agora — falo. — Boa sorte com a sua vida.

Assim que a ligação acaba, eu e Sana temos uma crise de riso, uma se apoiando na outra e gargalhando tanto que todos na cozinha industrial se viram para olhar para nós.

— Isso foi impagável — diz Sana, clicando no botão no celular para parar a gravação.

— E vai viver para sempre em infâmia agora — digo enquanto ela salva o arquivo. — Vai vender para quem pagar mais?

— Nossa, a tentação. Daria para comprar tanto Taco Bell com esse dinheiro. Mas não. — Ela se ajeita na banqueta. — Papo reto. Esse artigo que estou tentando escrever e vender para o *Fizzle* é sobre gaslighting em relacionamentos *millennials*, usando Griffin como isca. Entrevistei psicólogos e pesquisei a dinâmica de outros casais com términos públicos expostos na internet e como a cobertura da mídia mudou a opinião pública. É toda uma análise profunda.

— Puta merda — digo, ao mesmo tempo surpresa e impressionada. — Esse é exatamente o tipo de artigo em que você arrasaria. E o *Fizzle* faria de tudo para publicar.

— Não é? — diz Sana, os olhos recuperando aquele brilho ávido de quando está prestes a terminar uma boa matéria, que fazia muito tempo que eu não via. — Mas está ficando um pouco mais pessoal, por isso eu queria confirmar com você antes de mandar. Agora que a história dos Ex Vingativos passou, pensei em colocar mais detalhes sobre como você e Levi começaram só para contextualizar o artigo.

Sorrio.

— Também é uma boa isca. Muito clicável.

Sana me dá uma cotovelada.

— Você pode tirar a menina da mídia digital...

— Ah, vai por mim. A mídia digital saiu completamente da menina. Aqui só entram bolinhos agora — digo, apontando para mim mesma. Se eu nunca mais vir nenhuma manchete sobre Griffin, Kelly ou toda a confusão que foi esse verão, ótimo. — Mas, claro, você tem minha benção. Eu só perguntaria para Levi antes, mas tenho certeza de que ele também vai topar.

Sana cochicha com os olhos na porta pela qual Levi saiu:

— Por falar nisso, aquela situação parece... resolvida? — ela diz. — Julgando pelos beijos e bolinhos e "vejo você à tarde" e tal.

Sorrio para a massa de bolinho que estive ignorando.

— A gente ainda não conversou.

— Conversar é superestimado — diz Sana, assumindo a fornada de Levi de onde ele deixou.

— Disse a mulher que entrevistou psicólogos.

— E a troco de quê? — diz Sana. — Quando eu claramente deveria parar de escrever e virar cupido em tempo integral.

— Pensei que você era nossa assessora.

Ela encosta o quadril no meu.

— E *assessorei* vocês a ficarem a sós até acordarem para a vida e se apaixonarem de verdade um pelo outro.

Ergo as sobrancelhas para ela.

— E se não for amor, hein? E se virarmos inimigos mortais e tacarmos o terror aqui em Benson com nosso ódio mútuo pelo resto dos nossos dias?

Estou brincando, mas, abruptamente, Sana não. Ela chega perto, erguendo as sobrancelhas em resposta.

— June. Vi como vocês se olharam desde o primeiro momento em que ele voltou para a cidade e soube que vocês eram doidos um pelo outro — ela diz. — Além disso, você esqueceu que eu praticamente segui vocês a cada passo do caminho. Você e Levi... vocês são perfeitos um para o outro.

As palavras são tão francas que me pegam de surpresa, mas logo sinto o calor delas se espalhar por todo meu corpo, criando raízes profundas.

— É?

— É. — Sana diminui o ritmo do trabalho nos bolinhos e olha para mim de verdade agora. — Sabe o que é isso? Além da química absurda entre dois grandes gostosos atraídos um pelo outro, claro.

Resisto à tentação de revirar os olhos, sabendo por seu olhar que ela está prestes a falar sério.

— É que vocês dois estavam um pouco perdidos algumas semanas atrás. Mas nenhum de vocês pressionou o outro, só deram empurrãozinho, às vezes. Vocês ficaram mais se motivando. Tentando facilitar as coisas, quando dava. — A expressão de Sana é distante por um momento, quase sonhadora, como se estivesse e não estivesse aqui. — Nenhum quer mudar o outro ou falar para o outro o que fazer. Querem só que o outro seja feliz. E é assim que o amor deve ser.

Sinto um nó na garganta. Por um momento, estou lá de novo: a June que eu era algumas semanas atrás, conhecendo o Levi que ele era na época. Éramos mais do que um pouco perdidos, eu sei, mas as palavras de Sana me dão uma perspectiva nova que eu ainda não tinha compreendido. Eu e Levi passamos a maior parte da vida adulta com pessoas que nos pressionavam. Que ampliavam características que já estavam lá, mas para servir a seus próprios propósitos. Kelly se aproveitou da parte de Levi que queria tudo estável e planejado, e Griffin se aproveitou da parte de mim que adorava explorar coisas novas. Eles não apenas nos pressionaram, como foram além dos nossos limites.

E entramos nesses padrões de comportamento porque achávamos

que faziam sentido para nós. Ficamos apegados a essas pessoas porque achávamos que, como elas nos compreendiam, era o destino. Mas a verdade é que nunca saberíamos como era não apenas ser compreendidos, mas apoiados. Estimulados. Amados não só pelo que poderíamos oferecer, mas pelo que já éramos, pelo que queríamos ser.

Ou talvez eu já conhecesse esse sentimento. Penso em Levi quando éramos crianças, já esperando por mim ao pé daquelas árvores absurdamente altas. Nunca me dizendo para subir nem quando descer. Apenas ficando sempre ali, caso eu precisasse dele, como ainda fica.

Isso sempre existiu entre nós, concluo. Estávamos apenas esperando para lembrar como era.

— Isso… — Preciso inspirar de novo para controlar a voz. — Obrigada por dizer isso. É uma forma muito bonita de ver as coisas.

Sana estende o braço e dá um aperto rápido na minha mão em cima da mesa.

— Bom, como você disse — ela responde, irreverente. — Passei a semana toda entrevistando psicólogos.

— Você pode ser um bom cupido, Sana — digo —, mas é uma melhor amiga do caralho.

Sana abre um sorriso largo, dando um tapa na massa de bolinho.

— E não se esqueça disso.

CAPÍTULO VINTE E SEIS

Quando crianças, era fácil imaginar que nossa floresta era mágica simplesmente por ser nossa. A praia onde passávamos tanto tempo era um palco aberto em que víamos tudo e todos, onde também éramos vistos. Como se a vastidão do mar prometesse um certo tipo de liberdade que a praia nunca teria como cumprir porque não havia onde se esconder.

Mas a floresta era isolada, as trilhas, emaranhadas e, onde quer que você olhasse, havia árvores altas e antigas que guardariam seus segredos. Que esconderiam seus contornos e guardariam suas histórias, tapariam o sol forte demais e abafariam o mundo barulhento demais. Foi nosso primeiro gostinho de independência, de existir num mundo em que nós mesmos governávamos. Nós nos perdíamos nele, às vezes juntos, às vezes separados em pares ou sozinhos, e sempre voltávamos ao mundo em certo torpor, como se tivéssemos ido a um lugar muito mais distante do que os arredores da cidade. E, como Levi costurava histórias entre as árvores, tecendo-as através das trilhas sinuosas, às vezes parecia que eu tinha voltado de um mundo completamente diferente.

Ao andar por essa floresta agora, vendo-a com outros olhos, tão mais altos do chão, ainda sinto o farfalhar daquela velha magia sob a brisa fraca de fim de verão. Sinto seu cheiro na maresia salgada misturado a pinheiro fresco. Sinto na mão de Levi em volta da minha, a mão que ele pegou alguns minutos atrás quando chegamos à entrada da trilha, lugar a que voltamos juntos pela primeira vez em anos.

Levi aperta minha mão e ergo os olhos para ele, vendo um reflexo daquela magia em seus olhos também. Algo perdido, mas nunca completamente esquecido, algo cuja forma está mudando para se ajustar aos nossos novos contornos.

— Me conta onde você parou na história — digo para Levi.

E ele conta. Boa parte ainda é fácil para eu acompanhar porque li as mesmas anotações em que Levi estava trabalhando. Mas, assim que ele começa a se aprofundar mais, há momentos de silêncio pensativo entre nós pontuados por uma memória ou uma ideia nova que nos atinge. Algumas das partes voltam depressa, outras parecem se prolongar, como se não tivessem pressa para acordar. Lembramos, recordamos e reconstruímos, dando vida à velha história ao mesmo tempo que Levi tenta mudar algumas das partes e dar novo corpo a elas. Como se não estivéssemos apenas trilhando um caminho antigo até as histórias que compartilhávamos, mas uma ponte entre o passado que nos construiu e o futuro que estamos construindo.

Chegamos ao topo de um dos pequenos picos na trilha, e parece um bom ponto de parada. Se fôssemos mais longe, haveria coisa demais para Levi ter que lembrar de escrever depois. Não que isso importe — já sinto todas as ideias se gravando em mim como quando eu era criança e as carregava comigo por semanas. Algumas tão bem que ainda as tenho comigo depois de todos esses anos.

Levi pousa o olhar em mim, e há uma intensidade tranquila nisso que desperta algo no fundo do meu peito. Ele dá um passo à frente, as sombras e luz das árvores projetando o sol dourado da tarde no seu rosto, e penso por um momento que ele vai me beijar. Eu me aproximo com expectativa, mas, quando meus olhos pousam nos dele com firmeza, ele continua plantado no lugar.

— Sei que você acha que não coloquei você na história — diz Levi, a voz baixa e firme —, mas *aí* é que está. Você é a história. Eu a comecei por você. Antes de querer ser escritor. Antes de querer ser qualquer coisa. Só queria ver a cara que você fazia sempre que eu contava.

Sorrio para ele.

— Então você me escreveu uma história sobre as pessoas que amo — digo. Ao entender isso, nasce uma magia diferente que nunca vai estar escrita explicitamente no papel, mas que será sentida em cada entrelinha.

Ele não teria como saber naquela época que não seria apenas uma história, mas um memorial. Outra forma de guardar o amor de Annie em nossas vidas, de capturar aquela sua chama, cujo calor conseguimos sentir ainda agora. Sinto a mesma saudade dela que sempre vou sentir, mas a tristeza está mudando de novo, da forma como vem acontecendo desde que a perdi: não sinto mais culpa. Isso cria muito mais espaço para o amor.

A voz de Levi é rouca quando voltamos a falar.

— Quero continuar inventando histórias com você. Histórias que sejam nossas.

— Eu também — respondo, sentindo que as palavras estão selando algo entre nós.

Ele pega minhas mãos de novo, entrelaçando os dedos nos meus.

— Sei que disse que te daria tempo. E fui sincero. Mas quero que você saiba que está tudo estável agora. Larguei o emprego. Arrumei tudo com o apartamento antigo e finalizei meu aluguel aqui. Não estou pedindo nada de você. Estou sonhando. Estou… — Ele engole em seco. — Você sabe o que sinto. Sei que não dá para desfazer o passado. Mas ainda estou sonhando com o futuro.

Aperto seus dedos entre os meus, um sorriso se abrindo nos meus lábios.

— Levi, nada está estável — digo. — Está tudo um caos agora, eu e você. Mas não preciso de estabilidade. E não preciso de mais tempo. Só precisava… confiar em algo em mim, antes de me permitir confiar nisso. Precisava me permitir seguir em frente. E agora preciso…

Vasculho seus olhos e desço os meus para sua boca. Viro a cabeça bem quando ele se aproxima, e o beijo é como uma última comporta se abrindo, como se um céu carregado tivesse se partido e finalmente caísse uma chuva morna e perfeita para lavar nossos corações. Como se finalmente estivéssemos nos reencontrando com todo nosso ser, cada certeza e cada parte confusa e nebulosa de nós, cada parte que guardamos e partes que ainda nem se formaram.

Sinto passar de novo por nós, nos pinheiros bambos sacudidos pelo vento, na promessa de uma nova estação assim que aquela a que você se apegou é espantada: magia. Sentimos isso antes. Passamos anos tentando sentir de novo. Uma promessa silenciosa, um beijo inspirador, e tudo transborda, deixando essa felicidade impossível em seu rastro.

Continuamos no pico por um longo tempo, abraçados, selando essa relação. Conversamos sobre coisas de grande e pequena importância, coisas presentes e futuras. Conversamos sobre o casamento e divagamos ainda mais para a frente: o aniversário de Sana e a longa lista de músicas que ela preparou para o karaokê, as bodas de um ano de Dylan e Mateo e o sabor que eles ainda não decidiram para a camada de cima do bolo, o que meus pais vão fazer com a casa a longo prazo. Conversamos como se o futuro fosse uma certeza. Conversamos tanto que o sol começa a descer no céu, tentando nos convencer a descer a trilha. Ele pega minha mão de novo, e vamos voltando para casa.

— Esquecemos de trocar ideias sobre bolinhos — diz Levi antes de chegarmos à saída da trilha.

Pela primeira vez na vida, posso ter ficado atordoada demais para pensar em doces.

— Certo — digo. — Temos muitas desventuras em que nos inspirar.

— Eu particularmente não me oporia a um bolinho Uptown Funk — Levi sugere.

Ergo as sobrancelhas para ele, impressionada por ele ter uma ideia na ponta da língua.

— Aah — digo, lembrando da pizza fria que comemos no sofá. — Peperoni e tomate seco com uma crosta de muçarela.

— Está aí um bolinho que eu comeria com gosto — diz Levi.

— Domino's, só que hipster. — Curvo o lábio, pensando. — Talvez um bolinho Jogo de Galeria?

— Sabor bolo de cenoura — diz Levi, solene —, como uma homenagem àquelas cenouras horripilantes.

Lanço um olhar surpreso para ele.

— Nossa. Para alguém que odeia sobremesa, você é um excelente parceiro de bolinho.

Levi diminui o passo antes de pararmos.

— Tenho mais uma ideia. — Ele parece quase tímido quando acrescenta: — Na verdade, eu me antecipei e tomei a liberdade de assar uma fornada de teste.

Levi tira dos ombros a mochilinha de cordão que trouxe consigo, abrindo-a para revelar uma forma de bolinho inglês da Orla do Chá. Consigo sentir o cheiro antes de ver: o aroma vibrante de laranja e inebriante de chocolate ao leite. É o paraíso na forma de bolinho.

— Pensei que, se você fez um bolinho Levi, eu deveria fazer um June — ele diz, entregando-o para mim.

Eu o ergo, admirando os filetes de raspas de laranja e os pedaços de chocolate no bolinho perfeitamente crocante. Levi não estava brincando. Ele realmente prestou atenção no preparo dos bolinhos enquanto ficava no fundo da loja. E em mim, com meu velho amor por chocolate ao leite e minha obsessão recente por frutas cítricas. Um bolinho que é parte June antiga e parte June nova.

— Ah. Estou me sentindo mal — digo, prestes a rir. — O bolinho Levi era uma piada. Você me fez um bolinho dos sonhos.

— Fiquei sabendo que sua piada esgota quando está no cardápio toda terça e sexta, então vou levar numa boa. — Levi aponta para o bolinho e, quando encontra meus olhos, vejo um brilho rápido de travessura. — Vai. Experimenta.

Encaro seu olhar enquanto dou uma mordida. Ele realmente se superou. O bolinho tem uma crocância perfeita e satisfatória por fora e a densidade ideal por dentro, o sabor das raspas de laranja perfeitamente equilibrado com a intensidade do chocolate. Bem quando estou prestes a perguntar como ele dominou a delicada arte de preparar bolinhos só de vista, eu sinto os estalos pipocados, foguinhos de artifício na minha língua, entre os dentes.

— Não *acredito* — rio quando as balas começam a estalar para valer, tão alto que tenho certeza de que Levi também consegue ouvir.

Ele finalmente abre um sorriso que estava claramente tentando segurar.

— Você está pagando pelos seus pecados.

— E você vai pagar pelos seus *agora* — digo, erguendo a mão para enroscar os dedos entre os cachos macios da nuca dele, puxando-o para um beijo. Não demora para as balas estourarem na nossa boca, e rimos durante o beijo, as vibrações pulsando por nossos corpos.

Estamos sem fôlego quando nossos lábios se separam, as testas ainda encostadas uma na outra, apoiados um no outro como se fôssemos sair rolando de rir se nos soltássemos. Nossos olhos se encontram, e sinto uma faísca particular neles: o reconhecimento instantâneo, a compreensão inigualável. A forma como sempre conseguimos ver profundamente a essência um do outro, sentir a intensidade dos sofrimentos e dos triunfos e tudo mais um do outro. Um fio que nos manteve ligados mesmo depois de todos esses anos separados, firme demais para se romper, forte demais para se desfazer.

— Eu te amo — digo, as palavras saindo mais fáceis do que qualquer outra que já falei em voz alta. São parte de mim há tanto tempo que parecem estar batendo no meu coração muito antes de escaparem dos meus lábios.

O sorriso de Levi se suaviza. Seus olhos, que estavam transbordantes de riso, agora transbordam de outra coisa. Ele encara meu olhar, e sinto o amor entre nós como uma corda de salvamento. Como se a linha estivesse se puxando, nos mantendo mais próximos do que nunca.

Meus olhos estão começando a lacrimejar com essa visão. Levi me dá outro beijo, lento e intenso. Quando nos soltamos, ele fala baixo no meu ouvido:

— Eu também te amo.

É apenas a segunda vez que o ouço falar isso, mas já sei que não vai importar quantas vezes eu escute. Vou sentir esse arrepio quente se espalhando por mim toda vez.

— E pensar — Levi brinca — que só precisou de um bolinho.

Dou uma risada lacrimejante e abafada. Levi seca uma lágrima errante, e ergo os olhos para ele e digo:

— Pois é. Poderíamos ter economizado bastante tempo com todos os encontros de mentira, hein?

— Ah, sim. Que chatice eram — diz Levi, me puxando para perto. — Que trabalhoso foi finalmente andar de mãos dadas com você naquele museu — ele diz, entrelaçando os dedos nos meus. — Que saco foi ver você dançar naquele vestido absurdamente sexy — ele acrescenta, usando a outra mão para roçar meu quadril e apertar minha bunda de leve. Ele chega ainda mais perto e diz no meu ouvido: — Que pena saber exatamente a cara que você faz quando… — Ele deixa as palavras no ar, quentes e provocantes. — Dá uma mordida muito gostosa num bolinho.

O rubor pode ter começado nas minhas bochechas, mas, quando ele termina de falar, se espalhou por todo meu corpo, uma chama incansável e crepitante.

— Ainda bem que você sobreviveu — digo, irônica, minhas mãos vagando para as costas dele e puxando-o junto a mim.

Levi prende um pouco a respiração, e consigo sentir o motivo exato quando ele encosta no meu quadril.

— Pois é — ele diz, engolindo em seco. — Ainda bem.

Já estou divagando muito além deste lugar onde estamos, como se o calor do meu desejo estivesse apenas esperando para ser atiçado, para consumir todos os outros pensamentos. Só me separo de Levi e começo a andar porque existe uma longa lista de coisas que eu gostaria de fazer com essas chamas, e nenhuma delas pode acontecer ali.

— Acho que deveríamos acabar oficialmente com o namoro de mentira — consigo dizer, apesar da falta de ar.

A mão de Levi já voltou à minha.

— Podemos fazer uma promessa, em vez disso.

Concordo devagar, deixando a satisfação deste momento se infiltrar. Entrando no meu peito de modo que eu sempre lembre da sensação, mesmo que não consiga recordar as palavras.

— Gosto da ideia.

— Que bom. — Os olhos de Levi voltam a brilhar quando ele acrescenta: — Vamos pedir para Sana redigir os termos.

São só mais alguns passos para sairmos da floresta e deixar a trilha.

Mas não é a mesma sensação de quando éramos crianças, de trocar um mundo por outro. A magia nos acompanhou desta vez. Ainda está apertada entre nossos dedos, constante a cada passo. É antiga e nova, imutável e mutante, mas sempre, sempre nossa.

EPÍLOGO

UM ANO DEPOIS

Dylan cutuca o pequeno bolo no suporte.

— Acho que está pronto.

Dou um tapa na sua mão.

— Vai ficar cheio de buracos se você continuar fazendo isso.

É verdade que Dylan é capaz de levantar cem quilos no supino, correr uma maratona e escalar trilhas íngremes como uma cabra-montesa, mas ele é incapaz de ter autocontrole suficiente para deixar a camada superior do seu bolo de casamento descongelar para sua primeira boda com Mateo.

— Sem falar que Sana ainda não chegou com o champanhe — lembro.

— Ela não poderia simplesmente comprar um da adega da esquina?

— Dylan. Esse é nossa "Com-quad" — digo, repetindo o apelido que ele mesmo deu a esta noite, já que estamos comemorando quatro ocasiões diferentes ao mesmo tempo. — Acha que Sana perderia a oportunidade de comprar uma daquelas garrafas de champanhe gigantes do tamanho de uma criança de colo na adega?

Seus olhos se iluminam.

— Sério?

— Sim. E você está encarregado de abrir. Para que serviu todo esse treino, se não para se preparar para essa tarefa específica?

As luzes a nossa volta se acendem, iluminando a fachada da loja, a mais nova Orla do Chá. Olho ao redor do velho espaço com suas cores novas e, por um momento, sinto uma onda de orgulho tão intensa que quase me derruba. Levou um ano todo de correria entre a cozinha industrial e o *food truck* que conduzimos por toda Benson

Beach, mas, pouco a pouco, conquistamos tanto espaço na cidade que conseguimos trazer a Orla do Chá de volta à sua localização original, onde tudo começou.

Mas essa não é a Orla do Chá de antes. Trocamos as xícaras vintage por xícaras aconchegantes. Os florais delicados e tons pastéis são um pouco mais intensos e vívidos agora. As mesas e cadeiras, mais leves, mais fáceis de mover pelo espaço para eventos e noites temáticas semanais. Há obras de artistas da cidade à venda, penduradas nas paredes, em colaboração com o museu. É mais chamativo e informal e a cara de Benson Beach, uma energia "pé na areia", onde dá para descontrair depois de um dia longo na praia ou relaxar com um livro. Um lugar em que dá para entrar e ter a sensação não apenas da Orla do Chá, mas de toda a cidade.

Nancy sublocou o antigo espaço durante o ano que passamos fora, mas, depois de ver os avanços que estávamos fazendo, ela nos ofereceu o espaço de volta para trazer aquela mesma energia numa Orla do Chá nova e diferente, uma de que nós duas sabíamos que eu poderia cuidar, agora que tínhamos nos enraizado tão profundamente na comunidade. E, por mais estressante que pudesse ter sido fazer outra grande mudança de volta para o espaço, a transição foi quase fluida, como reunir todos aqueles fios que vínhamos enrolando no último ano e finalmente tecendo-os para criar algo completo.

Com a nova decoração e a nova energia, pode parecer uma reformulação total, mas, depois de um ano como esse, não é bem assim. Estivemos no coração de tantos eventos e encontros da cidade com a Orla do Chá Móvel que foi só uma questão de colecionar partes de Benson Beach pelo caminho. Agora temos um *bartender* da Games on Games liderando noites de jogos às terças, um bando de universitários conduzindo uma noite de microfone aberto às quartas, o próprio Levi liderando noites de escritores às quintas e uma banda da cidade, ao lado da qual estacionávamos quando eles se apresentavam no parque, tocando música ao vivo aos domingos. É uma mudança lenta e constante que sofreu sua cota de dificuldades iniciais, mas que se transformou mesmo assim.

Hoje estamos preparando o palco, mas amanhã, nossa reinauguração oficial, vamos poder vê-lo ganhar vida. Estou tão empolgada que vai ser um milagre se eu pregar os olhos.

— Vocês estavam pretendendo comemorar no escuro? — pergunta Levi, entrando dos fundos com a mão no interruptor, a outra segurando várias taças de champanhe.

Em minha defesa, eu estava tão ocupada dando os toques finais da Com-Quad e mantendo Dylan longe do próprio bolo que nem me liguei que o sol estava começando a se pôr.

— Estávamos esperando você, a luz das nossas vidas — brinco, indo dar um beijo nele. Não faz nem cinco horas que almoçamos no apartamento em que estamos morando juntos, mas, com toda a enxurrada de preparativos para a comemoração de hoje e a inauguração de amanhã, parece que passamos a semana toda na correria.

Levi coloca as taças em cima da mesa, depois chega perto para aprofundar o beijo, colocando as mãos na minha cintura. Sinto o resto do estresse do dia se esvair enquanto me entrego ao calor conhecido dele, inalando aquele cheiro doce e terroso.

— Feliz Véspera de Orla do Chá — Levi diz, os olhos brilhantes quando recua.

Mateo limpa a garganta incisivamente ao passar por nós, pratos e guardanapos na mão para pôr a mesinha no centro da Orla do Chá onde servimos o bolo e um pequeno santuário para todas as coisas que estamos comemorando, incluindo alguns bolinhos novos. Eu e Levi nos soltamos, as mãos dele ainda na minha cintura, enquanto Mateo observa o banquete.

— Eu quero saber do que são esses? — pergunta Mateo, apontando para uma travessa de bolinhos ingleses.

— Um bolinho *Fizzle* — digo, sorridente. — Base de Red Bull com uma crosta de Pringles assados.

Das quatro comemorações de hoje, uma marca o aniversário de um ano de Sana no *Fizzle*, na vaga que ofereceram para ela quase imediatamente depois que seu artigo, "Griffin Hapler: Um estudo sobre o gaslightning *millennial* moderno", viralizou tanto que todos, de estudantes universitários a donas de casa a estrelas do pop, o repostaram. Estourou ainda mais quando Lisel não apenas compartilhou no Instagram como gravou um vídeo sobre a personalidade manipuladora de Griffin com muito mais detalhes do que qualquer um estava prevendo. (Griffin agora está desfrutando de uma pseudocarreira como o "vilão" de spin-offs de *Business Savvy*, o que deixa todo mundo satisfeito.)

Sana desde então está arrebentando a torto e a direito com contundentes artigos culturais. Se fizéssemos um bolinho novo toda vez que um de seus artigos viraliza, acho que precisaríamos acrescentar um andar novo à Orla do Chá.

— Aí sim, hein — diz Dylan, visivelmente se controlando para não dar uma mordida em um.

— Tenho medo do que tem dentro do seu cérebro — diz Levi, com certo carinho.

— E esse? — Mateo pergunta.

— É o *Caçadores do Céu*. Mirtilo e molho de pimenta sriracha. — Em resposta à expressão curiosa de Mateo, encolho os ombros. — É a coisa mais próxima que consegui pensar de um tema "água e fogo", os poderes dos personagens principais.

Levi sorri por cima de mim, porque também é um dos poucos bolinhos que realmente vai comer, já que não é um "cookie gigante". E também porque está com vergonha por estarmos comemorando *Caçadores do céu*, pois insiste que ainda não há nada para comemorar. Mas um mês atrás, quando ele finalizou a primeira versão do manuscrito, o editor interessado por seu livro de Nova York o colocou em contato com um agente especializado em *literatura para o público jovem adulto*. O agente adorou e, agora que os dois estão trocando ideias para aperfeiçoar o projeto nas últimas semanas, eles finalmente vão começar a enviar a versão finalizada para editores, a partir de amanhã. Há muito o que comemorar, na minha opinião.

Mateo não precisa perguntar sobre o terceiro prato de bolinhos: os Ex Vingativos, que só preparamos em ocasiões especiais hoje em dia.

Sinto que voltar ao ponto de partida reabrindo a Orla do Chá conta como uma ocasião perfeita.

— Ah, ufa — diz Sana, entrando com uma garrafa de champanhe grande o bastante para caber metade do Atlântico. — Estava mandando mensagem para Aiden para apostar se Dylan me esperaria antes de devorar o bolo.

— Nem pensaria nisso — diz Dylan, pegando a garrafa dela. Depois de um segundo: — Mas, se a gente não estourar essa garrafa logo, vou *sim* começar a comer com as mãos.

Somos rápidos com nosso brinde, erguendo as taças para o discurso eloquente de Sana: "A estarmos todos ridiculamente apaixonados e botando para quebrar na vida". Um minuto depois, estamos cortando o bolo descongelado — de pistache com raspas e cobertura de limão-siciliano, dois sabores que, de fato, combinam perfeitamente — e relaxando no banco aconchegante com almofadas descombinadas que coloquei na frente da loja, com uma vista belíssima do mar. Passamos a noite relembrando momentos engraçados do casamento de Dylan e Mateo ("Não sabia que June podia gritar tanto até 'Uptown Funk' começar a tocar", diz Mateo, assombrado), os artigos favoritos de Sana ("Ainda não acredito que fiz um ex-membro do elenco de *The Office* chorar!"), nossos próximos planos para a Orla do Chá Móvel ainda em operação, e ideias que Levi está esboçando timidamente antes de decidir o que escrever na sequência.

Quando os ventos da noite viram e terminamos de limpar nossa sujeira, sinto um arrepio de expectativa e adrenalina passar por mim. É o nervosismo de um primeiro dia de aula que não sinto há tanto tempo e que estou adorando, embora respire fundo para tentar controlar.

Levi pega minha mão, o gesto tão instantaneamente relaxante que me sinto mais calma antes mesmo de ele falar:

— Quer dar uma volta rápida na praia?

Faço que sim, apertando sua mão. Trancamos a loja e me deleito com essa satisfação, de ter todo um lugar para abrir e fechar de novo, quatro paredes sólidas que são distinta e perfeitamente a Orla do Chá.

Talvez não a que imaginávamos quando éramos crianças, talvez não a que Annie buscava, mas a Orla do Chá que é um lar. A que é como sentar no alpendre com nossa mãe, os pés descalços balançando nas cadeiras, mãozinhas pegando o chá descafeinado que ela servia da chaleira. A que é como olhar para Annie das bordas das nossas canecas, uma chama compartilhada entre irmãs, um momento feliz, esperançoso e caótico no tempo que parece mais preservado do que nunca nessa versão da Orla do Chá.

A brisa morna ergue os cachos de Levi e sopra minha camisa fina da Orla do Chá enquanto descemos, ainda de mãos dadas, até o brilho tênue dos postes no calçadão à nossa frente. É uma noite tranquila, a praia quase vazia, as ondas parecendo suspiros baixos sobre a areia.

— Ei — diz Levi. — Quer disputar corrida até o píer?

Ergo as sobrancelhas. Faz tempo que não fazemos isso.

— O que estamos disputando? — pergunto, me virando para erguer os olhos para Levi.

Mas não é o Levi que estou esperando ver, com aquele novo sorriso natural com que me acostumei ou a antiga travessura nos olhos. Os dois ainda estão lá, mas algo transborda por baixo, algo esperançoso e nervoso e tão sincero que sinto como se a brisa tivesse me deixado um friozinho na barriga antes mesmo de saber o que ele vai dizer.

Ele engole em seco, os olhos tão sinceros nos meus que meu coração começa a palpitar no peito como se estivesse tentando escapar.

— Se você vencer — diz, sua voz baixa e firme —, você casa comigo.

Meus olhos lacrimejam de repente, e um sorriso brota no meu rosto.

— E se você vencer? — consigo dizer através da maré que já cresce dentro de mim, ameaçando me derrubar na areia.

— Se eu vencer, você casa comigo — ele diz, com um sorriso lacrimejante.

Torço o lábio, tentando não rir, tentando não chorar, mas pela maneira como ele me olha agora, com tanto amor que deixa a extensão infinita do oceano no chinelo. Isso está se provando uma façanha quase impossível.

— São apostas muito altas — digo, um nó na garganta de felicidade.

— Pois é — Levi diz. — A gente vai ter que dar tudo de si.

— Certo — digo, traçando a linha de partida na areia. A primeira que traço sabendo que não vai acabar. — Preparar... apontar... *já*.

Saímos em disparada, os pés voando, o vento soprando ao nosso redor, inspirando sal e areia, passado e futuro, tristeza e esperança, enquanto disputamos nossa última corrida, a infinita, a única que conta. A que se estende além do píer, além da vista que eu admirava do alto da minha antiga árvore, além de nós dois, puxando-nos para a frente ao mesmo tempo que seguimos na direção dela. Já consigo sentir esses momentos se tornando parte da nossa história; a magia deles se cristalizando no meu coração, uma certeza calma somada a uma alegria desenfreada. O começo de algo que não é o fim de mais nada, que não precisa ter um fim próprio.

Sei o que vai acontecer antes de Levi colocar o braço ao redor da minha cintura, antes de me pegar no colo como fez um ano atrás, logo antes daquela nossa foto na duna de areia viralizar. Solto a mesma risada vertiginosa e aguda quando cruzamos o píer juntos e Levi nos guia de volta à duna, os dois caindo um em cima do outro até pararmos sem ar, as costas na areia e os olhos contemplando as estrelas. Viro a cabeça para ele e encontro seus olhos já em mim.

— Empate — ele observa, erguendo-se para me estender a mão.

Eu a pego, ficando em pé.

— E agora? — pergunto, ligeiramente provocante quando ele me puxa.

Sua voz é baixa, quase rouca de sentimento, enquanto ele me dá um abraço rápido antes de me soltar.

— Acho que vou ter que fazer à moda antiga.

Levi coloca a mão no bolso, tirando uma caixinha de veludo. Apoia um joelho na areia, e sei que deve ter planejado isso há semanas, deve ter esperado que acontecesse de determinada maneira, mas de repente não suporto ficar tão longe dele, então me afundo de joelhos também, olhando para Levi enquanto seu lábio se curva através das primeiras lágrimas de felicidade.

— June Hart. — Seus olhos têm a mesma faísca que sinto acender em mim, como se estivéssemos trocando uma chama em comum. — Já sou a pessoa mais sortuda que conheço por todos os dias que passei com você, desde que éramos crianças, passando pela vida que temos agora até os dias que temos pela frente.

Ele chega mais perto e abre a caixa da aliança, mas não olho para baixo. Estou encarando o azul dos seus olhos e vendo aquele oceano infinito do topo do mundo de novo, uma vida de possibilidade, um futuro amplo e brilhante que é só nosso.

— Quer se casar comigo?

Dou um beijo nele porque ele sabe minha resposta. Porque nós dois sabemos o que somos um para o outro desde o fim da primeira corrida e todas as outras que corremos desde então: nós dois, lado a lado, num empate constante. Como sempre estivemos, como sempre vamos estar. Para onde quer que isso vá, vamos estar juntos, a cada passo do caminho.

AGRADECIMENTOS

Gostaria de agradecer, antes de tudo, ao guaxinim selvagem que me pegou de surpresa e colocou a patinha no meu teclado enquanto eu estava escrevendo a primeira versão deste livro no Central Park. Sua contribuição não foi exatamente bem-vinda, mas agradeço mesmo assim; se quiser discutir detalhes da trama de romances futuros mais a fundo, você (infelizmente) sabe onde me encontrar.

Meu agradecimento mais sincero a Alex e Janna. Alex, seu coração, sua paciência e sua alegria por esse gênero estão presentes em cada página dos livros que escrevemos juntos, mas em nenhum mais do que neste. Sou tão grata pela sua orientação que, se tentasse comparar com mil dos nossos doces favoritos, a gratidão seria ainda maior. Janna, grande parte da felicidade na minha vida é porque você deu uma chance à minha versão novinha depois daquela primeira ligação em que perguntou: "Que gêneros você gosta de escrever?". E eu disse: "Quais são os gêneros?". Não faço ideia de qual universo alternativo eu estaria habitando agora sem seu apoio, compreensão e esforço incansável por mim, e sou profundamente grata por nunca descobrir.

Obrigada a todos na St. Martin's Press por ajudarem a tirar este livro do éter e transformá-lo num objeto em formato de livro. Os trabalhos de amor que entram nesse processo NÃO SÃO BRINCADEIRA, e estou extremamente maravilhada por tudo que é feito nos bastidores.

Em vez de listar o nome de todos os meus amigos, desta vez vou colocar apenas um "eu te amo" abrangente a todos vocês. Não acredito na sorte que tenho de ter tantos humanos excelentes no meu coração; é a alegria da minha vida nos ver evoluir e crescer e nos tornar gremlins absolutamente enlouquecidos em shows da Taylor Swift.

Meu maior agradecimento sempre vai à minha família. Se eu fechar os olhos e imaginar um dia perfeito da infância, ele começa com uma daquelas manhãs de fim de semana que passávamos fazendo bolinhos ingleses e roubando gotas de chocolate da embalagem, e termina de várias formas alegres, porque são inúmeras. Que vida boa, deliciosa e feliz!

SUA OPINIÃO É MUITO IMPORTANTE

Mande um e-mail para **opiniao@vreditoras.com.br**
com o título deste livro no campo "Assunto".

1ª edição, nov. 2024

FONTES Adobe Garamond Pro 12/16pt
Ariana Pro 20/16pt
PAPEL Polen Bold 70g/m²
IMPRESSÃO Leograf
LOTE LEO021024